HERBERT KRANZ

Die Nacht des Verrats

AUS DEN SATZUNGEN DER GESELLSCHAFT

Die Gesellschaft übernimmt Aufträge für Ermittlungen, Nachforschungen und Expeditionen nur dann, wenn ihr der Auftrag moralisch gerechtfertigt erscheint.

§

Die Gesellschaft übernimmt Aufträge für Expeditionen in alle Teile der bewohnten und unbewohnen Erde, soweit deren Ausführung nicht den Gesetzes des betreffenden Landes widerspricht. Sollten aber die Gesetze eines Landes den Gesetzen der Menschlichkeit widersprechen, so wird die Gesellschaft bereit sein, übernommene Aufträge auch dort auszuführen.

§

Die Kosten einer Expedition werden vom Chef-Expeditionsleiter geschätzt. Die eine Hälfte des angesetzten Betrages ist vor dem Aufbruch der Expedition zu zahlen, die andere nach deren Beendigung. Überschreiten die tatsächlichen entstandenen Kosten den veranschlagten Betrag, so werden sie zur Hälfte vom Auftraggeber, zur Hälfte von der Gesellschaft getragen.

§

Betrifft eine Ermittlungs- oder Erforschungsaufgabe Menschen, die in Not sind und niemand haben, der sich ihrer annehmen kann, so übernimmt die Gesellschaft die Kosten der notwendigen Hilfs- oder Rettungsaktion.

§

Die Teilnehmer an einer Expedition haben sich über deren Ziel, Zweck und Ergebnis zu absolutem Stillschweigen verpflichtet. Berichte über Expeditionen werden nur dann veröffentlicht, wenn der Generaldirektor der Gesellschaft und der Auftraggeber damit einverstanden sind. Nichtveröffentlichte Expeditionsberichte werden im Geheimarchiv der Gesellschaft niedergelegt und dort dreißig Jahre lang aufbewahrt.

· POR TODAS PARTES DEL MUNDO ·

HERYERDE DÜNYADA · ÜBERALL IN DER WELT · ÖVERALLT I VÄRLDEN

UBIQUE TERRARUM
(ÜBERALL IN DER WELT)

LIMITED COMPANY
GESELLSCHAFT MIT BESCHRÄNKTER HAFTUNG
WWW.UBIQUE-TERRARUM.NET

EXPLORING AND RESEARCHING OF ALL KIND
NACHFORSCHUNGEN UND ERMITTLUNGEN JEDER ART

EHRENPRÄSIDENT
LORD HAYSTACK, P.R.A., K.C.I.E.

GENERALDIREKTOR
ARTHUR MILLER

CHEFEXPEDITIONSLEITER
STEPHAN SLANTON, V.C.

EXPEDITIONSFORSCHER
DR. PHIL. DR. RER. NAT. PETER GEIST

EXPEDITIONSARZT: DOCTEUR EN MÉDECINE
GASTON DE MONTFORT
COMTE DE DARIFANT-CROY
EHRENRITTER DES SOUVERÄNEN MALTESERORDENS

UND IHRE MANNSCHAFT
PATRICK CROMBY aus Irland
CYPRIAN BOMBARDON aus Frankreich
TSCHANDRU-SINGH aus Indien

· PARTOUT DANS LE MONDE ·

HERBERT KRANZ

DIE NACHT DES VERRATS

ABENTEUER
IN MAROKKO

Eigenverlag Georg Kranz
Born / Darß

Weitere Informationen
über HERBERT KRANZ und
die UBIQUE-TERRARUM-SERIE
finden Sie im Internet unter
www.herbert-kranz.de
www.ubique-terrarum.de

ISBN: 978-3-8370-9270-7
1. Auflage 2009

Alle Rechte vorbehalten
©2009 Kranz

Herausgeber:
Georg Kranz, Born/Darß
Einband:
Willy Kretzer
Überarbeitung der Wort- und Sacherklärungen:
Georg Kranz, Born/Darß
Satz und Layout:
voigt&kranz UG, Ostseebad Prerow
Herstellung und Verlag:
Books on Demand GmbH, Norderstedt

INHALT

Wer wird es sein?	9
Im Gewirr der Medina	14
Der Basar	17
Eine unerwartete Einladung	19
Nach El Kasr	30
Der Mann aus Malta	34
Auf dem Weg zu den Berbern	45
Der Sargento erzählt	49
„Wir können uns auf etwas gefasst machen!"	52
Bu Hamara	57
Das gefährliche Mahl	68
Neunauge wird verschleppt	79
Plumpudding verschwindet	85
Tschandru-Singhs Entdeckung	90
Ein Verdacht	96
Der Mann mit den blauen Augen	100
Der Graf und die Ratte	110
Eine Nachricht – aber stimmt sie auch?	115
Der Armenier	118
Waha	127
Feuer im Schiff	130
Ein neues Angebot	137
Dreimal 24 Stunden	144
Neunauges Todesweg	148

Patronen mit überstehendem Rand	156
Wieder in der Weißen Stadt	162
Der Wekil	165
Verhaftet	171
Das verlorene Gesicht	178
Der Herr der Berge	182
Kein Ausweg mehr	188
Die große Stunde	192
Wieder beisammen	198
Wort- und Sacherklärungen	203

Wer wird es sein?

Sie wussten nicht, wer es war, auf den sie warteten. Sie wussten nicht, wohin er sie führen würde. Sie wussten nicht, was dort, wohin der Unbekannte sie brachte, zu erfahren war. Sie wussten nur, dass sie auf irgendjemand hier zu warten hatten.

Die sechs Männer saßen nicht zusammen. Zwischen den vielen Marokkanern, die im Schatten der hohen, blühenden Palmen des großen viereckigen Platzes geruhsam ihren Nana tranken, den landesüblichen Pfefferminztee, hatten sie sich verteilt. Neben Dr. Peter Geist hatte der junge Inder Tschandru-Singh Platz genommen. Ein paar Tischchen weiter saß der französische Arzt, den seine Freunde den Grafen nannten, mit dem Expeditionskoch zusammen, der den Spitznamen Neunauge führte, und ein ziemliches Stück von ihnen entfernt, wo der Raum unter den Palmen schon zu einem anderen Café gehörte, saß der Engländer Stephen Slanton, der Chef-Expeditionsleiter. Für das vor ihm stehende Glas mit Pfefferminztee hatte er nur Verachtung. Er trank keinen Schluck davon, sondern zog stumm an seiner Pfeife. Er ärgerte sich jedoch nicht nur über den Tee. Noch mehr verstimmte ihn, dass sie in der Hafenstadt Melilla bei der Firma Manasse Ben Isaak, an die sie von London gewiesen worden waren, nur eine unbestimmte Auskunft erhalten hatten. Sie sollten, so war ihnen gesagt worden, in die Hauptstadt weiterreisen, in die Weiße Stadt, wie sie von den Eingeborenen genannt wurde. Hier, auf dem allen Reisenden wohlbekannten Platz Aljeddan, sollten sie warten, bis sich jemand ihrer annähme. Der Chef hasste unbestimmte Abmachungen. Seinem Begleiter, dem treuen Iren Patrick Cromby, tat es leid, dass der Chef so schlechter Laune war. Er mochte das stark gesüßte Getränk gern, ihm gefiel es hier unter den Palmen, und sein freundliches Vollmondgesicht sah zufrieden über den Platz, den so viele interessante Gestalten belebten. Nicht umsonst hatte der sanfte Mann den Beinamen ‚Plumpudding'. Übrigens hatte auch der Deutsche seinen Extranamen. Er war unter seinen Freunden als ‚Großer Geist' bekannt, was ebenso anerkennend wie spöttisch gemeint war, weshalb der Spitzname nicht nur der Einfachheit halber mit GG abgekürzt wurde.

Unter den braunen Männern mit Turban und Tarbusch und den weiten Djellabas fielen die Sechs nicht besonders auf. Inder gab es viele in der Stadt, und auch den Anblick der Europäer waren die Muslime hier gewöhnt, denn dieser Platz war die Nahtstelle zwischen der Medina, dem Stadtteil der Einheimischen, und dem europäischen Viertel, das vor den Mauern der Medina entstanden war. Im Rücken der Cafégäste erhoben sich die weißen Mauern einer Moschee, des Sultanpalastes und vornehmer, niedrig gehaltener Häuser, die einmal alten maurischen Geschlechtern, den Andalus, gehört hatten. Jetzt waren die Caféhausbesitzer dort eingedrungen. Auf der andern Seite wurden die hohen Palmen von jenen Riesenbauten weit überragt, bei deren Anblick man sich fragen kann, ob man sich in New York oder in Rio de Janeiro befindet. Die neuen Hochhäuser waren jedoch wie die alten Adelsbauten in schneeigem Weiß gehalten, über die einen wie die andern wölbte sich fast schmerzend der blaue Himmel des Südens, und über Häuser und Menschen war das blendende Licht der heißen afrikanischen Sonne ausgegossen.

„Sieh dir diese Männer an, Neunauge", sagte der Graf. Es waren Bauern, Rifkabylen, welche die Aufmerksamkeit des Franzosen geweckt hatten. Sie trugen kurze erdbraune Kapuzenmäntel aus grober, dicker Schafwolle, die mit ein paar bunten Wollfäden dürftig verziert waren. Die dunkelbraune Haut der Männer war von der Hitze ausgedörrt und glich gegerbtem Leder. Tiefe Linien waren in ihre Gesichter geschnitten, und von einem unsäglich harten Leben schienen sie vor der Zeit gealtert. Barfuß schritten die Männer über den Platz, ohne nach rechts oder links zu blicken, und der Graf sah ihnen nach, bis sie in dem Dunkel des Tors verschwunden waren, das durch die Stadtmauer in die Medina führte.

„Ich bin überzeugt", sprach der Graf weiter, „keiner von den Männern hat eine einzige Pesete bei sich, aber sie gehen einher, als entstammten sie alle einem Geschlecht von Königen!"

Neunauge hatte kein Auge für das, was dem Grafen solchen Eindruck gemacht hatte. Er starrte in sein Teeglas, aus dem er bis jetzt ahnungslos getrunken hatte. Nun aber hatte er in dem Grün der großen Pfefferminzblätter, die den Boden des Glases bedeckten, etwas erspäht, das ihm gar nicht gefiel – eine dicke weiße Made.

Er hielt den Kellner, der eben vorübergehen wollte, am Ärmel seines hellblauen europäischen Herrenjacketts fest; der junge Bursche trug es zu einer marokkanischen, weiten und ursprünglich weißen Pluderhose und einem roten Tarbusch. Empört zeigte Neunauge auf den unwillkommenen Bewohner seines Trinkglases. Doch den Kellner erschütterte der Anblick keineswegs. Gleichmütig nahm er das Glas in die Hand, fuhr mit seinem vor langer Zeit gewaschenen Zeigefinger in den Tee, suchte die Made herauszuangeln, und das gelang ihm auch schon beim dritten Male. Nun setzte er das halbvolle Glas zur gefälligen Weiterbenutzung wieder vor den Gast und verschwand, durchaus befriedigt.

Neunauge wollte explodieren, aber der Graf verhinderte seinen Zornesausbruch. „Sei dem Lümmel dankbar", sagte er eindringlich. „Er hat dich auf etwas aufmerksam gemacht, das für ein geruhsames Leben erzwichtig ist. Ich meine den Grundsatz: ‚Es geht auch so!'"

An dem Tischchen neben GG und Tschandru-Singh hatte sich ein graubärtiger Mann mit dem Antlitz eines Patriarchen niedergelassen, für den der Europäer offenbar Luft war. Sein großer weißer Turban wies ihn als einen Mann aus, der streng am Alten hielt. Im Halsschlitz seiner schwarzgestreiften weißen Djellaba zeigte sich ein Untergewand, das mit grünen und goldenen Seidenfäden reich bestickt war. An den nackten Füßen trug er jene spitzen weißen Lederschuhe, die wie Pantoffeln wirken, weil die weiche Hinterkappe flach niedergetreten wird, so dass sie den Hacken frei lässt. Die hochmütige Nichtachtung für seinen Nachbarn, die er an den Tag legte, wirkte verletzender als ein böses Wort. Jedoch schien er überhaupt ein unzugänglicher Herr zu sein, denn den Kellner, der ihm ein Glas Tee hinsetzen wollte, wies er mit einer entschiedenen Handbewegung fort.

GG sah von ihm wieder weg auf den Platz. War der Bote schon da, den sie erwarteten? Saß er zwischen den Männern, die unter dem Dach des Kiosks in der Mitte des Platzes hockten und, ohne sich zu rühren, das Nichtstun genossen? Oder war er unter denen, die Hand in Hand langsam um den Kiosk herumschlenderten? Freilich konnte der Erwartete ebenso gut auch unter den Schuhputzern sein, die ihm ihre Dienste anboten. Aber wenn er den Kopf schüttelte, gingen sie bekümmert weiter, diese armseligen kleinen Jungen, um die sich niemand in der Stadt kümmerte, die kein Zuhause hatten und nachts wie die Tiere irgendwo in einen Winkel gekauert schliefen.

Ein Bettler kam langsam näher. Auch er trug eine Djellaba, denn in diesem Lande haben Sultan und Bettler dasselbe Gewand, aber die seine war nur noch ein Gehänge von Lumpen. Jedoch war er in Haltung und Gebärde von natürlicher Hoheit und sein Blick voll innerer Ruhe und Gelassenheit. Eintönig kam das Bettellied von seinen Lippen, dessen Worte GG verstand: „Gebt, gebt dem, der von Allah dazu bestimmt ward, dass ihr an ihm zeigen könnt, ob ihr barmherzig seid oder hartherzig. Hört, ihr Gläubigen, die Stimme der Armut! Werdet reicher, ihr Reichen, indem ihr von eurem Reichtum weggebt, ihr Söhne Mohammeds!" Als erweise er den Angebettelten eine Gnade, so hielt er ihnen seine ausgemergelte Hand hin. Alle gaben, auch der Unfreundliche mit dem Patriarchengesicht. Immer wieder dankte der Bettler mit dem doppelsinnigen Worten: „Gebe dir Allah so viel, wie du mir gibst!", womit er ausdrückte, dass der Ewige den Freigebigen belohnen, den Geizigen jedoch zur Rechenschaft ziehen würde.

Schon war er vorüber. Seine Stimme verklang: „Ihr seid reich, ich bin arm. Aber alle sind wir durch das Schicksal verbunden." Nein, auch er war es nicht, der für die Sechs eine Botschaft gehabt hätte.

Von links her, wo die Mellah, das Viertel der Juden, vor dem Tor auf den Platz mündete, klang ein Schrei wie ein Tierruf: „Hoy! Hoy!" Aber es war kein Tier, das da rief, sondern ein Blinder, und sein Ruf bedeutete „Heute, heute!" Er verkaufte Lose zu der Lotterieziehung, die an diesem Tage stattfand. „Hoy! Hoy!" Dieser klagende Laut kam näher, und jetzt konnte GG den Unglücklichen sehen. Seine Augen schienen wie ausgebrannt, die Augenhöhlen waren tot. Der Blinde ging, von niemand geführt, mit ganz kleinen Schritten, wie ein Kind, das erst gehen lernt. Er ging mitten durch die grelle Sonne, denn wo die Palmen Schatten gaben, war der Weg für ihn durch Tische und Stühle versperrt.

Der Mann mit dem Patriarchengesicht rief dem Blinden zu, er solle warten, und erhob sich. Offenbar wollte er ein Los kaufen. Aber indem er sich durch die Enge wand, stieß er an den Stuhl, auf dem GG saß, und gedachte anscheinend nicht, sich zu entschuldigen.

GG hatte nicht Lust, sich das bieten zu lassen, und wandte sich nach ihm um. Da flüsterte der Mann, fast ohne die Lippen zu bewegen: „Aschi!" und ging auf den Blinden hin.

„Folge mir", hatte er gesagt. Jetzt hatte er ein Los erstanden und schritt langsam der Medina zu.

GG stand auf. Er hatte wie Tschandru-Singh den Tee schon bezahlt, als er ihm gebracht worden war.

„Ist das der Mann?", fragte Tschandru-Singh aufgeregt, jedoch in seiner heimatlichen Sprache, so dass ihn außer GG niemand verstehen konnte. GG nickte. „Schnell, schnell!" Sie schritten ihm nach.

Der Graf legte einige Peseten auf das Tischchen. „Mein lieber Neunauge", sagte er, „jetzt werden wir also bald wissen, was man von uns hier erwartet!"

Auch der Chef war bereit. Aber er wartete, bis GG und Tschandru-Singh und dann der Graf und Neunauge vorüber waren. „Los!", knurrte er. „Hat uns lange genug warten lassen, der Kerl!"

Als letzte gingen er und Plumpudding dem unbekannten Ziele zu.

Im Gewirr der Medina

Im Augenblick, als die sechs Männer den mächtigen hufeisenförmigen Bogen des alten dunklen Stadttors betraten, überfiel sie ein starkes Gemisch von wilden Gerüchen. Es roch nach Menschenschweiß und Leder, nach Fleisch, das auf dem Rost gebraten wurde, nach aufdringlichen, schwülen Parfüms, nach Pfefferminz und Eselsmist. Dazu kam in immer wieder neuen Wellen ein strenger Geruch wie von versengtem Papier und kartoffelkrautartigem Tabak; er stieg aus den winzigen Köpfen der Pfeifen, ohne welche die Unzähligen nicht mehr leben konnten, die dem Rauschgift Haschisch verfallen waren. Aber von den Sechs hatte keiner Zeit, sich darüber Gedanken zu machen; jeder musste seine ganze Aufmerksamkeit darauf richten, die nicht aus den Augen zu verlieren, denen er zu folgen hatte.

In den engen Gassen, die kaum drei Meter breit waren und die daher kein Wagen passieren konnte, wogte es von Menschen, die in zwei entgegengesetzten Strömen ohne alle Regelung durcheinander flossen. Aber nirgends war etwas von Hast zu spüren, niemand drängte sich rücksichtslos vorwärts, keiner stieß den anderen an. Ruhig und gelassen schritten die Männer in ihren weiten, farbigen Gewändern mit hocherhobenem Haupt, unbeachtet und bescheiden die verschleierten Frauen, die nackten Füße bis zu den Knöcheln mit Henna rot gefärbt.

„Ich sehe GG nicht mehr", sagte Neunauge besorgt.

„Doch, doch. Da vorn steht er, bei dem Silberschmied!"

Wahrhaftig, GG schaute einem Handwerker zu, der vor einem

kleinen Amboss, der wie für Zwerge gemacht schien, auf dem Boden hockte und in einen silbernen Reif mit seinem Stichel ein Ornament ritzte. An einer Schnur, die von einer Wand zu einer andern gespannt war, hingen Ringe für Finger, Ohren, Hälse, Fußgelenke und Nasen. GG konnte es sich erlauben, so zu verweilen, denn der Mann, dem er mit Tschandru-Singh nachging, tat es nicht anders. Auch der Graubart mit dem weißen Turban schlenderte gemächlich durch die Suks, blieb hier stehen und dort, sprach mit dem und jenem, als habe er nichts anderes zu tun, so dass wohl niemand auf den Gedanken kommen konnte, er erfülle einen geheimen Auftrag, an dem das Schicksal des Landes hing.

So kamen sie allmählich durch ein Gewirr von Ladenstraßen. Weiter, immer weiter – an den lauten Kesselschmieden vorbei und an den stillen Mattenflechtern, bei den Töpfern vorüber und den Arabern, die auf Bergen von Datteln hockten und auf die Käufer der Früchte warteten, durch den Suk der Salzhändler und den der Metzger, um deren aufgehängte und abgezogene Hammelleiber die Schwärme der blauen Schmeißfliegen in der Sonne glänzten.

„Mein lieber Neunauge, was hältst du als Koch und Meister der feinen Küche davon?", fragte der Graf.

„Jedenfalls hängen die Hammel gut ab", antwortete Neunauge sachlich. „Das Fleisch zergeht Ihnen nachher auf der Zunge, Herr Graf!"

Von dem Kaleidoskop dieser bunten Bilder nahm der Chef keine Notiz. Er war zufrieden, dass die Sache, um derentwillen sie nach Marokko gereist waren, nun endlich in Schwung kam, und beschäftigte sich nur damit, dem Grafen und Neunauge in gehörigem Abstande zu folgen. Sein Begleiter aber bemühte sich angestrengt, sich den Weg genau einzuprägen, denn der sorgliche Plumpudding sagte sich, es könne unter Umständen nötig werden, dass sie den Ort, zu dem sie jetzt gebracht wurden, auch ohne Führer erreichen müssten, und das war nicht leicht. Die engen Suks waren ja ein wahres Labyrinth von Gassen und Gässchen, von Winkeln und toten Strängen. Von irgendeiner Ordnung war nichts zu erkennen. Nach keinem Plan schien diese Stadt der Eingeborenen gebaut, als wäre sie nur durch Wucherung in die Breite gequollen. War sie eigentlich etwas anderes als ein riesiger steinerner Kaninchenbau mit unzähligen Gängen und Schlupflöchern?

Aber Plumpudding sah eine Möglichkeit, mit diesem Wirrwarr doch fertig zu werden. Nicht nach den niedrigen Häusern freilich und Läden konnte er sich den Weg merken, den sie geführt wurden. Eins sah wie das andere aus, und die Läden waren eigentlich nur Steinkisten, die an einer Stelle offen waren und von denen keine sich von der nächsten unterschied. Nein, die Handwerker und Händler musste er sich merken, die Reihenfolge behalten, in der sie an ihnen vorüberkamen; nur daran konnte er sich orientieren. In dem ersten Stück freilich, gleich nach dem Tor, waren nur weiße Mauern gewesen mit Hauseingängen da und dort. Dann hatte sich dieser Strang in viele Suks aufgespaltet, und sie waren in den eingebogen, an dessen Eck in der weißen Hauswand mit roter Farbe eine große Hand angemalt war, deren weitgespreizte Finger gen Himmel wiesen. Von dieser Hand aus war er nicht zu verfehlen.

Jetzt sah GG, dass der Mann, der sie so unauffällig führte, in eine Seitengasse einbog. GG und Tschandru-Singh gingen rascher. Als sie die Biegung erreicht hatten, stand ihr Führer, der auf sie gewartet haben musste, vor einem Haus, über dessen Tür in arabischer Schrift und in großen lateinischen Buchstaben *MAGHREB BAZAR* zu lesen war. Mit einer unauffälligen Handbewegung wies er auf diesen Eingang und verschwand dann in der Krümmung der Gasse.

‚Das war gut ausgedacht', dachte GG. Denn dass sie nun nach und nach alle sechs in diesen Basar gingen, konnte niemand auffallen. In einem solchen interessanten großen Geschäft kauften die Fremden gern ihre Reiseandenken.

Der Basar

In dem halbdunklen Raum, den GG und Tschandru-Singh als erste betraten, wurden sie wie hocherwünschte Kunden empfangen. Zwei junge Leute begrüßten sie mit gewinnendem Lächeln und vielen Verbeugungen. Die beiden Araber waren europäisch gekleidet und hatten kurzgeschnittene Schnurrbärtchen, wie sie zur Zeit bei Filmhelden Mode waren, trugen aber bunte Takiahs. Ein älterer Mann in Djellaba und grünem Turban hielt sich zurück; nur seine Lippen bewegten sich zu einem Gruß. Er hatte eine olivfarbene Haut, die im Gesicht und an den Händen Falten warf, als sei sein Körper ausgetrocknet und zusammen geschnurrt, was ihn als einen Mann kennzeichnete, der dem Haschischgift unentrinnbar verfallen war. Einen riesigen Dunkelhäutigen, so blauschwarz, dass er aus dem tiefsten Sudan hierher verschlagen sein musste, sah GG unbeweglich neben einem abgenutzten Ladentisch stehen, auf dem sich eine moderne amerikanische Registrierkasse befand, die hier so verloren anmutete, als wäre sie erbarmungslos in eine schreckliche Fremde verschleppt und könnte vor Heimweh nach der Welt, in die sie gehörte, gar nicht funktionieren.

Denn die Besucher mussten meinen, sich in keinem Haus mehr zu befinden, sondern in einem Zelt, das in der Oase einer Wüste aufgeschlagen war. Teppiche bedeckten die Wände, Teppiche verbargen, von Stangen aus Rohr gehalten, die Decke, Teppiche bedeckten den Boden. Auf ihnen standen, senkrecht gegen die Teppichwände gelehnt, riesige Messingteller, die über und über ziseliert waren, und davor Kannen aus Messing und Silber. Das hatten GG und sein Begleiter noch gar nicht im einzelnen betrachtet, als die beiden jungen Leute mit ihrem gewinnenden Lächeln und den vielen Verbeugungen sie schon aufforderten, sich doch weiter in das Innere des Basars zu bemühen. Die beiden folgten ihnen und machten eine überraschende Entdeckung.

Von außen hatte das Haus, das sie betreten hatten, den Eindruck eines kleinen, unscheinbaren, ja beinahe jämmerlichen

Baues gemacht. Jetzt aber sahen sie, dass es überaus weitläufig war, ja dass dieser Basar eine genaue Wiederholung der Medina zu sein schien. Wie sich draußen die unübersehbaren Gassen der Suks in ein Gewirr von vielen Strängen verästelten, so führten hier fensterlose Gänge in immer wieder neue halbdunkle Räume, die durch verstaubte, an Bindfäden von den Decken herabhängende elektrische Birnen nur spärlich erhellt wurden. Es ging nach links, es ging nach rechts, es ging eine Treppe hinauf. Alle Gänge und Räume waren übervoll von Schränken und Regalen und alten Truhen; wo etwas Licht auf sie fiel, leuchteten Goldornamente auf. Die Schränke hatten Schubladen über Schubladen und schimmerten von eingelegtem Perlmutt und Elfenbein; auf den Regalen lagen zusammengerollte bunte Stoffe, grellbestickte Seiden, handgewebte wollene Tuche. Vor einem schönen Koranständer aus Bronze, die mit Silber tauschiert war, blieb GG stehen, und die eifrigen Verkäufer knipsten sofort eine der matt brennenden Birnen an, dass er das wertvolle Stück genauer betrachten konnte. Er schätzte dessen Alter auf sechshundert Jahre. Nun betrachtete er die kostbare gläserne Ampel aus einer Moschee, die mit Email und Gold verziert war, und dann zog ihn eine alte Standuhr an, deren Zifferblatt arabische Schriftzeichen trug. GG las: „Allah spricht: ‚Verfluche nicht das Schicksal, denn siehe, ICH bin das Schicksal'."

Tschandru-Singh war bei den Waffen stehengeblieben, bei türkischen Eisenhelmen, die mit Schriftzeichen aus Silber bedeckt waren, bei maurischen Kettenpanzern und Krummschwertern, bei Dolchen, die Elfenbeingriffe hatten und in Scheiden staken, die mit grünem Samt bezogen waren. Während die beiden Verkäufer ihm pantomimisch klarzumachen suchten, dass diese Stichwaffen alle einmal vergiftet gewesen seien, ging GG auf einen Vorhang von Glasperlen zu, der von weither gekommen sein musste, denn seine bunten Perlen zeigten deutlich die Gestalt eines goldschimmernden Engels mit mächtigen Flügeln. Er konnte kein Werk islamischer Kunst sein, denn für sie ist es verpönt,

Lebewesen bildlich darzustellen, überhaupt alles, was einen Schatten wirft. ‚Der Künstler oder die Künstlerin', dachte GG, ‚muss ein byzantinisches Vorbild gehabt haben', und trat dicht an den Vorhang heran. Aber weiter kam er mit seinen Gedanken nicht. Denn aus den Perlschnüren griff eine Hand heraus, fasste ihn am Arm und zog ihn durch die bewegliche Wand.

In dem Augenblick kam es Tschandru-Singh zu Bewusstsein, dass er sich zu lange verweilt hatte. Rasch wollte er GG wieder erreichen – aber er erblickte ihn nicht mehr. Er sah nur noch, wie die Perlenschnüre in einem letzten lautlosen Beben verebbten.

Eine unerwartete Einladung

„Kommen Sie bitte, mein Herr!", sagte eine Stimme zu GG auf französisch, „die Umstände erfordern diesen nicht angenehmen Weg." GG konnte den Sprecher nicht erkennen, denn in dem Gang war es dunkel. Aber dann führte ihn der Unbekannte in einen Raum, der zwar auch kein Fenster besaß, in dem aber eine Stehlampe brannte, und nun sah GG einen Mann, der einen roten Tarbusch trug, sonst aber europäische Kleidung. Er war klein, untersetzt, jedoch beweglich. Sein kupferfarbenes Gesicht war rund, der spitz gehaltene Vollbart dünn, die Nase fleischig und breit. Auffallend waren seine langbewimperten Augenlider; er hielt sie fast immer gesenkt, und sie glänzten violett, als habe er sie geschminkt. Aber die Farbe war echt.

Er nannte seinen Namen, Mansur Da'ud, bezeichnete sich als den Besitzer des Basars und bat GG Platz zu nehmen.

Der Raum machte den Eindruck, als sei er für diese Unterredung erst in aller Eile hergerichtet worden. Wie in dem Empfangsraum, so verkleideten auch hier Teppiche die Wände, aber die Stehlampe und fünf europäische Stühle, die um ein niedriges Tischchen aus afrikanischem Rosenholz standen, sahen aus, als seien sie in letzter Minute von irgendwoher gebracht worden.

Der Basarbesitzer sprach nicht weiter. Stumm saß er GG gegenüber. Sein Atem ging rasch, aber der beleibte Mann schien nicht kurzatmig von Natur zu sein, sondern nur sehr aufgeregt. Er fuhr von seinem Stuhl wieder hoch, als der Graf und der Chef von dem ausgemergelten Mann mit dem grünen Turban in das Versteck, das der Raum offenbar war, gebracht wurden. Als sie sich gesetzt hatten, war immer noch ein Stuhl frei. Es wurde also noch jemand erwartet, und der kam, noch ehe die vom Hausherrn angebotene erste Zigarette zu Ende geraucht war.

Die Tür öffnete sich, und von niemand geführt, trat ein Araber herein, der höchstens dreißig Jahre alt sein konnte. Er trug eine mattgelbe Djellaba aus feinster Wolle, die seine Gestalt weich umfloss, darunter eine Seidenweste mit breiter Bordüre, dazu gelbe Pantoffeln und europäische Seidensocken in gleicher Farbe, auf dem Kopf eine weiße Mohammedija. Bei aller Fremdartigkeit wirkte sein Äußeres elegant, und das schien seinem Wesen zu entsprechen. Es tat wohl, ihn anzusehen. Aufs stärkste aber fesselte sein Gesicht. Es war schmal und hatte den Ton alten Elfenbeins, wie überhaupt der ganze Kopf das Überfeinerte hatte, das einem Spätgeborenen eines alten Adelsgeschlechts eigen sein kann. Das Weiß, in dem seine schwarzen Augen standen, ließ an irisierendes Perlmutt denken. Jede Müdigkeit war diesem Antlitz fern. Der bemerkenswerte Mann schien nicht nur wachsam und klug, sondern auch von Energie gespannt, so dass der Graf sehr recht hatte, in Gedanken zu sagen: ‚Ein Falkengesicht'.

Der Basarbesitzer stellte ihn als Nur din el Khalid vor, den Wekil Seiner Scherifischen Majestät des Sultans, „möge Allah sein Leben verlängern", setzte er hinzu, und unaufgefordert nahm der Geheimschreiber und Erste Sekretär des regierenden Herrschers Platz. Niemand sprach es aus, aber die drei zweifelten nicht daran, dass das der Mann war, der sie hergerufen hatte.

Es war merkwürdig – vom Augenblick an, da er den sonderbaren Raum betreten hatte, schien den drei Männern des Teams die fremde Welt, in die sie hier gekommen waren, versunken. Das

Unbestimmte, Ungewisse war auf einmal fort – jetzt lag nur noch die Aufgabe vor ihnen, die sie in Angriff zu nehmen hatten. Offenbar schien die Gegenwart des Wekils auch den Basarbesitzer zu verändern. Als er jetzt auf eine kurze Weisung Khalids zu reden begann, ging sein Atem ruhig, und er führte sicher und klar aus, worum es hier ging.

In der Stadt El Kasr ala albaar, die 85 Kilometer von der Hauptstadt entfernt am Atlantischen Ozean lag, residierte der Pascha Sidi Mohammed Abdullah Ben Asayim. Er gehörte einem jahrhundertealten Herrschergeschlecht der Berber an, aber im Lande regierte der Sultan, welcher der arabischen Dynastie der Alawiten entstammte. Im Laufe der Zeit hatten die von Osten her in das Land gedrungenen Araber die alteingesessenen Berberstämme immer mehr in die unwegsamen Berge gedrängt – „der Araber isst den Berber", hieß es im Lande. Immer wieder hatten die Berber versucht, sich gegen die Herrschaft des Sultans aufzulehnen, und ihre plötzlichen Überfälle waren gefürchtet. „Die Berber kommen!", war ein Schreckensruf, mit dem die Mütter widerspenstigen Kindern noch heute Angst machten. Am gefürchtetsten war der kriegerische Stamm der Beni Bechiri, dem der Pascha von El Kasr besonders nahestand. Nicht ohne Absicht hatte er alle seine vier Frauen aus diesem Stamm gewählt. Vor achtzehn Jahren hatten die Beni Bechiri den letzten Aufstand gewagt, waren aber zurückgeschlagen und der Stamm für immer entwaffnet worden. Bei der Revolte hatte der Pascha, damals ein junger Mann von zwanzig Jahren, seine Hand im Spiel gehabt.

„Ich nehme an", sagte GG, „dass der Pascha nach einem Siege der Berber den Sultan entthront hätte!"

Der Basarbesitzer nickte.

„Verstehe nicht, warum ihn der Sultan dann nicht aus dem Lande gejagt hat", warf der Chef ein. „Ist ja eine ständige Bedrohung für ihn!"

Der Basarbesitzer warf einen hilfesuchenden Blick auf den Wekil.

Aber der schwieg nach wie vor, und so musste Mansur Da'ud weiterreden. „Unser Sultan", sagte er, „ist von Allah mit tiefer Einsicht begnadet. Er ist überzeugt, nur eine Versöhnung zwischen Arabern und Berbern gibt dem Lande die Möglichkeit eines Aufstiegs. Er begnügte sich damit, dass der Pascha auf den Koran beschwor, nie gegen den Sultan zu kämpfen. Er ließ ihm den Paschatitel. Er ließ ihm auch den Titel ‚Herr der Berge'. Er verbannte ihn nur in das alte Schloss El Kasr ala albaar."

Je länger der Basarbesitzer sprach, desto lückenreicher wurde sein Französisch, und er flocht immer häufiger arabische Worte, ja ganze Wendungen ein, und jetzt, wo er von dem, was er zu berichten hatte, erregt wurde, sprach er nur noch in seiner Muttersprache, so dass ihn von den drei europäischen Gästen allein GG verstand.

„Seit einiger Zeit", so sagte er, wobei sein Atem wieder rascher ging, „mehren sich die Anzeichen, dass der Pascha irgend etwas plant. Bei ihm lebt ein Levantiner namens Aristides Caruana. Er muss in Malta aufgewachsen sein. Er hat, wie man hört, eine Griechin als Mutter und einen Malteser als Vater. Er hat dunkle Geschäfte hinter sich, sehr dunkle, wie es heißt. Aber er ist ein sehr geschickter Mann, ohne Zweifel, ganz ohne Zweifel. Er hat für den Pascha an den Börsen spekuliert. Er hat ihm enorme Gewinne verschafft, ganz enorme Gewinne – wenigstens wird das behauptet", setzte er einschränkend hinzu, als wolle er den Anschein vermeiden, er sei über die Geschäfte des fragwürdigen Mannes genau unterrichtet.

„Jedenfalls hat ihn der Pascha zu seinem Finanzberater gemacht", sagte er hastig und holte dann ein paar Mal tief Atem, als müsse er jetzt den schwierigsten Teil der Strecke bewältigen: „Jetzt aber hat der …" Er rang nach einer passenden Bezeichnung, begnügte sich jedoch, fortzufahren: „Jetzt hat Herr Caruana irgendeinen großen Schlag vor, wenn nicht alle Vermutungen trügen. Vielleicht hat er sogar den Pascha aufgestachelt, wieder einen Angriff auf den Sultan zu wagen! Man hört dies, man hört das, aber man hört nichts Genaues. Sie müssen seine Pläne herausbekommen, meine Herren. Sie müssen seine Anschläge zunichte machen. Dafür sind Sie in das Land unsres Sultans gerufen worden. Allah gebe ihm ein langes Leben!"

Als GG das seinen beiden Gefährten übersetzt hatte, machte der Chef sofort eine ablehnende Handbewegung. „Faule Sache", sagte er entschieden. „Regierung hat doch überall ihre bezahlten Spitzel und Zuträger. Kann durch ihre Kreaturen ganz genau erfahren, was gespielt wird. Verstehe nicht, dass wir dazu nötig sind. Lege Wert darauf, dass Sie den Leuten klarmachen: So etwas liegt uns nicht!"

Der Einwand des Chefs schien eine wunde Stelle berührt zu haben, denn nachdem GG ihn übersetzt hatte, fuhr sich der Basarbesitzer mit seinem Taschentuch über die Stirn, als sei ihm der kalte Schweiß ausgebrochen. Er erwiderte hastig, es sei zweifellos richtig, dass der Sultan – „Allah verlängere sein Leben" – über einen ausgezeichneten geheimen Nachrichtendienst verfüge, aber gerade weil die Angaben der Vertrauensleute in diesem Falle so merkwürdig unbestimmt seien, müsse man schließen, dass die Lage sehr gefährlich sei. Das sehe nämlich so aus, als rechneten die Eingeweihten schon damit, dass ein etwa geplanter Umsturz Erfolg haben werde, und da wolle es keiner mit dem zukünftigen Machthaber verderben.

Das leuchtete ein, aber der Chef kam sofort mit einem neuen Einwand: „Sultan hat doch, wie Sie uns erklärt haben, seine eignen Truppen."

„Vielleicht kann er seiner Mehalla so wenig trauen wie seinen Vertrauensleuten?", meinte der Graf.

„Schön", knurrte der Chef, aber der Graf protestierte: „Bitte, Chef, sagen Sie nicht: ‚schön'. Sagen Sie: ‚So wird es sein', oder: ‚So kann es sein', aber sagen Sie nicht: ‚schön'. Denn schön ist das nicht."

Der Chef warf ihm nur einen Blick zu. „Meine, wenn seine Leute nicht schießen …"

„Verzeihung, Chef", bemerkte der Graf sehr höflich, „warum sollten sie nicht schießen? Es kommt nur darauf an, auf wen sie schießen!"

„Ob sie zuverlässig sind oder nicht", sagte der Chef böse, „darauf kommt es überhaupt nicht an. Neben dem Palast des Sultans steht der Palast, in dem der Generalgouverneur der europäischen Schutzmacht sitzt, und er hat eine Armee im Lande, die schießt, so wie er befiehlt. Die Berber aus den Bergen haben, wie uns gesagt wurde, nicht einmal mehr Waffen."

„Sollte nicht die Möglichkeit bestehen, Chef, dass sie sich die insgeheim wieder beschafft haben?", lautete die mit bezwingender Harmlosigkeit vorgebrachte Frage des Grafen. „Haben jedenfalls keine Flugzeuge wie der Generalgouverneur", antwortete der Chef energisch, „haben keine Maschinengewehre, oder wenn doch, können sie die nicht bedienen. Habe auf der Karte gesehen: überall im Land Militärstationen. Kommen meinetwegen aus ihren Bergen angeritten – ein telefonischer Anruf genügt –"

„Meinen Sie nicht, Chef, dass jene Vertrauensleute, die sich nicht trauen, die Wahrheit zu berichten, schon vor dem Aufbruch der Reiter die Telefondrähte zerschnitten haben?"

„Bitte ergebenst", fragte der Chef in dem schönen Gefühl zurück, nicht widerlegt werden zu können, „und wie zerschneiden Ihre Leute die Funkwellen?" Dann endlich kam er zu dem Argument, das seiner Meinung nach durchschlug: „Jede Kavallerie wird aus den alarmierten Blockhäusern, die Straßen und Gelände beherrschen, zusammengeschossen. Keiner der armen Kerle erreicht die Hauptstadt!"

Jetzt ergriff zum ersten Mal der Wekil des Sultans das Wort. Er wartete nicht ab, bis GG die Meinung des Chefs übersetzt hatte – er musste also genau verstanden haben, was der Chef und der Graf gesprochen hatten. Er sprach leise, und wie es schien, ganz leidenschaftslos, aber jeder seiner kurzen Sätze klang wie gehämmert: „Wenn die Berber kommen, werden sie Waffen haben. Wenn die Berber kommen, werden die Maschinengewehre des Generalgouverneurs schießen. Wenn die Berber kommen, schießt auch die Mehalla. Dann fließt Blut. Wenn aber Blut zwischen Arabern und Berbern geflossen ist, dann gibt es keinen Frieden mehr in diesem Lande!"

Er machte eine Pause, als solle jeder Zeit haben, sich zu vergegenwärtigen, was es heißt, wenn zwei Völkerstämme eines Landes einander im Vernichtungskampf zerfleischen, und sein Schweigen lastete auf allen. Der Basarbesitzer saß ganz zusammengesunken da.

„Es darf zu keinem Angriff der Berber kommen", fuhr der Wekil fort. „Ermitteln Sie, ob er geplant ist. Ist er geplant, dann verhindern Sie ihn, ohne dass ein Schuss fällt."

Es war der Graf, der darauf antwortete, aber ohne Scherz, denn dafür war die Zeit jetzt vorbei. „Wenn man von der Voraussetzung ausgeht", sagte er, „dass dieser Malteser der Unruhestifter ist, dann wäre es doch wohl geraten, dass man ihn aus der Umgebung des Paschas entfernte. Er gilt, das haben wir gehört, als eine fragwürdige Persönlichkeit. Demnach liegt einiges gegen ihn vor. Wäre es da nicht das einfachste, man ließe ihn auf Grund dessen, was gegen ihn vorliegt, von der Polizei belangen und zwänge ihn, das Land zu verlassen?"

Der Basarbesitzer raffte sich auf, das sofort zu klären. „Der Malteser hält sich nur im Palastbezirk des Paschas auf. Er verlässt diesen Bereich mit keinem Schritt. Innerhalb dieser Grenzen untersteht er allein der Gerichtsbarkeit des Paschas. Niemand hat das Recht, dort einzudringen."

„Kann man dieses Recht nicht für sieben Tage aufheben?"

„Nein", antwortete der Wekil, „das kann man nicht. Denn mit diesem Recht ist auch die Person des Paschas geschützt. Höbe der Sultan es auf, so gibt es für die Berber nur eine Deutung: Der Sultan will dem Herrn der Berge ans Leben."

Es sah von einem zum andern und fragte dann: „Ist jetzt alles klar?"

Das war es. Die Männer des Teams wussten, woran sie waren

– aber es sollte ihnen noch deutlicher werden. „Bitte, hören Sie, was ich Ihnen jetzt zu sagen habe", bemerkte der Wekil. „Sie sind ganz allein auf sich gestellt. Der Generalgouverneur wird nie zu Ihren Gunsten eingreifen, denn er weiß von Ihnen nichts. Seine Scherifische Majestät der Sultan darf von Ihnen nichts wissen, denn die Ihm vielleicht drohende Gefahr muss ihm verschwiegen werden, aus Gründen, über die ich mich nicht äußern kann. Sollten Sie und ich uns irgendwo begegnen, so kenne ich Sie nicht."

Der Basarbesitzer fühlte sich gedrängt, auch etwas zu äußern, aber er brachte nur hervor: „Ja, so ist es, genau so, und wenn Sie mir eine Million dafür gäben – ich wüsste nicht zu sagen, wie Sie das nun machen sollen", wobei der Graf den Eindruck hatte, der bekümmerte Mann hätte eigentlich ausdrücken wollen, das beste wäre, wenn sie das Land so schnell wie möglich wieder verließen.

Der Wekil erhob sich. Damit war die Unterredung zu Ende. Der Basarbesitzer sprang eilig auf, öffnete die Tür, horchte hinaus und verließ dann als erster den Raum, um den Weg zu zeigen. Der Chef folgte ihm, dann der Graf. Als GG sich ihm anschließen wollte, hielt ihn der Wekil auf, indem er seinen Arm berührte. „Sie sind nicht ganz allein", flüsterte er hastig. „In der Stadt werden Sie beschützt. Aber draußen im Lande nicht. Trauen Sie niemand! Im Falle der höchsten Not müssen Sie sich an mich wenden. Sagen Sie dem Rais der Palastwache: ‚Watano arrayul hueva alofok!'"

„Watano arrayul hueva alofok", wiederholte GG leise, sich damit den Satz einprägend. Er verstand das große Wort: „Des Mannes Heimat ist der Horizont."

Nun verließ auch GG den Raum, aber voller Unruhe. Warum hatte der Wekil zu ihm leise gesprochen, und anders als vorhin? ‚Trauen Sie niemand' – traute etwa der Wekil auch dem Basarbesitzer nicht, musste sich aber seiner bedienen, weil er niemand sonst hatte, dessen Dienste er in Anspruch nehmen konnte? Stand auch der Wekil allein?!

Schon kam der Basarbesitzer angeschossen, um GG durch die verwinkelten Gänge des Basars zum Ausgang zu führen. Der Chef und der Graf waren dort bereits angelangt, und auf niedrigen Sitzkissen hockend, tranken Plumpudding, Neunauge und Tschandru-Singh mit den Angestellten des Hauses Pfefferminztee. Der Besitzer wollte unbedingt, dass er auch für die drei Herrn gebracht würde, aber noch von seinem Zweifel bedrängt, lehnte GG so entschieden ab, dass Mansur Da'ud nicht weiter darauf bestand. Doch keiner seiner Gäste durfte fortgehen, ehe seine Angestellten nicht jedem Stirn, Schläfen und Handflächen mit einem starken Parfüm eingerieben hatten, und schließlich drängte er noch jedem ein Zigarettenetui aus hellem Leder auf, dem anzufühlen war, dass es wohlgefüllt war. „Hassan wird Sie an den Ausgang der Medina bringen", sagte er noch, und der riesige Schwarze setzte sich in Bewegung.

Vergebens wehrten die Herren ab, vergebens sagte Plumpudding, er habe sich den Weg so genau eingeprägt, dass er nicht nur wieder zum Tor zurückfinde, durch das sie gekommen seien, sondern auch jederzeit den Basar wieder besuchen könne – „das Haus mit der roten Hand weist mir den Weg!", sagte er, seiner Sache sicher.

Als GG das dem Basarbesitzer übersetzt hatte, sah Mansur Da'ud Plumpudding mit zusammengekniffenen Augen an, als müsse er sich vergegenwärtigen, welches Haus jener meine. Schon aber fielen seine violetten Lider wieder herab, als schlösse sich ein Vorhang, und er sagte: „Hier kommt niemand heraus, der sich nicht willig führen lässt."

GG stutzte. War das nur so hingesagt, oder war das eine Drohung? Sogleich aber schüttelte er seinen Verdacht ab. Er war, dachte er, durch die Warnung des Wekils überempfindlich geworden. Übrigens verließ der Wekil das Haus nicht mit ihnen. GG hatte die Vorstellung, dass es Wege gab, auf denen man den Basar ungesehen erreichte und ungesehen verlassen konnte.

Ohne ein Wort zu sprechen, führte der Farbige sie durch die

Medina, und es schien Tschandru-Singh, als spräche aus den Augen des Riesen Angst. Der Inder war hier ebenso in der Fremde wie der Dunkelhäutige aus dem Sudan, aber Tschandru-Singh lebte ja bei seinem Sahib und für ihn – hatte der Afrikaner etwa niemanden, bei dem er sich wohl fühlte?

„Sahib", flüsterte der junge Mensch GG zu, „willst du nicht dem Mann etwas geben? Er sieht aus, als ob keine Freude bei ihm ist."

GG drückte Tschandru-Singh einen ansehnlichen Schein in die Hand, und als der Schwarze sie an das Tor der Medina gebracht hatte und wieder umkehren wollte, schob Tschandru-Singh ihm das Geld zu. Der Riese sah den Schein an und dann Tschandru-Singh. Er lachte nicht, und es verzog sich in seinem Gesicht überhaupt keine Miene. Aber er gurgelte ein paar Laute, doch niemand verstand sie, und der Inder ging mit Plumpudding und Neunauge in ihr Hotel, das im Europäerviertel lag, während der Chef, der Graf und GG sich wieder an eins der Tischchen unter die Palmen des großen Platzes setzten.

Keiner von ihnen sagte etwas. Es war alles genauso, wie es vor ihrem Aufbruch zum Basar gewesen war. Der Kellner in der Pluderhose und dem Herrenjackett stellte ihnen Gläser mit Tee hin, der Platz war voller Menschen, unter dem Dach des Kiosks in der Mitte des Platzes saßen die Männer, die das Nichtstun genossen, um das lichte Gebilde aus weißem Stein schlenderten andere Hand in Hand, die kleinen Schuhputzer stürzten sich auf die drei Europäer und verzogen sich enttäuscht wieder, ein Bettler sang sein Bettellied, von weither klang das „Hoy! Hoy!" des Blinden, nichts hatte sich verändert. Nur die Sonne war tiefer gesunken, und von dem Europäerviertel her schrien die schrillen Stimmen der Kinder, die Zeitungen verkauften, die Titel ihrer eben erschienenen Blätter aus. Und doch war für die drei alles von Grund auf anders geworden.

Denn jetzt wussten sie, dass diese gleichmäßige Ruhe, die über allem zu liegen schien, nur Schein war, dass es unter der Oberfläche brodelte, dass unter den Männern, die hier saßen oder spazierengingen, vermutlich mancher Eingeweihte war, der nur auf den Tag wartete, an dem losgeschlagen wurde, an dem die Berber in die Medina einfielen und, von der wilden Erregung des Augenblicks gepackt, zum Plündern in die Häuser stürzten – dann in die Häuser des Judenviertels und dann vielleicht in die reichen, prunkvollen Läden der Europäerstadt – und an ihnen Dreien lag es, dieses Unheil abzuwenden …

„Na", sagte der Graf, „da stecken wir uns am besten wohl erst einmal eine der uns verehrten Zigaretten an!" Er zog das Geschenk hervor, betrachtete das Kamel, das darauf, unter zwei Palmen stehend, aus dem hellen Ziegenleder gepunzt war, und öffnete das Etui. Wie erwartet, war es mit Zigaretten gefüllt. Es enthielt aber auch noch einen zusammengefalteten Zettel, den der Graf nun hervorzog. „Aha", sagte er, „der *Basar Maghreb* empfiehlt sich seiner werten Kundschaft" – aber dann verging ihm die Lust zu weiteren Bemerkungen. Denn er sah, dass er keinen Reklamezettel in der Hand hielt, sondern ein handgeschriebenes Briefchen in französischer Sprache: „Meine Herren, es würde mich sehr interessieren, Ihre Bekanntschaft zu machen. Leider verhindern mich die Umstände, Sie aufzusuchen. Deshalb bitte ich Sie, mir das Vergnügen Ihres Besuches zu machen. Dass ich in El Kasr zu finden bin, werden Sie bereits erfahren haben. Nennen Sie am Bab nuäddr meinen Namen, und man wird Sie zu mir führen. Ihr sehr ergebener Aristides Caruana."

Stumm gab er das Schreiben weiter. Nachdem GG und der Chef die Zeilen gelesen hatten, sahen sie in den Etuis nach, die sie bekommen hatten, aber darin fanden sie nur Zigaretten.

Wer hatte dieses Schreiben des Maltesers in das Ledertäschchen gesteckt? Hatte es der Basarbesitzer getan? Oder hatte das jemand anders besorgt und war Mansur Da'ud der ahnungslose Vermittler?

„Jedenfalls wird die geheimnisvolle Sache immer geheimnisvoller", sagte der Graf.

Von dem viereckigen Turm der kleinen Moschee, die neben dem Sultanspalast lag, erklang eine Stimme. Es war der Gebetsrufer, der sich langsam in die vier Himmelsrichtungen wandte und in jede seine Stimme ertönen ließ: „Allahu akbar – Allah ist groß! Ich bezeuge, dass es keinen Gott gibt außer Allah, und ich bezeuge, dass Muhammed Allahs Gesandter ist ..." Es war ein Rufen, das fast ein Singen war, und die Inbrunst der Stimme war erregend. Sie schien gar nicht die Stimme eines Menschen zu sein, sondern die einer fremden, geheimnisvollen Welt.

Nach El Kasr

Die Drei hatten im Hotelzimmer des Chefs lange beraten. Sie hatten dabei nur geflüstert, damit kein Horcher sie belauschen konnte, und sie waren alle einer Meinung. Um ihren Gegner richtig einschätzen zu können, mussten sie ihn sehen, mussten sie ihn hören, mussten sie ihn sprechen.

Pünktlich stand am anderen Morgen das Auto, ein bequemer Pontiac, den der Hotelsekretär besorgt hatte, vor der Tür. Den Fahrer, einen spanischen Juden, hatte er ihnen als besonders zuverlässig empfohlen. Plumpudding, Neunauge und Tschandru-Singh bekamen den Auftrag, im Hotel zu bleiben. GG hatte sie über die Lage und die Aufgabe, die zu lösen war, genau unterrichtet, und wenn der Wekil etwa eine Nachricht schickte, so war Plumpudding der Mann für sie, sollte sie in Englisch abgefasst sein, während für französische Botschaften Neunauge zuständig war. Der junge Inder war der geeignete Späher, wenn vielleicht in der Medina etwas ausgerichtet werden musste.

Der Wagen hatte die Stadt verlassen und fuhr die breite Landstraße nach Westen, die in ausgezeichnetem Zustand war. Bauern kamen ihnen entgegen. Sie waren schon vor Sonnenaufgang aufgebrochen und zogen zum Markt in die Medina. Ihre Esel und Maulesel waren schwer beladen. Rücken und Seiten der Tiere bedeckte ein tief herabhängendes Polster, und darüber hingen große Taschen aus Palmstroh, die mit Holzkohle oder mit frisch grünen Pfefferminzblättern gefüllt waren. Außerdem mussten die zierlichen Tiere noch den Reiter tragen, der zwischen ihrem Hals und den Strohtaschen hockte. Geduldig trotteten sie ihren freudlosen Weg dahin. Die Frauen, die das gleiche Ziel hatten, waren nicht besser dran als die Tiere. Auch sie hatten schwere Lasten zu schleppen und dazu noch jede einen Säugling auf dem Rücken. Weder sie noch die Reiter warfen einen Blick auf das Auto, das an ihnen vorübersauste. ‚Als führen wir durch ein erbittertes Schweigen!' dachte GG. Aber er kam nicht dazu, über die gequälten Tiere, die bedrückende Lage der Frauen nachzudenken oder zu überlegen, wie diese Menschen mit den wenigen Peseten, die sie nach dem stundenlangen Anmarsch auf dem Markt einnahmen, überhaupt leben konnten. Der Gedanke an den gefährlichen Mann in El Kasr ala albaar ließ ihn nicht los.

Waren sie nicht in einer peinlichen Lage? Offenbar war der Malteser über jeden ihrer Schritte genau unterrichtet. Sicherlich hatte er gewusst, dass sie die erste Weisung in Melilla bekommen hatten. Auch dass in dem Basar eine geheime Unterredung stattfinden sollte, konnte ihm nicht verborgen geblieben sein – sonst hätte er ihnen dort ja seinen Brief nicht geben lassen. Mit überlegener Hand hatte er sie überspielt. Kamen sie jetzt nicht wie Besiegte zu ihm?

Angespannt beobachtete der Chef das Land, denn was er hier sah, konnte bald der Schauplatz bedrohlicher Ereignisse sein, denen sie zu begegnen hatten. Die hohen Berge allerdings, von woher das Verderben drohte, lagen weit hinter ihnen, und sie fuhren durch ein Hügelland, das nach Westen hin, dem Meere zu, immer flacher wurde. Jetzt zog eine Militärstation seinen Blick an sich. Helle Zelte auf einem Hügel. In dessen Hang eingebaute Bunker. Ihre Betonschlitze beherrschen die Straße.

„Langsam!", sagte der Chef, und der Fahrer nahm Gas weg. Dichte Drahtverhaue zur Sicherung der Stellung. Spanische Reiter neben der Straße zusammengestellt, mit denen sie sofort gesperrt werden konnte. Posten.

Sie gehörten nicht der Mehalla an, sie trugen keine khakifarbenen Kittel mit dem fünfzackigen Stern, dem Wappen des Landes. In olivgrünen Hemden und Hosen standen sie da, und der Stoff ihrer leichten Kleidung war vom vielen Waschen und von der Sonne mitgenommen. Auf dem Kopf trugen sie ebenso ausgebleichte Schiffchen-Mützen. Ihr Stolz waren anscheinend wilde Vollbärte.

„Kolonialtruppe?", fragte der Chef.

„Fremdenlegion", antwortete GG.

Die Herren grüßten. Die Vollbärte salutierten.

Vorüber. Der Wagen fuhr wieder achtzig. Auf niedrigen Hügelkuppen kleine Siedlungen von vier, fünf weißgekalkten Häusern. Dächer aus altersgrau gewordenem Palmstroh. Keine Zäune. Undurchdringliche Hecken von Feigenkaktus, mehr als mannshoch überragt von Apfelsinenbäumen. Leuchtende Früchte. Aber alles stumm, wie tot, als lebe dort kein Mensch. Vorüber.

Jetzt war der Chef in seinen Überlegungen wieder bei dem Unbekannten, zu dem sie in das marokkanische Land mit der höchsten Geschwindigkeit fuhren, die der Wagen hergab, aber er konnte seine Gedanken nicht äußern, denn war dem Fahrer wirklich zu trauen? ‚Fatale Figur, dieser verdammte Levantiner', dachte er. ‚Spricht natürlich kein Englisch. Bestenfalls ein miserables Französisch, das ich auch nicht verstehe. Sitze wieder dabei wie ein Ölgötze, stumm und dumm. Wenn der Kerl doch wenigstens gleich eine Pistole zöge! Hätte ein Recht, ihn zum Fenster hinauszuwerfen. Wenn er sich dabei das Genick bräche, wäre es sein Pech. Ist natürlich zu schlau, viel zu schlau. Schlauer als ich. Weiß ich. Mache mir nichts vor.'

Grashänge von hellem Grün, übersät von dunkelgrünen Flecken, Palmitopflanzen. Vorüber. Weite Flächen von dem hartblättrigen Palmitogestrüpp kniehoch überzogen. Armseliges Land. Kümmerlicher roter Boden. Vorüber. Ein Flusstal, das Bett ohne Wasser, nur voller Steine. Aber der Boden musste Feuchtigkeit halten, denn so weit ihre Augen sahen, blühender Oleander, rot blühend, in allen Farbtönen, vom weißlichen Rosa bis zum dunkelsten Rot. Vorüber.

Die Luft wurde anders: Feuchte kam vom Meer her. Das Land wurde anders. Auf den Hügeln lichte Haine von Ölbäumen. Sie standen weit auseinander, ein jeder konnte sich ungehemmt entfalten. Dicht über dem Erdboden schon breiteten sich ihre Äste aus, breitschattend standen die mächtigen Bäume mit ihren silbergrauen Stämmen da. Um sie war ein himmlischer Friede. War das nicht wie ein Blick in das verlorene Paradies? ‚Warum haben wir uns nur dazu verurteilt, diesem Gauner die schmutzigen Geschäfte zu verderben?' dachte der Graf. Aber was er dann aussprach, klang etwas anders, denn auch er nahm die Empfehlungen, in denen der Hotelsekretär ihnen den Fahrer gerühmt hatte, nicht als unbedingt gültige Münze.

„Wie wäre es so schön auf der Erde", seufzte er, „wenn es auf ihr keine Menschen gäbe ..."

Störche erhoben sich aus einer sumpfigen Niederung und schwangen sich mit sanften Flügelschlägen zu den Ölbäumen hin. Ein Zwergadlerpaar stieg mit helltönendem Pfeifen auf, schraubte sich mit blitzschnellen Wendungen in eine gewaltige Höhe und schwebte dann in großen Kreisen gelassen und anmutig zwischen Erde und Himmel.

Vom Meer, dem sie nun nahe gekommen sein mussten, war nichts zu sehen, denn die Aussicht dorthin war durch lange Züge von Dünen verdeckt. Aber der Fahrer sagte: „El Kasr!" und zeigte, eine Hand vom Steuer nehmend, nach links, wo sich weiße Häuserwürfel und Kuppeldächer von Moscheen zu einer Stadt zusammenfügten. Ein Viereck mächtiger Mauern überragte sie. „Dort haust der Herr der Berge", sagte der Fahrer, wobei er über den großartigen Titel etwas spöttisch lächelte.

Dort also saß auch dieser Aristides Caruana, dessen Begegnung sie zu bestehen hatten. Sie waren da.

„Was heißt eigentlich Bab nuäddr?", fragte der Graf. „Tor der hohen Erwartungen", antwortete GG.

Der Mann aus Malta

Sie waren auf dem Weg zu einem Feinde, und aufmerksam achteten sie auf jeden Schritt. Vor ihnen lag die sehr hohe und anscheinend auch recht breite Mauer, welche die ganze Schlossanlage umgab, wodurch sie mehr den Charakter einer Burg bekam. Von den weißen Häusern der Stadt trennte sie ein gut zehn Meter breiter grüner Gürtel von Palmen, aus deren starren dunkelgrünen Blättern der Elfenbeinton der Blütenbüschel hell schimmerte.

Vom Augenblick an, in dem sie das Auto verlassen hatten, umgab sie ein wogendes Gefolge von Neugierigen, Männern und Kindern. Die Djellabas der Großen leuchteten in starkem Gelb, grellem Blau und schmutzigem Weiß; hier trugen alle Turbane. Die Kinder sahen zerlumpt aus, und wahre Elendsgestalten waren die Bettler, die im Schatten der Palmen hockten und den Vorübergehenden bittend ihre Schalen hinhielten. In langen Reihen saßen sie wohlgeordnet da – vorn kauerten die Blinden, dahinter die Krüppel, als könne es gar nicht anders sein, denn hier war der Platz, den Allah ihnen auf dieser Erde zugewiesen hatte.

Der Boden stieg zum Tor hinan, und wie beim Eingang in die Medina der Weißen Stadt hatte es die Form eines Hufeisens. Aber es war ein gewaltiges Tor, und seine geöffneten Flügel hätten zehn Reiter nebeneinander passieren können. Ein Rundbogenfries mit farbigen Arabesken in Fayencekacheln war sein leuchtender Schmuck.

Die drei Europäer hatten das Torgewölbe erreicht, und ihr lärmendes Gefolge war voller Ehrfurcht zurückgewichen. Dafür traten nun die Männer der Torwache auf sie zu, hochgewachsene, dunkelbraune Männer mit weißen Turbanen, in weiten roten Pluderhosen, kurzen hellblauen, goldbestickten Jacken, über die sie weiße Umhänge trugen, die durch ein Bruststück aus silberbeschlagenem Leder zusammengehalten wurden. Aus einem Schal, der wie ein Gürtel um den Leib gewickelt war, sah der Griff eines Dolches hervor. ‚Anscheinend keine Schusswaffen', notierte der Chef in Gedanken.

Die buntgekleideten Männer riefen nach dem Rais, als GG ihnen erklärt hatte, wen sie aufzusuchen wünschten. Er kam ohne alle Eile und war wie die andern gekleidet, aber das lederne Bruststück seines Selhams, des weißen Umhangs, war mit goldenen Fäden bestickt. Er begnügte sich nicht damit, dass er von den Posten bereits das Anliegen der Fremden gehört hatte. Er legte Wert darauf, es noch einmal selbst aus GGs Munde zu hören, antwortete dann aber in vollendeter Höflichkeit: „Erlaube mir, dass ich euch zu Caruana-Bay führe!"

Er schritt voran, und den Besuchern, die sich so unauffällig wie möglich umsahen, wurde deutlich, dass die Mauer zu ihrer Rechten, also nach dem Meere hin, mit starken Bastionen versehen war, die ein unverkennbar europäisches Gepräge trugen. Sie schloss sich an die Mauer, die nach der Stadt zu mit jenem Palmengürtel umgeben war. Der Palast, zu dem sie der Rais der Wache führte, lag innerhalb des Mauernrings völlig frei, und dieser leere, mit Seesand bestreute Raum hatte einen großen Umfang. Er war wohl dazu bestimmt, eine ganze Mehalla aufzunehmen …

Das Gebäude aber hatte nichts mehr von dem anderen Erdteil. Es war ein riesiger weißer Würfel, schmucklos und, wie es schien, von barbarischer Primitivität. Als sich jedoch vor den Fremden auf einen Ruf des Rais hin eine Tür öffnete und sie durch einen schlank ausgezogenen Spitzbogen den Marmorboden einer Eingangshalle betraten, sahen sie durch deren offene Galerie von dünnen Säulen und Steinbögen einen Innenhof von wirklich märchenhafter Pracht. Dort standen immergrüne Citrussträucher mit weißen und rötlichen Blüten, die von mehr als fünfzig Fontänen mit Wasserschleiern bestäubt wurden. Den Gartenhof füllte ein so starker Duft, dass er nicht nur von den blühenden Sträuchern kommen konnte – die sprühenden Wasser mussten parfümiert sein.

Einige Afrikaner in weißer Djellaba und rotem Tarbusch, die

in der Halle auf einer Steinbank gesessen hatten, erhoben sich, und nachdem der Rais einige Worte mit ihnen gewechselt hatte, verabschiedete er sich, indem er sich seine rechte Hand auf das Herz legte. Die Schwarzen gingen mit ihnen eine weiße Marmortreppe hinauf in den ersten Stock und führten sie in ein Gemach, dessen Fenster auf den Märchenhof hinausgingen. Ihre Füße versanken in dem dicken bunten Teppich, mit dem es ausgelegt war. Rings um die Wände liefen niedrige, breite Sitzbänke, die mit weichen Teppichen bedeckt waren. Man konnte auf ihnen ebenso gut sitzen wie liegen.

„Nicht ganz übel", äußerte der Graf, als sie an den Sitzbänken unterhalb des Fensters über Eck Platz nahmen. Die Schwarzen hatten sie verlassen. Aber sie blieben nur einen Augenblick allein. Gleich öffnete sich die Tür, und wieder betraten Dunkelhäutige das Gemach. Sie unterschieden sich von denen, die sie durch das Schloss geführt hatten. Es waren drei herkulisch gebaute Männer. Ihre Haut war von schwärzestem Schwarz, und sie trugen die Tracht der westlichen Sahara, der sie entstammten: Ihren Kopf bedeckte ein schwarzer Turban, und ihre untere Gesichtshälfte verbarg ein schwarzes Tuch. Unheimlich wirkten sie, wie sie da neben der Tür standen, ohne sich zu rühren. Nur ihre dunklen Augäpfel und ihre Augenlider bewegten sich.

„Geschickt vorbereitet", sagte der Graf. „Passen Sie auf, jetzt betritt der Hauptdarsteller die Szene!"

Es geschah – und mit ihm trat eine ungewöhnliche Gestalt herein.

Der überschlanke Mann, dessen Gesicht gebräunt, aber von unverkennbar europäischer Art war, trug einen ausgezeichnet geschnittenen Anzug aus Rohseide und im Knopfloch seiner Jacke eine schwarzrote Nelke. Sein Kopf, der auf einem langen Hals saß, war schmal, die Stirn hoch, das schwarze Haar dünn. Das Auffallendste aber war, dass sein Antlitz in zwei verschiedene Hälften zerfiel. Das Obergesicht mit einer weit hervorspringenden Nase überragte den unteren Teil, dessen Mund so dünne

Lippen besaß, dass sie an Messerschärfe erinnerten. Der Graf, der als Mediziner ihn sofort als einen ganz bestimmten Menschentyp erkannte, blickte unwillkürlich auf dessen Hände – richtig, sie waren lang und schmal mit wahren Spinnenfingern. Er blickte schärfer zu, und nun entging ihm auch nicht mehr, dass selbst der geschickte Schneider die abfallenden Schultern des Herrn nicht ganz hatte verbergen können. Unwillkürlich dachte der Graf an das adlige Falkengesicht des Arabers, der ihnen gestern gegenübergesessen hatte, und sein Urteil war fertig: ‚Ein Geiermensch. Ein Geier in Rohseide!' Dabei hatten die fast wässerig hellen Augen des Maltesers etwas gespenstisch Leeres, während seine rechte Augenbraue in einem scharfen Winkel nach oben gezogen war. ‚Entweder', dachte der Graf, ‚hat ihn der Schöpfer damit gezeichnet, oder es ist ein Kunstgriff von ihm, mit dem er sich einen dämonischen Zug gibt, um den nichtssagenden Ausdruck seiner Augen wettzumachen.'

Aber über welch geschäftige Liebenswürdigkeit verfügte der Mann, der so scharf beurteilt wurde! Er begrüßte seine Gäste, als würden sie einander seit Jahren kennen, und so entzückt, als handle es sich bei ihrem Besuch um eine überaus erfreuliche, heitere Zusammenkunft. Er klatschte in die Hände, rief dem eintretenden Schwarzen „Kawuah, kawuah!" zu, erging sich in lebhaften Klagen über den ewigen Pfefferminztee, der den Herren sicher auch ein Gräuel sei, und beschrieb eingehend die Mühen, die er gehabt habe, bis er hier im Palast durchgesetzt habe, dass er sofort Kaffee bekomme, wenn er ihn wünsche. Dabei bot er Zigaretten an, die in einem schwer goldenen Etui staken, und rauchte selbst ununterbrochen, wobei er die Asche ohne alle Bedenken auf den kostbaren Teppich fallen ließ, obwohl der Diener auf das niedrige Tischchen, das er für den Kaffee hingestellt hatte, auch eine flache Tonschale mit etwas Wasser für die Raucher gesetzt hatte. Das schwarze, sehr starke Getränk gab es in winzigen Tässchen, in die viel Zucker getan wurde. Immer wieder klatschte er dem Diener, der sie aufs neue füllen musste, erzählte, dass die gewaltigen Mauern, die sie gesehen hätten, noch von den Portugiesen stammten, die hier im 15. Jahrhundert gesessen hätten. Vor ihnen sei die Burg im Besitz der Araber gewesen, die sie den Berbern weggenommen hätten. Noch früher hätte hier eine römische Besatzung gelegen, und noch früher eine karthagische – „denn was ist Geschichte, meine Herren? Ein ewiges Hin und Her: Krieg, das heißt Mord, Eroberung, das heißt Raub, Verfall des Schwachen, das heißt Bankrott, Beute des Stärkeren, das heißt Gewinn, womit wir nun wohl bei dem eigentlichen Thema sind."

Die Kaffeetässchen waren wieder leer, jedoch rief er jetzt nicht nach dem Schwarzen. „Zwischen den Völkern, meine Herren", fuhr er fort, wobei seinen Worten eine gewisse Unzufriedenheit nicht fehlte, „sind Methoden üblich, ja gestattet, die jeden Privatmann, der sie anwenden würde, ins Zuchthaus bringen. Allerdings wird sich ein unternehmender Kopf dadurch nie und nimmer abhalten lassen, seine eigenen Wege zu gehen. Nur wird er gezwungen, durch überraschende Einfälle voranzukommen, die an Kühnheit den Schachzügen eines genialen Staatsmannes nicht nachstehen dürfen."

Er zündete sich eine neue Zigarette an und war mit sich selbst so beschäftigt, dass er vergaß, den Inhalt seines Etuis wieder den Gästen anzubieten. „Sie sind hergerufen worden, meine Herren, um gegen mich zu arbeiten. Sie sollen herausbekommen, was meine Pläne sind. Meine Herren, Sie werden es mir nicht verübeln, dass ich mich dadurch genötigt sah, über Sie Erkundigungen einzuziehen. Ohne Sie zu kennen, war ich zum Äußersten entschlossen. Allerdings bin ich das immer. Was ich aber dann über Sie erfuhr, das erweckte meine Bewunderung, meine Herren! So viel Energie, so viel Zähigkeit, und – so viel Intelligenz! Gestatten Sie mir, meine Herren, Sie so hoch einzuschätzen, dass ich es mir nicht erlaube, mit Ihnen Katz' und Maus zu spielen. Sie sollen herausbekommen, wie ich gehört habe, was meine Pläne sind. Meine Herren, ich werde sie Ihnen ganz offen darlegen."

Der Chef, der den lebhaft sprechenden Mann voller Misstrauen nicht aus den Augen gelassen hatte, dachte: ‚Jetzt wird er zu schwindeln anfangen, dass sich die Balken biegen.' GG wieder sagte sich, dieser gerissene Spieler fühle sich seiner Sache so sicher, dass er seine Karten offen auf den Tisch legen könne, während der Graf aufs freundlichste bemerkte: „Sie können sicher sein, dass wir Ihnen mit Interesse zuhören!"

Der Malteser machte eine Handbewegung zum Grafen hin, die etwa ausdrückte: ‚Ich sehe zu meiner Befriedigung, dass wir einander verstehen', und redete nun sehr bestimmt weiter. „Ich habe hier als Finanzberater des Paschas gearbeitet", sagte er. „Ich habe für den Pascha Börsengeschäfte getätigt, die ihm dank meinen weitreichenden Beziehungen unerhörte Gewinne eingebracht haben. Jetzt werde ich an dem Pascha verdienen."

Wie denn? Die drei verstanden ihn nicht recht. Am Pascha wollte er verdienen? Arbeitete er denn nicht für ihn, sondern gegen ihn?

„Ich habe den Pascha davon überzeugt, dass der Generalgouverneur es nicht ungern sähe, wenn der Pascha den Sultan mit einem Putsch entthront. Ich habe ihm klargemacht, dass der Generalgouverneur ihm das natürlich nicht offiziell mitteilen kann, aber dank meiner Beredsamkeit ist der Pascha überzeugt, dass die Regulares nicht schießen werden, wenn der Pascha den Sultan kaltstellt. Ich habe Bu Hamara, den Scheich der Beni Bechiri, mit modernen Waffen versorgt. Die Berber werden die Hauptstadt stürmen."

Unwillkürlich fasste der Chef in die Tasche, um seine Pfeife herauszuholen. Aber als er sie zwischen seinen Fingern fühlte, ließ er sie, wo sie war. ‚Die Beni Bechiri mit modernen Waffen versorgt', dachte GG, und es schauderte ihn vor dem, was dann kommen musste. Es war gut, dass sie den Grafen bei sich hatten, denn anscheinend konnte ihn nichts von seinem liebenswürdigen Plauderton abbringen. „Zweifellos eine Idee", sagte er. „Die Berber haben also Gewehre –"

„M 98", ergänzte der Malteser, „deutsches Fabrikat."

„Eine ausgezeichnete Waffe", bestätigte ihm der Graf. „Aber soviel ich gehört habe, hat die Mehalla des Sultans auch M 98."

„Es wäre ein leichtes", erwiderte der Malteser überlegen, „zu verhindern, dass diese Gewehre losgehen. Im Orient hat alles seinen Preis, auch ein Kommandeur der Mehalla. Aber mir liegt gar nichts daran, dass nicht geschossen wird. Im Gegenteil. Es soll geschossen werden. Mir liegt auch gar nichts daran, dass die Berber die Hauptstadt erstürmen. Ich nehme sogar an, dass sie zwar in die Medina und in die Mellah eindringen und dort gründlich plündern, was sie aus dem Effeff verstehen. Aber der Palast des Sultans wird abgeriegelt werden, der europäische Stadtteil auch, und wenn die Berber erst einmal zu plündern angefangen haben, sind sie mit dem Erfolg ihrer Unternehmung schon völlig zufrieden."

„So wird also der Pascha sein Ziel gar nicht erreichen?", fragte GG.

„Auch daran liegt mir nichts", antwortete der Malteser fast verächtlich. „Mir liegt nur an einem: Ich brauche drei, fünf Tage Unruhe im Land."

„Interessant, wirklich interessant", sagte der Graf. „Und inwiefern glauben Sie, mit diesen Unruhen ein Geschäft machen zu können? Wenn ich Sie recht verstanden habe, wollen Sie doch ein Geschäft machen –"

„Ein sehr großes Geschäft!", sagte Aristides Caruana triumphierend.

„Entschuldigen Sie vielmals", so fühlte der Graf weiter vor, „aber ich kann mir nicht vorstellen, wieso jemand mit einem Aufstand, bei dem doch großes Unglück geschehen kann …"

„Sicher, sicher", bestätigte Aristides Caruana.

„Bei dem Blut fließen wird …"

„Bestimmt!"

„Bei dem Menschen umkommen werden …"

Aristides Caruana nickte.

„Mit einem Wort: wie Sie daran verdienen können?"

„Ein Millionengeschäft, meine Herren." Er machte eine Pause, um die Erwartung seiner Zuhörer noch zu steigern, beugte sich dann vor und sprach kurz und knapp weiter, wie ein Feldherr, der seine letzten Dispositionen vor der Schlacht trifft: „Die Nachricht von Unruhen im Maghreb erreicht durch den Funk sofort die ganze Welt. An den Börsen Kurssturz der Minas del Rif. Ihre Aktien sind auf einmal wertlos. Die Leute, in deren Auftrag ich handle, kaufen die Aktien für ein Butterbrot. Nach acht Tagen neue Nachrichten: Der Putsch ist gescheitert. Ruhe im Maghreb. Preise für die Aktien schnellen hoch. Die Differenz ist das Millionengeschäft."

Er lehnte sich wieder zurück und genoss sieghaft die Verblüffung seiner Zuhörer.

Sie schwiegen. Jetzt hatte auch der Graf kein liebenswürdiges Wort mehr, keine verbindliche Frage, denn wie der Chef und GG sah er im Geist die angreifenden Berberreiter unter dem Feuer der Verteidiger der Stadt von den Pferden stürzen und verbluten. Er hörte das Stadttor krachen, das sie vielleicht noch erstürmten, er vernahm die verzweifelten Schreie der überwältigten Bewohner und dachte an die entsetzlichen Gräuel der Plündernden – und alles, alles nur, weil Herr Aristides Caruana mit seinen Hintermännern in ein Millionengeschäft einsteigen wollte …

„Meine Herren", sagte er befriedigt, „ich verstehe, dass Sie mir darauf nichts erwidern können. Meine Sache ist bündig. Es ist nichts gegen sie einzuwenden. Sie kann nicht misslingen. Trotzdem werden Sie meine Offenheit zu würdigen wissen. Ich gehe noch weiter. Ich bin am Gewinn mit 25 Prozent beteiligt. Ich biete Ihnen zehn Prozent, wenn Sie mir keine Schwierigkeiten machen. Sehen Sie in meinem Angebot eine Anerkennung Ihrer Leistungen. Ich habe mich, wie gesagt, über Sie erkundigt."

Länger konnte der Chef nicht schweigen. „Nacht des Angriffs auf die Hauptstadt ist also eine Nacht des Verrats. Verrat an den Berbern. Verrat an dem Pascha. Verrat an der Zukunft des Volkes."

Aristides Caruana lächelte mild. „Verrat", sagte er, „ist nur ein Wort, und was ist schon ein Wort?"

„Sind nicht gewohnt, Menschen zu verraten", erwiderte der Chef. Er konnte sich kaum noch beherrschen. Nein, er musste das herausbringen, um daran nicht zu ersticken: „Werden Ihnen Ihr schmutziges Handwerk legen, Sir!"

Er erwartete eine heftige Antwort, die der Unterredung ein Ende setzte. Aber sie blieb aus. „Kennen Sie große Geschäfte, die nicht schmutzig sind?", fragte der Malteser in unerschütterlicher Ruhe.

„Allerdings", erwiderte der Chef.

„Dann kann es sich dabei nicht um wirklich große handeln", entschied Aristides Caruana.

„Ich gebe zu", sagte der Graf, dem es nicht gut schien, wenn es jetzt schon zum offenen Bruch kam, „auf dieser Erde stimmen das Verdienst und der Verdienst eines Mannes zuweilen nicht überein."

Der Chef hatte sich wieder gefasst. „Können auf Ihr Angebot nicht eingehen, Sir!", sagte er und erhob sich.

„Das tut mir leid", antwortete der Malteser, „aber behalten Sie doch bitte Platz!"

Er hatte mit seiner Aufforderung keinen Erfolg. Auch die andern beiden standen auf. „Meine Herren", sagte er, „wie Sie wollen. Von jetzt an sind wir also Gegner. Tut mir aufrichtig leid. Leute von Ihren Gaben und meinen Ideen sollten zusammenhalten. Aber ich bin nach wie vor zu Ihnen ganz offen. Unterschätzen Sie die Gefahr nicht! Ich bin ein Mann, der keine Skrupel kennt."

„Den Eindruck hatten wir bereits", bemerkte der Graf.

„Wissen Sie aber auch, was das heißt? Ich erfahre alles, was in der Medina geschieht und was am Hof des Sultans geflüstert wird. Sie können keinen Schritt tun, über den ich nicht unterrichtet werde. Ich habe meine Hand überall. Vielleicht fährt der Chauffeur, der Sie hergebracht hat, auf dem Rückweg in einen Abgrund, weil er von mir gekauft wurde. Vielleicht ist der Koch des Hotels, in dem Sie wohnen, von mir bestochen, dass er Ihnen ein Gericht servieren lässt, das Ihnen nicht bekommt. Wahrhaftig, ich beneide Sie nicht. Ich kenne, wie gesagt, keine Skrupel."

„Wir glauben es Ihnen, auch wenn Sie es nicht wiederholen", sagte der Graf.

„Ich wiederhole es, weil das für Sie von Vorteil ist", antwortete der Malteser unbeirrt. „Wenn Sie sich die Sache anders überlegen, was ich immer noch hoffe, so finden Sie mich jederzeit bereit, von neuem zu verhandeln. Vielleicht scheinen Ihnen zehn Prozent zu wenig. Höher als bis zwölf könnte ich jedoch nicht gehen. Aber wir können uns arrangieren, bestimmt! Das liegt nur an Ihnen!"

Mit harmloser Miene und einem Ton, so leicht, als erkundige er sich nach der Abfahrtszeit der nächsten Straßenbahn, fragte der Graf: „Wann schlagen Sie denn los?"

Aristides Caruana sah ihn mit seinen wässerigen Augen an: „Das ist das einzige, was ich Ihnen nicht sage!"

Er brachte sie selbst an das Tor, durch das sie gekommen waren.

Es hatte den Anschein, als seien sie die besten Freunde. Unweit des Eingangs, unter den Palmen, sahen sie einen Europäer, der an einer Staffelei stand und malte. Er hatte zwei Begleiter. Der eine hielt seinen Farbenkasten, der andere hatte eine ganze Batterie von Thermosflaschen umhängen, in denen sich vermutlich eisgekühlte Getränke befanden. „Ein verrückter Kerl", sagte Caruana. „Dänischer Millionär, Elias Nöddebusker. Margarine. Malt hier, weil Churchill hier gemalt hat."

Er trat mit seinen Gästen einen Schritt vor das Tor. Der Däne sah ihn und winkte ihm freundlich zu. Caruana tat dasselbe. Der Millionär gab seinen Pinsel dem einen Diener und näherte sich langsam.

Schneller als er war ein kleines, zerlumptes braunes Mädchen, das bei den Bettlern gehockt hatte und jetzt wie ein Wiesel so flink auf die Fremden am Tor zulief. Eine Horde von Jungen folgte der

Kleinen, aber sie war zuerst bei den vier Männern und hielt bittend ihre Hand hin. Jeder legte ihr eine Pesete hinein, der Graf, GG, der Chef, und nun hielt sie die leicht gekrümmte Hand, in deren Innenfläche die drei Münzen lagen, dem Malteser hin. Der fasste mit zwei Fingern in seine Rocktasche, als ob er auch ein Geldstück heraushole, tat es aber dann nicht, sondern schlug blitzschnell kräftig von unten gegen die flache Kinderhand, wodurch die Münzen auf die Erde fielen. Sofort stürzten sich die Jungen auf die Beute und rissen sie an sich.

„Tüchtig, tüchtig!", sagte der Malteser. „Immer auf dem Sprung – die bringen's noch zu etwas!"

Der Graf konnte den Blick nicht vom Gesicht des Mädchens abwenden. Das Kind weinte nicht. Es stand da und rührte sich nicht. Aus seinen dunkeln Augen aber schlug lodernder Hass gegen den Mann im seidenen Anzug. ‚Wenn solcher Hass sich einmal entlädt …', dachte der Graf.

Aber GG sah etwas anderes, das ihn völlig in Anspruch nahm.

Der Däne war näher gekommen. Er hatte ein breites, unsäglich freundliches Gesicht, das ein grauer Schifferbart umrahmte, der einmal blond gewesen war. Seine Augen waren von strahlendem Blau.

Der Malteser sagte: „Meine Herren, Sie wissen jetzt, wo Sie mich finden!", machte kehrt und ging in das Torgewölbe zurück. Der Däne, der ihn wohl hatte begrüßen wollen und das nun nicht mehr tun konnte, drehte sich um und begab sich wieder an seine Staffelei, und die drei gingen zu ihrem Auto.

GG aber war von einem Gedanken geradezu besessen: Hatte er diese unerhört blauen Augen nicht schon einmal gesehen? Er konnte sich freilich nicht erinnern, wo das hätte sein können. Doch dass er diesem Manne irgendwo begegnet war, das schien ihm gewiss.

Auf dem Weg zu den Berbern

Noch nie hatten der Graf und GG den Chef so erbittert und so widerspenstig gesehen. Er hatte nur einen Gedanken: Dieser verbrecherische Lump, so drückte er sich aus, musste aus seinem Fuchsbau herausgeholt werden, ehe der gerissene Mann dazu kam, seine niederträchtigen Pläne ins Werk zu setzen. Von nichts anderem wollte der Chef hören, als wie sie ihn packen könnten. War es nicht das beste, den Pascha über das falsche Spiel zu unterrichten, das der Malteser mit ihm trieb? War das nicht der kürzeste Weg, das drohende Unheil abzuwenden? Aber wenn sie das als erstes versuchten, dann stand gerade der Malteser zwischen ihnen und dem Pascha, und er würde es zu verhindern wissen, dass sie mit dem Herrn der Berge selbst sprechen könnten – sie hatten von ihren Abenteuern am Hof des malaiischen Radscha noch zu gut in Erinnerung, dass die unsichtbaren Hindernisse, die durch Palastintrigen aufgerichtet werden, schwerer zu überwinden sind als ein Drahtverhau. Und selbst wenn es ihnen gelingen sollte, an den Pascha heranzukommen – wer verbürgte ihnen, dass er ihnen glaubte? Wie konnten sie ihre Anschuldigungen gegen den Betrüger beweisen? Durch seine geschickten Finanzgeschäfte hatte er das Vertrauen des Fürsten erworben – wie konnten sie es erschüttern? Nein, das war nicht der kürzeste Weg, denn er kostete sehr viel Zeit, und hatten sie die etwa? Alles hing daran, wann der Berberscheich Bu Hamara seinen Reitern den Befehl zum Sturm auf die Weiße Stadt gab, und das konnte er tun, sobald sie die Waffen in der Hand hatten, die der Malteser ihnen versprochen hatte. ‚Ich habe Bu Hamara, den Scheich der Beni Bechiri, mit modernen Waffen versorgt', das waren seine Worte gewesen. Zweifellos, er hatte mit ihnen verblüffend offen gesprochen – aber war nicht am Ende gerade diese Offenheit ein Bluff? Sollte ein verschlagener Mann wie er nicht den Trick des abgebrühten Pokerspielers beherrschen, der seinen Gegner dadurch besiegt, dass er durch seine überlegene Miene vortäuscht, die höchsten Trümpfe in seinen Karten zu haben, und dadurch den andern zum Aufgeben überlistet?

Nein, Bu Hamara aufsuchen, das war das wichtigste – herausbekommen, ob die Gewehre schon angekommen waren, und vielleicht auch versuchen, den Scheich des Berberstammes zu gewinnen. Allerdings hatte GG da wenig Hoffnung. Zwar hatte der Malteser bemerkt, hier habe jeder seinen Preis – aber das galt nur für die innerlich verdorbenen Menschen der Städte. Und was hatten sie denn den stolzen Söhnen der Berge zu bieten? Die Beni Bechiri träumten von der Eroberung der Hauptstadt. In ihnen schwelte seit vielen Geschlechtern der Groll der Unterlegenen gegen die Sieger. Sie waren nicht gewohnt, auf lange Sicht zu planen, sondern von einem jähen Entschluss gepackt, brachen aus ihnen Wildheit und Blutgier wie glühende Lava aus einem Vulkan, und keiner war mehr imstande, zu überlegen, was aus dem plötzlich Begonnenen wurde. Kam das Team da nicht überhaupt schon zu spät? Wenn die Berber die Gewehre besaßen – dann hatte es kaum noch Sinn, bei dem Scheich anzusetzen. Aber ob es schon soweit war, das eben mussten sie als erstes zu erfahren suchen, denn daran hing alles. Doch selbst wenn die Waffen bei ihnen schon in heimlichen Karawanentransporten eingetroffen waren, so hatte GG eine tröstende Gewissheit: Es war die Zeit des abnehmenden Mondes, und er wusste, in diesen Tagen würde kein Berber zu einer wichtigen Unternehmung aufbrechen. In Urzeiten hatten die Menschen die unheimlich wechselnde Gestalt des Mondes angstvoll als Gottheit verehrt und ihren Zorn durch Opfer beschwichtigt. Noch immer wirkte der alte Glaube in unverstandenen Bräuchen und Gewohnheiten nach, wie die Berber auch das Silber höher schätzten als das Gold, denn es war einmal der Mondgottheit heilig gewesen, da es in seinem milden Glanz wie auf die Erde gefallenes Mondlicht anmutete und Mondzauber in ihm enthalten war.

Eindringlich stellte GG das alles dem Chef vor Augen, und der Graf unterstützte ihn dabei. Doch es kostete sie fast die ganze

Nacht, ihn dahin zu bringen, dass die Fahrt zu den Beni Bechiri den Vorrang vor allen anderen Versuchen haben musste. Nur widerwillig gab er schließlich ihren Vorstellungen nach. Früh am Morgen waren die Drei dann auf dem Weg zu den Berbern.

Die Fahrt ging, anders als die gestrige, den Bergen zu. Die Straße, die ein weites Tal mit grünen Hängen und kahlen Kuppen durchlief, stieg rasch an. In entgegengesetzten Richtung, als sie jetzt fuhren, war durch die Völkerstraße dieses Tales einmal das Heer der Berber zum Meer hin geströmt, und der Feldherr Tariq ibn Ziyad hatte sie nach Spanien hinübergeführt. Acht Jahrhunderte später, nach dem Zusammenbruch der mohammedanischen Herrschaft über die Pyrenäische Halbinsel, waren die Scharen der Geflüchteten wieder durch dieses Tal gezogen, aber diesmal den schützenden Bergen zu.

Es wurde enger. An der Straße sahen sie alle zehn Kilometer einen Wachtposten der Fremdenlegion und auf den Hügeln immer wieder durch Stacheldraht geschützte Militärstationen. Plötzlich lag in der Ferne die Zackenkante der hohen Berge vor ihnen, und immer näher kamen sie der schweigenden, unfruchtbaren, drohenden Welt der nackten Steinberge. Keine Siedlung mehr. Nur da und dort aus den Buschwäldern der Talhänge dünner Rauch, der von den Meilern aufstieg, in denen arme Beduinen Holzkohle brannten.

Der letzte Militärposten war erreicht. Spanische Reiter versperrten die Straße, jedoch waren sie so im Zickzack gestellt, dass man sie in einer schmalen Gasse passieren konnte. Gleich dahinter hörte die Fahrstraße auf, die bis dahin als militärisch wichtig sehr gut gehalten war. Der Sargento, der den Vorposten kommandierte, machte die Herren, die das Auto verlassen hatten, pflichtgemäß darauf aufmerksam, dass er kein Recht habe, sie an der Weiterreise zu hindern, dass sie aber „drüben", „al otro lado", wie er sagte, keinen Anspruch mehr auf militärischen Schutz hätten. Das war ihnen schon bekannt. Der Sargento war aber gern bereit, dem Fahrer so lange Quartier zu geben und ihn auch zu verpflegen, bis sie von „drüben" wieder zurück seien. Als er hörte, sie wollten Bu Hamara aufsuchen, lachte er und meinte, der sei jetzt zahm geworden. Früher hätte er unwillkommenen Gästen die Köpfe abschneiden und sie mit den Ohren an einen Pfahl vor seinem Hause annageln lassen. Immerhin sei es besser, ihn von ihrem Vorhaben zu unterrichten. Er schickte deshalb zwei seiner Leute („Hier gehen immer besser zwei zusammen als einer allein!", erklärte er) in die nächste Siedlung Ben Ahmed. Sie sollten den Kadi auffordern, dass er jemand zu Bu Hamara reiten ließe, um dem Scheich zu sagen, drei Europäer wollten ihn besuchen. Dann würde man ja hören, was er antwortete. Wenn er nichts dagegen habe, könnten sie in Ben Ahmed Pferde bekommen und zu den Beni Bechiri reiten. Denn im Auto zu ihnen zu gelangen, sei ausgeschlossen. Bis sie Bescheid bekämen, müssten sie eben wie der Fahrer bei ihm hier bleiben; Platz hätte er genug. Die Herren wären ihm als Gäste sehr willkommen, denn etwas Langweiligeres als diesen stumpfsinnigen Posten am Ende der Militärstraße gäbe es nicht.

Der Zeitverlust war ärgerlich. Der Chef ließ einige bissige Bemerkungen fallen, wieso es denn besser wäre, hier herumzusitzen, als in El Kasr dem Malteser eine Falle zu bauen. Doch waren die Stunden hier auch nicht ohne Gewinn, denn durch den Sargento, der schon lange im Lande war, erfuhren sie bemerkenswerte Einzelheiten über den Scheich Bu Hamara, von dem für sie so viel abhing. Der alte Soldat wieder war hoch erfreut, mit ihnen beim Rotwein zusammenzusitzen und in ihnen so aufmerksame Zuhörer für seine Berichte zu haben.

Der Sargento erzählt

„Ja", sagte er gemächlich, „das ist ein Kerl, kann ich Ihnen sagen. Der stammt noch aus der Zeit der Messer ... Dabei war er von seinem Vater zum Gelehrten bestimmt! Den jungen Burschen hat der Alte in die Medresse gesteckt, und den Koran soll er heute noch auswendig können. Aber einmal ist er in den Ferien wieder bei seinem Stamm gewesen, und am letzten Abend, wo es also zu Ende geht mit dem Urlaub – am anderen Morgen soll er wieder in die Stadt auf die Hohe Schule –, also da kommt eine Frau und tritt vor die Männer. Ihre Kleider sind zerrissen, Blut klebt an ihren Händen, und sie schreit: ‚Räuber sind über mich gekommen! Räuber haben meinen Mann erstochen! Räuber haben meine Söhne ermordet! Räuber haben alles geraubt, was mein war, und jetzt bin ich eine Bettlerin!'

Der alte Scheich redete ihr gut zu: ‚Geh zu den Frauen, du Ärmste!' sagte er. ‚Sie nehmen dich auf, sie geben dir zu essen, sie werden dich trösten!'

Aber da hatte er die falsche Platte aufgelegt. ‚Ich will keinen Trost!' schreit sie. ‚Ich bin eine Berberin! Ich will Rache! Gib mir keine Worte, Scheich! Gib mir ein Gewehr!'

Denn, meine Herren", erklärte der Sargento, „die Weiber der Berber in den Bergnestern sind nicht von Pappe. Die gehen unverschleiert, und wenn gekämpft wird, dann bringen sie den Männern Munition nach! Dazu nehmen sie noch ihre kleinsten Kinder mit, denn sie glauben, ein Säugling, der durch den Kugelregen geschleppt wurde, der wird mal ein Kerl. Na schön.

Also das Weib steht da und lamentiert. In der Nacht gehen vier von den jungen Kerlen los, und wer führt sie? Bu Hamara, der Sohn des Scheichs. Er geht nicht zum Koranlesen, er weiß etwas anderes. Die Frau haben sie auf ein Pferd gesetzt, und schließlich kommen sie an ihr zerstörtes Haus. Sie ziehen den Spuren der Räuber nach. Sie spüren die Kerle auf, die sich in einem Wadi niedergelassen haben und sich ihre wundgelaufenen Füße baden.

‚Heute nacht, wenn sie schlafen, fallen wir über sie her!', sagt Bu Hamara, denn er hat acht Räuber gezählt, und sie sind ja nur vier. Aber die Frau in ihrer Wut kann sich nicht halten, sie schießt das Gewehr ab, das sie ihr gegeben haben, damit sie ruhig ist – doch sie schießt, wie die Berber damals noch schossen: ohne Visier, ohne zu zielen, einfach so in die Gegend, bums! Die jungen Kerle wollen zurück. Aber Bu Hamara schreit: ‚Allah sieht uns!' Er stürzt sich auf die Räuber, die andern ihm nach, und was meinen Sie? Sie bringen alle acht um. Sie finden das gestohlene Hausgerät, die Maulesel, alles, was der Frau gehört hat. Und die Frau geht hin, schneidet dem Toten, der ihren Mann erschossen hat, den Kopf ab – und steht da wie eine Furie und zeigt das Haupt dem Himmel.

Das hatte aber seinen guten Grund", erklärte der Sargento wieder umständlich. „Die Leute hier glauben nämlich, dass am Jüngsten Tag der Engel des Gerichts, den sie Asraim nennen, die Toten am Haarschopf aus dem Grabe zieht und jeden dann über die messerklingenschmale Brücke vor den Thron des Allmächtigen bringt. Aber der Engel rührt keinen Körper ohne Kopf an und keinen Kopf ohne Körper, und damit hatte die Frau den Mörder für immer und ewig ins Nichts gestoßen. Na schön.

Von diesem Tag an ging Bu Hamara nicht mehr zum Koranlesen auf die Hohe Schule. Freilich, bei dem alten Scheich durfte er nicht wieder auftauchen, denn der schwor, er würde den ungehorsamen Sohn an das Koranpult ketten lassen. Der Vater hatte ihn zum Gelehrten bestimmt, und da sollte er eben Gelehrter werden. Aber was wurde er? Räuber wurde er. Mit den andern Burschen ging er in die Berge. Erst als der Vater tot war, kam er zu seinem Stamm zurück, und nun war er Scheich – und was für einer! Unten im Land zitterte alles vor ihm, und für seine Leute war er der Scheich mit der Baraka – mit der Zaubergabe, dass nichts ihn verwunden kann und alles ihm glücken muss. Keine Karawane kam mehr vorbei, ohne dass sie ihm Tribut zahlen musste – fremde Reisende griff er auf und ließ sie erst gegen Lösegeld wieder los. Er dachte auch nicht daran, dem Sultan Steuern zu zahlen. Als der ihn zum dritten Male durch seinen Wesir al cosor mahnte, ließ er ihn fesseln und schickte ihn gefesselt in einem Käfig zurück, den hatte er aus Gewehrläufen machen lassen. Da setzte der Sultan seine Mehalla gegen ihn in Marsch.

Als die Männer anrücken, sagen sich die Beni Bechiri, das ist ihre letzte Stunde, denn wie sollen sie einer solchen Übermacht widerstehen – die Soldaten kamen ja von allen Seiten heran, sie hatten sogar Geschütze mitgebracht! Die Berber liegen hinter den Felsen versteckt, sie warten darauf, dass die andern in Schussweite kommen. Sie wollen noch ihre Munition verschießen und wissen, danach sind sie geliefert. Da steht Bu Hamara auf, klettert auf einen Felsen, steht da groß und breit, wie er gewachsen ist, und schreit zu den Sultanssoldaten hinab: ‚Wisst ihr nicht, dass ich Sidi el Habib ben Mohammed Bu Hamara bin? Wisst ihr nicht, dass weder Blei noch Stahl mich verletzt? Wisst ihr nicht, dass ich unter Allahs Schutz stehe? Seht her: Hier habe ich zwanzig Kugeln. Durch jede wird einer von euch sterben. Aber schießt nur auf mich! Es gibt keine Kugel, die mich trifft!'

Der Rais, rasend vor Wut, schreit: ‚Feuer!' Die Männer schießen los – aber Bu Hamara schüttelt sich nur, und ihn trifft keine Kugel! Da macht die ganze Mehalla kehrt – gegen einen Schützling Allahs wollen sie nicht kämpfen, außerdem hatten sie schon monatelang keine Löhnung bekommen. Dabei war es gar kein Wunder, dass der Scheich unverletzt blieb. Er wusste eben, wie die Soldaten schossen. Ich hab's Ihnen ja schon gesagt: ohne Visier, ohne Zielen, am liebsten mit geschlossenen Augen, bumbumbum! Heute hat die Mehalla Maschinengewehre, heute ist sie von uns ausgebildet, heute möchte ich niemand raten, mit ihr anzubinden. Aber damals – ich hab's Ihnen auch gesagt –, damals war noch die Zeit der Messer ... Na schön.

Und wie wir dann kamen, da war der Scheich abgemeldet. Als auf sein Bergnest die ersten Fliegerbomben fielen, war es aus mit ihm. Herrschaften, ich war dabei, wie der ganze Stamm die

Gewehre abliefern musste. Alle, alle kamen und warfen ihre Waffen auf einen Haufen, aber Bu Hamara kam als letzter. Der General trat ihm entgegen. Er wollte dem Räuberfürsten einen Gefallen tun und sein Gewehr selbst entgegennehmen; er wollte ihn damit auszeichnen, verstehen Sie, denn so ein General, der glaubt ja, mit seinem goldgestickten Kragen kommt er gleich nach Gottes Heiligen. Da packt Bu Hamara sein silberbeschlagenes Gewehr – sie werden ihn sehen, der Kerl hat Riesenkräfte –, er zerbricht sein Gewehr, das heißt, er bricht den Lauf aus dem Schaft, und wirft die beiden Stücke dem General vor die Füße.

Wie er den Augenblick überlebt hat, das weiß ich nicht. Aber das weiß ich, meine Herrschaften: Wenn der je wieder Waffen in die Finger bekommt, die was taugen, dann fließt hier mehr Blut, als jemals geflossen ist. Es gibt nur einen einzigen Mann, der den wilden Scheich bändigen kann –"

„Sie meinen den Herrn der Berge?", fragte GG.

Der Sargento nickte. „Der hat Gewalt über ihn – aber der sitzt am Meer, verlässt sein Schloss nicht, und was er eigentlich will, das weiß kein Mensch."

„Wir können uns auf etwas gefasst machen!"

Die Nacht verbrachten die drei in der Baracke, die für Offiziere bestimmt war. Aber obwohl die Betten gut waren, schliefen die Männer nicht, sondern unterhielten sich noch lange, allerdings nur im Flüsterton.

„Chef", sagte der Graf, „GG hat darauf bestanden, dass Sie Ihre Winchester mitnehmen – aber ich für meine Person rate Ihnen, lassen Sie Ihre gute Waffe, zu der Sie sich nun auch noch ein Zielfernrohr beschafft haben, hier bei dem wackeren Sargento. Denn nach dem, was er uns von diesem gewalttätigen Herrn, den wir mit unserem Besuch beglücken wollen, erzählt hat, bin ich überzeugt, dass er sie Ihnen auf irgendeine Weise abnehmen wird. Ihre schwere Büchse haben Sie im Urwald von Malaya eingebüßt – es wär' doch schade, wenn Sie nun in den Bergen des Maghreb auch noch die Flinte verlieren. Denken Sie doch, extra von der Winchester Repeating Company für Sie angefertigt!"

„Halte es für wahrscheinlich", antwortete der Chef, „dass der Räuberhauptmann sie mir stehlen möchte. Halte es für unwahrscheinlich, dass ich sie mir stehlen lasse."

„Nehmen Sie die Büchse unbedingt mit, Chef", sagte GG. „Wir müssen sehen, dass Sie den Berbern zeigen können, was die Waffe leistet. Ich bin überzeugt, dann können sich die Männer nicht mehr halten: Wenn sie Gewehre haben, bringen sie die herbei. Kein Berber und kein Araber kann einem Wettkampf im Schießen widerstehen."

„Na schön – wie unser Sargento zu bemerken pflegt", meinte der Graf. „Ich lasse mich von Ihnen gern belehren, GG. Denn wie wir diesmal den verwickelten Knoten lösen sollen, dazu reicht mein bisschen Verstand nicht aus, und ich verlasse mich ganz auf Ihren Kopf, mein bester GG!"

„Hoffe, dass die Kerle auch Ihren Kopf nicht abschneiden, Graf", bemerkte der Chef.

„Reizend von Ihnen, Chef, dass Sie mich offenbar schätzen. Aber Sie überschätzen mich, wissen das auch und sind nur so nett, es nicht auszusprechen."

GG lachte. „Nur nicht gleich das Schwert gewetzt", zitierte er, „und das Beil geschliffen! Was ihr niemals überschätzt, habt ihr nie begriffen."

„Verstehe eins nicht, GG", sagte der Chef in seiner abrupten Art. „Wie kann der Kerl, der Malteser, sich so gut mit den Marokkanern verständigen?"

„Sehr einfach, Chef. Maltesisch ist ein arabischer Dialekt und den nordafrikanischen Mundarten sehr nah verwandt."

„Wenn ich doch nur wüsste, was Sie alles wissen, GG!", seufzte der Graf, setzte aber gleich heiter hinzu: „Das heißt – wenn ich weiß, wie wenig ich weiß, dann weiß ich immerhin etwas genau."

„Bin dafür, dass wir jetzt schlafen", entschied der Chef. „Noch eins", sagte GG. „Der Scheich spricht Spanisch und versteht Französisch. Ich bin aber nicht dafür, dass wir uns bei ihm untereinander englisch unterhalten. Das macht ihn nur noch misstrauischer."

„Wird aber gut sein, wenn wir uns rasch verständigen können, ohne dass der Mann weiß, was gemeint ist!" sagte der Chef.

Der Graf wusste einen Ausweg. „Sprechen wir also französisch, aber wenn einer von uns etwas bemerkt, das ihm verdächtig scheint, dann sagt er: ‚Es gefällt mir gut bei den Beni Bechiri!'"

Damit war nun wohl alles Notwendige besprochen, doch der Chef musste noch etwas bemerken. „Jammerschade, dass wir hier 'rumliegen", knurrte er. „Könnten den Gauner aus Malta schon längst geschnappt haben."

Der Graf antwortete durch tiefe Atemzüge, als ob er schon schliefe. Sie konnten aber auch Schlaf brauchen, denn die Sonne war noch nicht aufgegangen, als einer der Legionäre sie weckte und ihnen zurief, es wären Berber da, sie müssten sofort kommen.

Rasch machten sie sich fertig und traten aus der Baracke. Jenseits der Straßensperre hielten sieben Reiter in den kurzen dunkelbraunen Djellabas der Bergbewohner. Gegen das grelle Weiß ihrer Turbane stach der Bronzeton ihrer Gesichter stark ab. Die Berittenen hatten noch vier gesattelte Pferde bei sich und zwei, die wohl als Packpferde mitgenommen worden waren. Ein hochgewachsener Berber schritt, von dem Sargento begleitet, langsam auf sie zu, wobei er sie scharf musterte. Seine schlanke Gestalt war von einer langen weißen Djellaba umhüllt, deren weite Kapuze er noch über den Turban geschlagen hatte. Jetzt stand er vor ihnen und begrüßte sie feierlich: Einem jeden gab er die Hand, führte darauf seine eigene Hand an seine Lippen und legte sie dann an sein Herz. In einem guten Arabisch, dessen viele Kehllaute er sehr stark sprach, stellte er sich als Mulei Sadik el Malak vor, den Halifa des Scheichs der Beni Bechiri. Wie er weiter sagte, freue sich

Sidi el Habib ben Mohammed Bu Hamara – möge Allah sein Leben verlängern – sehr auf den Besuch der berühmten Fremden und nehme sich die Freiheit, ihnen Reit- und Packpferde zu schicken. „Oh, ihr Langlebigen", so schloss er seine Ansprache, „die Beni Bechiri haben nur den einen Wunsch, dass ihr euch unter ihnen so wohl fühlen möchtet, als wäret ihr nicht in der Fremde, sondern säßet am Feuer eures Hauses!"

„Oh, mein Oheim", erwiderte GG und tat dem Halifa damit die Ehre an, dass er ihn als einen Mann bezeichnete, der älter sei als sie selbst, „Allah segne deine Hände. Die Worte des Scheichs – Allah möge sein Leben verlängern –, die du uns berichtetest, haben uns wohlgetan. Wir werden sofort mit dir reiten!"

Der Sargento wusste nicht, was er von der Sache halten sollte. Dass Bu Hamara für europäische Besucher Pferde schickte, war ihm noch nie vorgekommen, schien ihm sogar in gewissem Sinne verdächtig. Sollte er etwa sofort eine telefonische Meldung beim Regiment machen?

„Sehe klar", sagte der Chef zu GG und dem Grafen. „Sind bei den Leuten da oben schon längst angemeldet. Der Malteser hat ihn gewarnt. Der Mann erwartet uns. Hat sich präpariert. Können uns auf einiges gefasst machen."

„Ich habe auch den Eindruck", meinte der Graf, „dass unser Freund in dem schönen Schloss am Meer wieder mit Erfolg für uns tätig war!" Ihm war die Unruhe des Sargento nicht entgangen, weshalb er ihm erklärte: „Wir sind dem Scheich sicher schon aufs wärmste empfohlen worden …"

Es dauerte keine Stunde, bis sie schnell etwas gegessen und Legionäre ihr Gepäck zu den Pferden gebracht hatten. Sie waren nicht groß, aber sehr gut gehalten und schienen nicht nur die Zierlichkeit von Bergpferden zu haben, sondern auch deren Zähigkeit. Die Sättel hatten hohe Sattelköpfe und lagen auf einem dicken Polster von einem halben Dutzend bunter Decken. Die Steigbügel waren von Silber und breit wie Kohlenschaufeln. Der Legionär, der ihr Gepäck verstaut hatte, für das eins der Tragtiere vollauf genügte, trat auf den Chef zu und wollte ihm das Gewehr abnehmen, um es auch noch beim Gepäck unterzubringen. Der Engländer bedeutete ihm, dass das nicht nötig sei, und wollte sich das Gewehr umhängen. Aber dann besann er sich anders. Er nahm die Waffe aus dem Lederfutteral, gab das Futteral dem Legionär und hing sich nun erst seine Winchester um.

Sie verabschiedeten sich vom Sargento. „Spätestens übermorgen sind wir zurück", sagte GG zu ihm.

„Na schön", war seine Antwort. Bis übermorgen wollte er mit dem Telefonieren warten. Sie sollten ihn beim Regiment nicht für einen Hitzkopf halten.

„Sargento", sagte GG, „mit einem Mann wie Sie sitzt man gern an einem Tisch."

„Habe den Eindruck, Sargento", sagte der Chef, „wo Sie stehen, wird die Stellung gehalten."

„Ihr Castillo del Monte war vorzüglich, Sargento", sagte der Graf. „Wenn man den auf die Zunge bekommt, weiß man gleich, mit wem man's zu tun hat."

Der Sargento hätte vor Genugtuung am liebsten wie ein Kater geschnurrt. Das waren ja doch drei Männer, mit denen umzugehen eine Freude war. „Meine Herren", sagte er „wenn Sie mir einen Rat erlauben: Der Scheich wird Ihnen zu essen vorsetzen. Da er Sie erwartet, wird es unter sechs Gängen nicht abgehen. Nach dem dritten sind Sie soweit, dass Sie glauben, keinen Bissen mehr hinunterzubringen. Aber Sie müssen weiteressen, unbedingt. Denn wenn Sie einen Gang verweigern, so ist das die größte Beleidigung, die Sie dem Scheich antun können. Dann hat er einen Grund, ihnen einen Dolch in die Rippen stoßen zu lassen – und den Grund respektiert sogar der Generalgouverneur, denn das ist unser Prinzip: Die Landessitten werden respektiert."

„Danke verbindlichst", sagte der Graf. „Den verheerenden Folgen dieser uns bevorstehenden Mastkur werden wir mit einem vorzüglichen Mittel der medizinischen Wissenschaft zu begegnen wissen!" Er ging noch einmal zum Auto zurück und entnahm seiner Reiseapotheke ein Glasröhrchen mit weißen Pillen, und dann brachen sie endgültig auf.

Stunde um Stunde ritten sie Schritt für Schritt in die rötlich-violett schimmernden Bergwände hinein. Der ununterbrochen steigende Weg wurde schmaler und schmaler, bis er nur noch einem Ziegenpfad glich. Dornensträucher bedeckten den Boden.

Kühler Höhenwind wehte sie an, als sie eine Passhöhe erreicht hatten. Unübersehbar das Gewirr der Bergzüge, das sich vor ihnen auftat. Der Halifa des Scheichs, der an der Spitze ihres Zuges ritt, zeigte gen Osten. Vorsichtig setzten die Pferde ihre Hufe, denn jetzt ging es bergab in ein breites Tal. Sie sahen keinen Fluss, aber der Talgrund musste wasserhaltig sein. Sie sahen einzelne Palmen. Sie sahen kleine Kornfelder. Sie sahen grüne Wiesen, die von bunten Blumen strotzten. In halber Höhe sahen sie auf einem stufenförmigen Plateau eine größere Siedlung von weißen Häuserwürfeln, die von einer Mauer aus geschichteten Steinen umgeben war. Die Anlage glich einer Festung.

Der Weg, der wieder breiter geworden war, führte zu ihr hinauf. Sie waren am Ziel.

Bu Hamara

Als sie von den Pferden abgestiegen waren, kam ihnen langsam ein Mann von gewaltiger Gestalt entgegen, dem in einem Abstand von einigen Schritten an die zwanzig Berber folgten. Das musste Bu Hamara sein.

Auf den ersten Blick schien ihnen der Scheich fast ebenso breit wie hoch, aber er war offenbar kein Fettwanst, sondern alles an ihm sah nach festem Fleisch und Muskeln aus. Ein weißer Turban saß auf seinem runden, starken, dunkelfarbenen Gesicht. Eine mächtige, breite Nase, von der zu den Mundwinkeln hin zwei schwere Falten liefen, beherrschte es. Ihre Enden verschwanden im Dickicht eines Bartes, der mit Henna rot gefärbt und nicht, wie sonst in Marokko üblich, schmal geschnitten war, sondern das Gesicht breit umhing. Die dunklen Augen hatten einen wachsamen und kühnen Blick, und von dem Mann ging etwas Gebieterisches aus, ja mehr: Wildheit lag in ihm, die zwar mit mächtigem Willen gebändigt schien, aber schrecklich sein musste, wenn sie ihre Fesseln brach. Der Scheich trug die kurze braune Djellaba der Bergbewohner und der Ärmsten des Landes.

Da es dem Christen nicht zukam, den Segenswunsch Salam'alaikum auszusprechen, begrüßte ihn GG mit den Worten „Buenos dias, Sidi!" Aber es ließ ihn sofort aufhorchen, dass auch der Scheich die beiden arabischen Worte nicht aussprach, die dem Fremden die Sicherheit der Gastfreundschaft gegeben hätten. „Mein Haus ist das eure", erwiderte der Scheich. Seine Stimme klang rau, aber tief und voll. Die übliche Form der Begrüßung führte er mit gelassener Würde aus. Jedem gab er seine Hand, die fast einer Pranke glich, küsste sie dann und legte sie an sein Herz.

„Es gefällt uns gut bei den Beni Bechiri!" sagte GG. Der Scheich dankte ihm durch eine leichte Bewegung des Kopfes und lud dann die Fremden mit einer feierlichen Geste ein, ihm zu folgen.

Seine Begleiter, die in respektvoller Entfernung stehengeblieben waren, gaben den Weg frei und schlossen sich ihnen dann an. Jetzt machte GG wieder eine Beobachtung, die ihm zu denken gab. Denn der Scheich führte sie nicht etwa, was seine Worte doch hätten erwarten lassen, in sein Haus, sondern in die Dschema, die Moschee. Die Berber sind zwar von den Arabern zum Islam bekehrt worden, aber ihre besondere Art hat sich in manchen Eigentümlichkeiten durchgesetzt. So ist bei ihnen die Moschee heute noch das alte Männerhaus, in dem zwar der Gottesdienst abgehalten wird, wo aber auch die Männer zur Beratung zusammenkommen und durchreisende Fremde nächtigen können. Der Scheich vermied damit aufs neue, ihnen die Sicherheit ihres Lebens zu verbürgen, wozu er verpflichtet gewesen wäre, wenn sie sein Wohnhaus betreten hätten.

„Es gefällt uns sehr gut bei den Beni Bechiri", sagte GG.

‚Anscheinend spazieren wir dicht am Rande eines Abgrundes', dachte der Graf.

In einer geräumigen Nische des schmucklosen, hallenartigen Raumes nahmen sie auf den Diwanen Platz, die an den Wänden entlangliefen. Der Chef, der auf die warnenden Worte GGs hin ganz Aufmerksamkeit war, sah, dass die kurze Djellaba des Scheichs sich verschob, als jener sich hinsetzte; dabei wurde für einen Augenblick der Silberknauf eines Dolches sichtbar, den Bu Hamara unter seinem Gewand im Gürtel trug. Der Chef hatte seine Winchester noch immer umhängen. Als er sich setzen wollte, hinderte ihn die Waffe. Einen Atemzug lang zögerte er – aber er hatte ja noch wie GG und der Graf eine Smith & Wesson in der Hosentasche. So nahm er sich das Gewehr ab und hielt es mit nachlässiger Gleichgültigkeit einem der Berber hin, damit ihm der abnahm, was ihm jetzt lästig war. Der Mann fasste die Waffe, und wie er sie in der Hand hatte, schien es, als sähe nicht nur er, sondern alle Männer der Beni Bechiri, die in der Nische saßen, wie verzaubert auf sie. Sie konnten nicht wissen, wie diese kostbare Waffe entstanden war, sie wussten nichts von dem Elektrostahl des Laufs, der mit Chrom vergütet war, so dass er nie rosten konnte, aber sie hatten in ihrem untrüglichen Sinn eine Witterung für die hohe Qualität des Gewehrs. Fast zärtlich berührte der Berber den Weichgummi der Schaftkappe, der den Rückstoß abschwächte; bewundernd sah er, aus welch feinem Maserholz der Schaft gearbeitet war, wie seine Schaftverschneidungen ein erhaben herausgearbeitetes Blätterwerk zeigten, das der Büchsenmacher silbergrau gebeizt hatte, und prüfend fuhr er mit dem Finger über die obere Fläche des Laufs: Sie war mit einem Stichel quer gestrichelt und dann mattiert, damit jede Lichtspiegelung unmöglich war. Unwillkürlich entfuhr dem entzückten Betrachter ein tiefes Aufseufzen. Aber dann raffte er sich zusammen und stellte das Gewehr in eine Ecke der Nische. Darüber waren atemraubende Sekunden vergangen, und auch der kleine Auftritt, der nun folgte, entbehrte nicht der Spannung. Ein junger Hund nämlich, der noch so jung war, dass er einem unbestimmbaren rötlichen Wollknäuel glich, kam in täppischen Sprüngen herein. Einer der Berber stieß mit dem Fuß nach ihm, GG aber lockte ihn an sich, und das Tierchen sprang an ihm hoch, so dass er es an der faltigen Genickhaut packte und es sich auf den Schoß nahm, wo es zufrieden liegenblieb und GGs Hand zu lecken suchte.

„Ich sehe", sagte der Scheich, „du machst dir rasch Freunde!"

„In dieser feindlichen Welt ist ein Freund viel wert", antwortete GG.

Da Bu Hamara in seinem Stolz arabisch sprach, als sei es unter seiner Würde, sich einer anderen Sprache zu bedienen, war es GG allein, der die Unterhaltung mit ihm führte. Die Begleiter des Scheichs blieben stumm, aber sie waren sehr aufmerksam; es entging ihnen kein Wort.

Dabei wurde nichts Wesentliches geredet, denn nach der Landessitte erkundigten sich die beiden Sprecher umständlich nach dem gegenseitigen Wohlbefinden, nach der Gesundheit ihrer Söhne (wobei GG unterschlug, dass er keine besaß), nach der gesamten Verwandtschaft, wobei selbstverständlich die Frauen und Töchter nicht erwähnt wurden, denn das wäre gegen jeden Anstand und überdies unwichtig gewesen. Aber die Gesundheit des Viehbestandes war ein wesentliches Kapitel, und indem sie darüber ausführlich sprachen, verbarg jeder der beiden sorgfältig, woran er in Wirklichkeit dachte.

Während dieser doppelbödigen Unterhaltung betrat ein etwa vierzehnjähriger Knabe die Nische, dem einige Diener folgten. Sie trugen alles, was zur Teebereitung nötig war, und als sie ein niedriges rundes Tischchen, einen Kessel mit noch kochendem Wasser, die Kanne und die Behälter für den Tee sowie Gläser niedergesetzt hatten, machte sich der Knabe ans Werk. Seine Bewegungen waren betont langsam, denn ein Gast ist willkommen, man möchte seine Gesellschaft recht lange genießen, und alle blickten auf ihn, wie er, gemessen und sicher, ohne verlegen zu sein, in die silberne Teekanne die frischen grünen Blätter der

Krauseminze tat, dann kleingemahlenen grünen chinesischen Tee hinzufügte und große Zuckerstücke zerbrach und zerbröckelte. Nun goss er das dampfende Wasser darauf, füllte sich von dem Aufguss etwas in ein Glas, schmeckte den Tee ab und tat darauf noch einmal Zucker hinein.

„Mein Sohn Husain", sagte der Scheich. Der Name bedeutete ‚der sehr Schöne', und GG wusste, dass es eine hohe Auszeichnung für den Knaben war, die Gäste des Vaters bedienen zu dürfen.

„Ich sehe, dass es dein Lieblingssohn ist", antwortete GG. „Allah gebe ihm ein langes Leben."

Der Tee war jetzt fertig. Husain bot GG das erste Glas an, dann bedachte er die anderen beiden Fremden, darauf den Vater. Die Diener versorgten das Gefolge mit dem heißen und sehr süßen Getränk. Alle schlürften es laut, denn so verlangte es die feine Sitte.

Als der Chef die Vorbereitungen für den Tee zur Kenntnis genommen hatte, empfand er ein deutliches Missbehagen, denn ihm war dieses Gesöff, wie er es bei sich verächtlich bezeichnete, das Berber wie Araber tags und nachts zu sich nahmen, ausnehmend zuwider. Dabei spürte er, wie die Atmosphäre hier durch geheime Spannungen aufs äußerste geladen war, und es verlangte ihn, dem Scheich zu zeigen, dass er für seine Person sich dadurch keineswegs ins Bockshorn jagen ließ. So nahm er wohl, um nicht beleidigend zu sein, einen kräftigen Schluck aus seinem Glase, zog aber dann seine Pfeife aus der Tasche, stopfte sie sorgfältig, zündete sie an und dampfte nun gemächlich vor sich hin, als säße er bei sich zu Haus am Kamin.

GG sah, wie die Augen des Scheichs kleiner wurden. Er wusste, es galt als ausgesprochen unhöflich, in Gegenwart eines Älteren zu rauchen, und der Chef war jünger als der Scheich. Selbst wenn er es nicht gewesen wäre, so hätte es sich gehört, Bu Hamara so zu behandeln, als ob er älter wäre. Aber GG war es ganz recht, dass der Chef ihren gefährlichen Gastgeber herausforderte; auch er wollte sich nicht damit begnügen, vor dem heißen Brei nur vorsichtig abwartend zu sitzen.

„Dein Freund ...", sagte der Scheich und blickte dabei auf den rauchenden Chef.

‚Aha', dachte GG, ‚jetzt schlägt er zu.'

„Dein Freund hat ..." Er machte eine kleine Pause.

‚Wenn er jetzt sagt: ‚keine Manieren',' dachte GG, ‚dann gebe ich ihm eins drauf.'

„Dein Freund hat ein schönes Gewehr!"

Wohin wollte der Scheich? GG durchschaute es im Augenblick nicht. Aber jedenfalls hatte er den Scheich nun da, wo er ihn hatte haben wollen. „Ja", antwortete er, „es ist ein so schönes Gewehr, dass niemand es kaufen kann. Die Büchsenmacher in Amerika haben es allein für meinen Freund gearbeitet."

Alle Berber blickten jetzt auf den Chef. „Der Scheich interessiert sich für Ihr Gewehr, Chef", sagte GG auf französisch, und der Engländer, darüber erfreut, dass sie hier endlich zur Sache kamen, lächelte den Scheich freundlich an, sah sich jedoch nicht veranlasst, dabei die Pfeife aus den Zähnen zu nehmen.

„Wenn die Büchsenmacher ihm eine solche Waffe in die Hand gaben, dann muss er ein guter Schütze sein," sagte Bu Hamara.

„Er ist es", antwortete GG. „Möchtest du vielleicht sehen, was das Gewehr leistet?"

Der Scheich sah fast gelangweilt aus, seine Männer blickten auf das Muster des Teppichs – aber dass sie ihre Spannung zu verbergen suchten, bewies, wie stark sie war. Nur Husain konnte sie nicht verstecken: Seine schönen dunklen Augen hingen verzehrend an der kostbaren Waffe in der Ecke.

„Es wäre vielleicht ein gewisser Zeitvertreib", sagte der Scheich nachlässig, als habe ihm ein armseliger Zigeuner angeboten, vor seinen Augen eine lebende Giftschlange zu verschlingen.

Sie erhoben sich, und als der junge Hund, den GG auf die Erde gesetzt hatte, ihm nachlaufen wollte, fasste ihn ein Kind und trug ihn fort.

Als der Chef mit seinen Freunden, dem Scheich und den Männern, die in der Nische gesessen hatten, von der Dschema zum Dorfrand ging, das Gewehr in der Hand, kamen aus den weißen Häuserwürfeln von überallher Männer und Halbwüchsige in den kurzen, dunkelbraunen Kapuzenkitteln und folgten der Gruppe. Außerhalb der Siedlung blieb der Chef stehen und sah sich prüfend nach einem geeigneten Ziel um. Sein Blick blieb auf einer einzeln stehenden Palme haften. Am Ende des schlanken Stammes, der etwa 25 m hoch war, hoben sich die fiederblättrigen, harten Zwergwedel scharf gegen den Himmel ab. Die Entfernung zu ihr schätzte der Chef auf dreihundert Meter, und sie war ihm sehr recht, denn auf diesen Abstand war seine Waffe eingeschossen.

„Was ist das für eine Palme?", fragte der Chef.

„Wenn mich nicht alles täuscht, eine Dattelpalme", meinte der Graf.

„Fragen Sie den Scheich, ob sie noch trägt!", sagte der Chef. und GG erhielt zur Antwort, sie sei vom Großvater des Scheichs gepflanzt worden, als sein Vater geboren worden sei, der, wenn er heute noch lebte, an die neunzig Jahre alt sein würde.

„Fragen Sie ihn bitte, ob es ihm oder seinen Leuten etwas ausmacht, wenn die Palme nach meinen Bemühungen wie eine gerupfte Krähe aussehen wird!"

Der Scheich antwortete, da der Baum keine Früchte mehr bringe, achte niemand mehr auf dessen Gesicht. Aber im Ton seiner Antwort schwang mit, dass er diese Vorsicht offenbar für überflüssig hielt, weil es ihm unwahrscheinlich schien, dass der Schütze bei dieser Entfernung unter den fingerdicken Stängeln der Zweige mehr als einen Zufallstreffer erreichen könnte. Er hatte ja keine Vorstellung davon, wie nah und scharf das weite Ziel im Fadenkreuz des Zielfernrohrs erschien.

Die Sonne stand im Zenit, und es bestand die Gefahr, dass ihr grelles, von oben fallendes Licht die Lage des Treffpunkts nach unten verschob. Das kalkulierte der Chef mit ein, um einen Tiefschuss zu vermeiden, aber der erste Schuss ging doch zu hoch.

Er fuhr durch die Palmwedel; nur einige losgerissene Blattfiedern segelten zur Erde. Der zweite Schuss fiel. Es rührte sich nichts.

„Genau im Stamm, im Ansatz der Stängel", sagte der Graf, der das Ziel mit dem Glas beobachtete.

„Dritter sitzt", sagte der Chef. Doch es saß nicht nur dieser dritte Schuss – ein Palmwedel nach dem andern knickte zusammen. Staunend sahen es die Berber – und ebenso wie die Treffsicherheit des Schützen erregte sie, dass er vierzehnmal schoss, ehe er das Röhrenmagazin seiner Waffe gelassen wieder lud.

Nur scheinbar hatte auch GG die Schüsse beobachtet. Unauffällig galt seine Aufmerksamkeit den Beni Bechiri. Sie schienen von dem, was sie hier mit ansahen, wie verwandelt. Ihre Gemessenheit war dahin. Manche standen mit geöffneten Lippen da. In allen Augen lag ein wildes Feuer. Sie gierten nach der Waffe, die ihnen Rache, Raub und Beute verbürgte. Nur dem Scheich konnte GG keine Erregung anmerken. Ungerührt wie ein Fels stand er da. Aber gerade ihn galt es zu erschüttern.

„Dein Freund schießt gut", sagte Bu Hamara. „Die Kinder werden den Baum meines Großvaters jetzt den ‚Baum des Vaters der vierzehn Schüsse' nennen."

„Auch die Berber sind dafür berühmt, dass sie große Schützen sind", sagte GG.

„Wir waren es", sagte der Scheich, und in seiner tiefen Stimme grollte es.

„Wer ein guter Schütze war, verlernt das Treffen nie", sagte GG. Der Scheich fühlte die Herausforderung, die in GGs Worten lag.

Er blickte auf das Gewehr, das der Chef sich wieder umgehängt hatte. Wie verlangte es ihn danach, die Waffe in die Hand zu nehmen, aber sein Stolz verwehrte es ihm, um etwas zu bitten, das ihm nicht angeboten wurde; doch verstand er auch, dass der Besitzer einer solchen Waffe sie niemand gab, sowenig wie ein Reiter sein Lieblingspferd einem andern lieh. Aber auch er hatte ein Mittel, seine Kunst zu zeigen. Er flüsterte seinem Sohne Husain, der immer neben ihm gestanden hatte, einige Worte zu, und der Knabe entfernte sich rasch.

Was kommt jetzt? Der Chef, der Graf und GG wechselten einen Blick. Tauchte etwa jetzt eins der neuen Gewehre auf? Waren sie zu spät gekommen?

Im Umsehen war Husain mit den Dienern wieder da. Er trug eine Lederscheide, die mit Silber beschlagen war, während jene eine Stange brachten, an der ein rundes Holzbrett befestigt war. Der Scheich entnahm dem ledernen Behälter einen entspannten Bogen und eine Sehne, die dreifach gedreht war. Die uralte Waffe, deren Länge GG auf anderthalb Meter schätzte, hatte die bei Arabern und Türken übliche Form. Aus zwei geschwungenen Teilen setzte sich der Bogenstab zusammen; ein kurzes gerades Mittelstück vereinte sie und war zugleich die Handhabe. Da der Bogen sich in der Entspannung nach den entgegengesetzten Seiten gewandt hatte, kostete es Kraft, die geschwungenen Teile durch die Sehne zusammenzuzwingen, aber dem Scheich gelang das mühelos. Es war ein Genuss, mit anzusehen, wie er mit dieser Waffe der Vorzeit umging.

Die Diener hatten die Scheibe in einer Entfernung aufgestellt, die offenbar schon feststand. Es waren etwa 50 Meter, was sich gegenüber dem Ziel, das sich der Chef mit seinem neuzeitlichen Gewehr hatte setzen können, beschämend geringfügig ausnahm. Als aber der Scheich jetzt daranging, seinen ersten Pfeil abzuschießen, ließ die meisterhafte Art, wie er die Kunst des Bogenschießens beherrschte, die Nähe der Scheibe vergessen.

In einer scharfen Profilstellung stand er da, die Beine nur wenig gespreizt, die linke Schulter der Scheibe zugewandt. Seine linke Hand umspannte den Bogen am Griff. Der Oberarm lag am Körper an und bildete mit dem Unterarm fast genau einen rechten Winkel.

An dem Pfeil, den Husain aus dem Köcher genommen und dem Vater gereicht hatte, waren die Flugfedern schraubenförmig gestellt, wodurch das Geschoß Drall bekam; der Scheich hielt den Pfeil so, dass die drei mittleren Finger seiner rechten Hand vor die Sehne kamen, die beiden anderen unter dem Pfeil lagen.

Jetzt hob er mit der linken Hand den Bogen so weit, dass der Zeigefinger in die Sehlinie des Ziels gelangte. Während seine Rechte dicht am Körper in die Höhe bis zum Kinn ging, streckte er den linken Arm aus, und durch diese beiden entgegengesetzten Bewegungen bog sich der Bogenstab. Den rechten Ellenbogen hatte der Schütze bis etwa oberhalb der Schulter angehoben, und seine Linke hielt den Bogen so unbeweglich, als sei sie aus Eisen. Ein leichtes Anheben des rechten Ellenbogens, eine kaum merkliche Bewegung der rechten Hand – und der Pfeil flog davon. Wie mit einem Schlag fuhr seine Eisenspitze genau in den Mittelpunkt der Scheibe, und da der Pfeil in seinem Fluge so jäh gehemmt worden war, bebte sein Schaft noch nach und schwang dann aus.

Schon aber hatte Husain dem Scheich einen zweiten gereicht und dann sofort die nächsten, bis alle sieben Pfeile des Köchers verschossen waren. Die sechs umgaben den ersten in einem genau gezogenen Kreis, aber Bu Hamara reichte den Bogen mit einer so gleichgültigen Miene an seinen Sohn zurück, als habe er nichts Besonderes geleistet.

„Der Scheich der Beni Bechiri weiß zu treffen", sagte GG.

„Als mein Vater so alt war wie mein Sohn Husain", antwortete Bu Hamara, „töteten die Beni Bechiri ihre Söhne, wenn sie die Scheibe mit einem einzigen Schuss verfehlten."

Jetzt war für GG der Augenblick gekommen, tödlich zuzustoßen.

„Im Lande, wo ich zu Haus bin", sagte er langsam und so deutlich, dass auch alle Umstehenden ihn hören mussten, „und in der Heimat meiner Freunde schießen nur Kinder mit Pfeil und Bogen. Männer schießen mit Gewehren."

Die Wirkung seiner Worte war so stark, wie GG es erwartet hatte. Der Scheich wurde grau im Gesicht. Aus den Augen der Berber brach wilder Hass. Der Chef und der Graf hatten nicht verstanden, was GG gesagt hatte, aber sie sahen die Veränderung, die er in den Männern hervorgerufen hatte. Beide fassten in die Taschen, wo sie ihre Pistolen hatten. Es schien nur noch an einem Haar zu hängen, ob sich die aufs Blut gereizten Männer auf sie stürzten oder nicht. Doch Bu Hamara rührte sich nicht, und so standen auch die andern regungslos, als wären sie angewachsen. Aber Husain, der Knabe, vermochte es nicht, sich so zu beherrschen. Er schrie GG ins Gesicht: „Morgen werden auch die Beni Bechiri Gewehre haben und alle ungläubigen Hunde …"

Er kam nicht weiter. Mit einem Male drängten die Männer herzu und trennten dadurch den Knaben von den Fremden und dem Scheich. GG sah nur noch, wie einer von ihnen dem Knaben den Mund zuhielt. Dann war nicht mehr zu erkennen, was mit Husain geschah.

Der Scheich, dessen Gesicht wieder die gewohnte dunkle Farbe angenommen hatte, sagte, indem er seine Hand leicht auf GGs Schulter legte: „Verzeih, du Langlebiger, dass mein Sohn euch beleidigte. Er wird es nie wieder tun können." Er sprach ruhig, aber in seinen Augen glühte es, und jetzt war auch er entschlossen, von dem zu reden, was sie alle umtrieb. „Ihr seid nicht gekommen", sagte er, „um den Beni Bechiri zu erzählen, womit in eurem Lande die Kinder spielen. Ihr seid mit einer Frage gekommen. Ihr wollt wissen, was die Beni Bechiri morgen tun werden!"

„So ist es, du Sohn eines Scheichs und Größerer als dein Vater."
„Es ist Zeit, zu essen", sagte Bu Hamara. „Da du das Hirn deiner stummen Freunde bist, wirst du verstehen, dass das meine Antwort auf eure Frage ist."

GG verstand. Er hatte seinen Zug getan, und der hatte den Scheich eine Figur gekostet – jetzt tat Bu Hamara den Gegenzug, und die Entscheidung fiel beim Essen.

„Es gefällt mir außerordentlich gut bei den Beni Bechiri", sagte er auf französisch, als sie jetzt alle wieder zurück ins Dorf schlenderten.

Das gefährliche Mahl

Was GG nun erblickte, machte ihm vollends klar, dass es jetzt ums Ganze ging. Das Mahl, das für sie vorbereitet war, wurde ihnen nicht einmal unter dem Dach der Dschema gegeben – neben dem Gemeinde- und Gotteshaus waren im Schatten hoher Akazien niedrige runde Tische aufgestellt, um die dicke lederne Sitzkissen gelegt waren. So glaubte Bu Hamara wohl, dem Gesetz der Deafa nicht zu unterstehen, durch das der Gastfreund, dem unterm Dach des Hauses oder im Innern des Zeltes Essen gereicht wird, als unverletzlich gilt. Das sah wirklich gefährlich aus. Aber wie um die Tücke der Menschen auszugleichen, kam der junge Hund wieder auf GG zugelaufen; doch als er sich zu ihm bückte, verkroch sich das Tierchen unter den Tisch, wo ihm wohl schon manche Bissen zugeworfen worden waren.

Während sich die Männer auf die Kissen setzten, kamen zwei Knaben mit Räuchergefäßen, umschritten die runde Tafel und schwangen ihre Behälter so lebhaft, dass die stark und bitter duftenden Rauchwolken den Gästen fast den Atem nahmen.

„Sehr aufmerksam," sagte der Graf.

„Rauch ist gut, und Rauch ist böse", antwortete GG, der entschlossen war, in dem unheimlichen Kampf, der ihnen jetzt bevorstand, sich nicht auf wachsame Verteidigung zu beschränken. „Auch König Ibn Sa'ud, dem König des wahhabitischen Arabien, wurde einmal geräuchert. Aber es lag Gift in dem bronzenen Rauchfass. Er spürte, dass da etwas nicht stimmte, und stieß den Sklaven mit dem Dolch nieder. So verlor er nicht sein Leben, sondern nur ein Auge. Rauch ist böse, und Rauch ist gut."

„Was für die Leber gut ist, kann der Milz schaden", sagte Bu Hamara gleichgültig.

„Ich weiß nicht, womit sie mein Sitzkissen gestopft haben", sagte der Graf. „Ich fürchte, mit rohen Kartoffeln." Er hatte sich so gesetzt, dass er zwischen GG und dem Chef saß. Neben GG hatte der Scheich Platz genommen. Außer ihnen saßen noch fünf

Berber mit um den Tisch, unter ihnen der Halifa, der sie an der Grenze abgeholt hatte.

Jetzt kamen zwei Knaben mit warmem Wasser, Handtuch und einem leeren Messingbecken, über dem sich jeder die Hände wusch. GG sah, dass Husain nicht dabei war. Es schien ihm auch, dass die beiden Jungen scheu und bedrückt waren. Was war aus dem Lieblingssohn des Scheichs geworden, den er ins Unglück gebracht hatte?

Nun trug ein Mann einen Stapel runder flacher Brote herbei.

Der Scheich zerschnitt sie, wozu er seinen Dolch hervorholte, und dann gab er jedem der Tischgäste einige Stücke. Darauf brachten zwei Berber auf einer großen runden Messingplatte eine gewaltige rötliche Tonschüssel und setzten sie in die Mitte des Tisches. Sie war bis an den Rand mit einem Gemüsegericht gefüllt, auf dem eine fette Sauce stand und fünf gekochte Hühner lagen.

Die Berber krempelten ihre Ärmel auf, der Scheich sagte „Bismillah!", und alle wiederholten das Wort, das soviel besagte wie „im Namen Gottes", und als erster tauchte Bu Hamara ein Stück Brot in die Sauce und führte es dann zum Munde, was er als Gastgeber tun musste, weil er damit bewies, dass dieses Gericht nicht etwa vergiftet war – eine Sitte, die von dem verderbten Sultanshof zu Istanbul in den Maghreb gekommen war. Jetzt langte jeder nach den Hühnern und riss sich ein Stück des weichen köstlichen Fleisches ab, natürlich mit den bloßen Fingern, denn auch der Prophet hat mit den Händen gegessen.

Der Scheich riss ein Hühnerbein ab und legte es vor GG an den Schüsselrand, und der Halifa tat für den Grafen und den Chef das gleiche. GG vergalt diese besonders höfliche Geste, indem er auch für den Scheich ein Hühnerbein abriss, und so schmausten sie, dass ihnen das Fett über die Mundwinkel rann. Von dem Gemüse aßen sie, indem sie die flachen Brotstücke als Löffel benutzten. Keiner sagte mehr etwas; ein jeder war zu sehr beschäftigt.

Als von den Hühnern nur noch die Knochen vorhanden waren und der weitere Inhalt der Schüssel zu einer kleinen Fettlache zusammengeschrumpft war, klatschte der Scheich in die Hände, worauf Messingplatte und Schüssel sofort abgeschleppt wurden. Der Scheich lehnte sich etwas zurück, fixierte den Chef und sagte zu GG: „Gib deinem Freunde, der so gut schießen kann, ein Rätsel auf!" GG unterrichtete den Engländer, was ihm bevorstand, und übersetzte dann die Worte des Berbers: „Der Goldgelbe bin ich, alle Männer suchen mich. Um deinetwillen, du Tapferer, verbrannte ich dir mein Herz!"

Der Chef sah hilflos auf seine beiden Freunde, und der Graf antwortete für ihn: „Sollte das nicht der Tabak sein?" Die Männer verstanden das französische Wort, das die Lösung war, und bis auf den Chef waren alle zufrieden. Er ärgerte sich, nicht selbst auf die Lösung gekommen zu sein.

Eine neue Schüssel wurde herangetragen und ihnen vorgesetzt. Sie enthielt Schaffleisch, das mit Salatblättern und Erbsen zusammengekocht war, und von neuem langten alle zu, die Berber mit ungebrochener Begierde, die Europäer schon etwas zögernd. Aber sie beteiligten sich doch ununterbrochen, wenngleich langsamer als die anderen, und so war denn auch dieses Hindernis nach geraumer Zeit bewältigt.

Doch zur Vorsicht schob der Graf seinen Freunden zwei Pillen zu und schluckte selbst ebensoviel. Sie waren ursprünglich für entkräftete Kranke bestimmt, die zum Essen ermuntert werden mussten, damit sie sich rasch erholten. Das Mittel nahm dem Patienten trotz seinem gefüllten Magen das Gefühl der Schwere und setzte ihn instand, nach mehr zu verlangen – und wahrhaftig, die drei hatten diese heimliche Hilfe nötig, denn nun erschienen gebratene Fleischklöße mit Spiegeleiern, die in einer rotgelben fetten Sauce schwammen, danach folgte arabisches Hackfleisch, das mit weißen Bohnen, Oliven, Zitronenscheiben und gehackten Mandeln durchsetzt war, und dann wurden gebratene Hühner in Tomatensauce auf den Tisch gesetzt, die mit feinen Kräutern gefüllt waren.

„Deliziös, deliziös", murmelte der Graf und bedauerte, dass

sein guter Neunauge nicht dabei war, der als Meisterkoch hier noch hätte lernen können, zugleich aber schaute er besorgt in die Zukunft. Während die Berber bei jedem Gericht zufassten, als hätten sie seit Wochen nichts zu sich genommen, wurden die drei, obwohl sie die Wirkung der immer wieder geschluckten Pillen dankbar empfanden, doch matter und matter. Der Graf sah schon vor sich, wie sie schließlich nicht mehr imstande waren, noch einen Bissen hinunterzuwürgen, wie sie sich weigerten, noch einmal in eine Schüssel zu langen, wie die Berber, über diese Beleidigung empört, aufsprangen und wie das Gastmahl mit einem Kampf um Leben und Tod endete. Vor allem der Chef machte ihm Sorgen. Denn er bemerkte, dass des Engländers Gesicht einen geradezu düster entschlossenen Zug bekam. Er langte nur noch mit der Linken dann und wann in die Schüssel, während er seine Rechte auf der Hosentasche ließ, in der seine Smith & Wesson stak, als sei er bereit, seine Weigerung, dieses furchtbare Mahl fortzusetzen, mit der Pistole zu bekräftigen.

Doch nun, als sie schon zwei Stunden gegessen hatten, schienen auch die Berber eine gewisse Pause nötig zu haben. Denn jeder von ihnen gab Laute von sich, die in Europa durchaus verpönt waren, hier im Maghreb aber zur guten Sitte gehörten. Dem Gedränge in ihren Mägen machten sie nämlich durch kräftiges Rülpsen Luft, womit sie zugleich den Gastgeber ehrten, weil sie damit gewissermaßen quittierten, dass er für sie etwas Ordentliches hatte auffahren lassen, und diese Urlaute riefen von allen Lippen ein Echo hervor, den Segenswunsch „Hamdulillah", Allah sei gelobt. So wurden die Formen, die der Ritus vorschrieb, sorglich beachtet.

‚Vielleicht', dachte der Graf, ‚zeigt diese Kanonade das Ende des Essens an, wie ja sich auch der Schluss eines Feuerwerks dadurch anzukündigen pflegt, dass es noch einmal von allen Seiten in einer wahren Apotheose knallt' – aber er hatte sich getäuscht. Zwei Männer schleppten ein gewaltiges Tongefäß heran, das einen strohgeflochtenen Deckel hatte. Als er abgenommen worden war, sahen sie eine hohe, kegelförmige Pyramide aus weißer Grütze, die an Reis erinnerte. Sie war mit Rosinen, Zucker, Erdnüssen und Zimt gefüllt. Mit drei Fingern fuhren die Berber in den Brei hinein, formten so sehr geschickt eine kleine Kugel und schoben sie sich schmatzend in den Mund.

„Beim Barte meines Vaters", sagte GG, „die Beni Bechiri verstehen zu leben!" Der Graf begriff, und auch der Chef war sich darüber klar, was GG meinte: Jetzt nicht weich werden! Jetzt nicht versagen! Jetzt keinen Vorwand zum Streit geben! Der Graf langte zu, obwohl er das Gefühl hatte, nie wieder im Leben etwas essen zu können, und GG selbst blieb nicht zurück.

Sie waren noch alle mit dem Kuskus beschäftigt, als schon wieder etwas gebracht wurde. Auf einer flachen Schüssel wurde dem Scheich der gebratene Kopf eines Schafes gereicht, und Bu Hamara gab die Schüssel an GG weiter. Der welterfahrene Mann wusste, was damit gemeint war. Das Hirn, das im Schädel mitgebraten wurde, gilt als höchste Delikatesse; anderseits ehrt man den Gast auch dadurch, dass er nun die Stärke seiner Hände zeigen kann. Mit den Fingern die Hirnschale einzudrücken, verlangt nämlich außerordentliche Kraft, und GG war sich darüber klar, dass ihm die abging. Wollte ihn der Scheich damit etwa bloßstellen? Wollte er sich dafür rächen, dass er die Berber mit seinem bösen Wort über das Bogenschießen gekränkt hatte? Aber die drei waren ja ein Team, in dem der eine über das verfügte, was dem andern abging, und so sagte er zum Scheich: „Die hohe Ehre gebührt dem unfehlbaren Schützen!" und reichte die Schüssel mit dem Schädel an den Chef: „Bitte drücken Sie die Hirnschale ein!"

Froh, nicht noch etwas essen zu müssen, fasste der Chef den Schädel mit beiden Händen, seine Finger umschlossen ihn wie die Backen einer eisernen Zange, und dann drückte er mit den Daumen so kräftig zu, dass die Knochendecke aufbrach. Er gab aber dann den Schädel an GG zurück. „Fresse nichts mehr", knurrte er auf englisch, unbekümmert darum, dass sie ausgemacht hatten, sich in dieser Sprache nicht zu verständigen. „Außerdem:

hätten Sie auch gekonnt! War schon zerbrochen. Nur wieder zusammengesetzt!"

GGs Gedanken folgten einander rasch wie Blitze. Vorher aufgebrochen? Wieder zusammengesetzt? Das Hirn war also präpariert worden wie das Rauchfass, mit dessen Rauch der König Ibn Sa'ud hatte vergiftet werden sollen!

Jetzt galt es. Er legte den Schädel vor sich auf den Tisch, holte gelassen das Hirn mit den Fingern seiner Rechten aus dem Schädel und nahm zugleich mit der Linken Kuskusbrei. Dann tat er den Bissen Hirn scheinbar in seinen Mund, ließ ihn jedoch in seinen Fingern, schob aber sofort den Brei nach, an dem er kaute, als sei es das Hirn. Das ließ er unauffällig unter den Tisch fallen.

Das Mahl war beendet. Die Knaben kamen wieder mit heißem Wasser und Handtuch, diesmal aber auch mit Seife, um das Fett von den Händen zu waschen, und dann wurde Krauseminztee gebracht, wozu braune Reiskuchen auf den Tisch gestellt wurden, die mit starken Parfüms durchsetzt waren; sie sollten dem Atem Wohlgeruch verleihen. Die Berber machten es sich auf den sehr umfangreichen Sitzkissen bequem, indem sie eine halb liegende Stellung einnahmen und so behaglich verdauten. Der Chef zog seine Pfeife hervor, und der Graf gab sich seiner Müdigkeit mit dem angenehmen Gefühl hin, dass seine Pillen jeden Anschlag auf ihre Essfähigkeit zunichte gemacht hatten. Aber GG tat nur so, als ob er auch von der Strapaze des Mahls erschöpft sei. Damit verbarg er seine Spannung. Er wusste: Der Scheich, der so gleichmütig vor sich hinsah, wartete jetzt darauf, dass das Gift zu wirken anfinge, und vielleicht waren die andern Gäste am Tisch eingeweiht und warteten wie er auf seinen Tod. Was aber würde geschehen, wenn sie merkten, dass sie ihm das tödliche Gift vergeblich gereicht hatten?

„Du hast uns durch ein fürstliches Mahl geehrt, o Sidi el Habib ben Mohammed Bu Hamara", sagte GG langsam auf französisch, „und ich versichere dir, wir fühlen uns sehr wohl bei den Beni Bechiri!"

Der Chef rauchte weiter, war aber ganz Auge und Ohr, und die Müdigkeit des Grafen verflog: Die immer wiederkehrenden Warnungen GGs mussten doch einen Grund haben!

Der Scheich antwortete mit ausgesuchter Höflichkeit: „Es freut uns, o du Langlebiger, dass wir vor euren Augen bestehen konnten, und wir sind sicher, dass du uns das Doppelte geboten hättest, wenn wir dich im Hause deines Vaters besucht hätten!"

‚Langes Leben wünschen mir deine Lippen, aber deine Hand schickte mir das Gift', dachte GG, und er beschloss, zum Angriff überzugehen. „Wie ein Pascha hast du uns empfangen, o Scheich, dem Allah vergelten möge, was er an uns getan. Aber wir bedauern, dass wir dich nicht in der Zeit besucht haben, als du noch ein mächtiger Mann warst. Wenn ich dich heute ansehe, so tut es mir weh, dass ich nur noch den Schatten deiner Größe sehe!"

Der Scheich blieb gelassen. „O du Langlebiger", antwortete er, „weißt du nicht, dass Allah der Herr der Herrschaft ist? Er gibt Herrschaft, wenn es ihm gefällt, und nimmt die Herrschaft weg, wenn es ihm gefällt. Er erhebt, wie er will, und er erniedrigt, wie er will. In seiner Hand ist alles Gute, und er hat über alles Macht."

Ein jämmerliches Winseln wurde unter dem Tisch laut. Der junge Hund kroch darunter hervor. Aber er kam nicht weit. Seine Beine schienen gelähmt, er sank zusammen, Schaum tropfte ihm aus seinem Maul, jetzt wälzte er sich, von Krämpfen geschüttelt, am Boden, sein Winseln wurde zu einem kurzen Heulen – und dann lag er tot da.

GG erhob sich, und der Chef und der Graf taten das gleiche, obwohl sie noch nicht verstanden hatten, was sich jetzt offenbart hatte. „Mit dem Essen wolltest du uns eine Antwort geben, Scheich?", sagte GG. „Ich nehme an: Das ist deine Antwort!" Er zeigte auf den vergifteten Hund.

Bu Hamara blieb halb liegend auf seinem Kissen, und auch die andern Männer der Beni Bechiri rührten sich nicht.

„Warum seid ihr gekommen?", fragte der Scheich. „Niemand hat euch gerufen!"

„Wir sind gekommen, Scheich, um dir eins zu sagen: Wenn die Beni Bechiri reiten, werden sie in ihr Unglück reiten! Wir sind gekommen, um dir zu sagen: Wehe dem, der den Frieden bricht!"

„Feuer und Wasser können nicht miteinander in Frieden leben", antwortete der Scheich. Er rief seinen Männern etwas zu, und den Gästen wurden die Pferde gebracht, auf denen sie hergeritten waren. Aber der Halifa blieb sitzen. Er begleitete die Fremden nicht wieder. Nur ein Berber saß mit auf. Er hatte die Pferde von der Grenze zurückzubringen.

Während sie mit ihm fortritten, berichtete GG, was geschehen war. Der Chef sagte nichts. Der Graf meinte: „Unzweifelhaft eine große Auszeichnung für Sie, GG. Sie sind als das Gehirn unseres Teams erkannt. Mit dem vergifteten Schafshirn sollten der Chef und ich kopflos gemacht werden."

Der Chef deutete nach rechts, wo, etwa fünf Meter entfernt, auf kahlen Felsen plumpe Geier saßen. „Schmutzgeier", sagte GG, „Maltesergeier."

„Offenbar stammt unser Malteser Freund in direkter Linie von ihnen ab", sagte der Graf.

„Reiten hin!" Der Chef wendete sein Pferd, aber der Berber, der sie zu begleiten hatte, widersprach aufs lebhafteste. Sie hätten zur Grenze zu reiten, nirgendwo anders hin. Seine Worte überstürzten sich. Statt einer Antwort zog der Chef seine Pistole. Da schwieg der Berber und ließ sie reiten. Aber er sprang von seinem Pferde und blieb auf dem Wege, von dem sie abbogen.

Über einen allmählich abfallenden Hang, der erst mit Palmitobüschen bestanden war, dann aber mehr und mehr den gewachsenen Stein hervortreten ließ, näherten sie sich den Felsblöcken, auf denen die schmutzigweißen Vögel saßen. Die Spitzen ihrer Hakenschnäbel schimmerten blau. Sie wandten ihnen die nackten Köpfe zu. Von ihren Hälsen leuchteten die orangeroten Kropfflecken. Jetzt flogen sie ab, und mit mächtigen Schlägen ihrer langen, ziemlich spitzen Schwingen stiegen sie hoch in die Luft.

Die drei Reiter hatten die Felsen erreicht und hielten am Rand eines steinigen Kessels. Sie blickten hinab, und der jammervolle Anblick, der sich ihnen bot, rechtfertigte den Verdacht des Chefs, den die auf Beute lauernden Raubvögel bei ihm erweckt hatten. Unten auf dem Boden lag der Körper eines jungen Menschen. Seine Handgelenke waren mit den Fußknöcheln zusammengeschnürt, und so glich er einem leblosen Bündel. „Er lebt noch!", rief GG, „sonst hätten sich die Geier schon an ihn gemacht!"

Im Nu waren er und der Graf aus den Sätteln. Der Chef blieb zu Pferde und holte seine Pistole wieder aus der Tasche. Aber so weit er auch blickte – außer dem Berber, der auf sie wartete, war kein Mensch zu sehen.

Die beiden waren bei dem Bedauernswerten. Ein paar Schnitte mit ihren Messern, und die Fesseln waren durchschnitten. Die befreiten Glieder streckten sich, und die Männer sahen nun das Gesicht des Opfers. Was jeder gedacht hatte, sahen sie bestätigt: Vor ihnen lag Husain, der Lieblingssohn des Scheichs.

Der Graf kniete bei ihm und massierte ihm mit kundigen Griffen Schenkel, Beine und Arme. Seit dem unseligen Ausruf des Knaben beim Bogenschießen waren etwa drei Stunden vergangen. Länger als zweieinhalb Stunden konnte er nicht in seinen qualvollen Fesseln gelegen haben. Er war bei vollem Bewusstsein und sah, auf dem Rücken liegend, seine Befreier stumm und verzehrend an. ‚So haben wir', dachte GG, ‚auch einmal Tschandru-Singh gerettet, als er noch ein Knabe war, und mit ihm den Treuesten der Treuen gewonnen – was aber wird aus Husain werden?'

Der junge Berber richtete sich auf, blieb jedoch auf dem steinigen Boden sitzen. Der Graf ließ von ihm ab. Der Blutkreislauf war wieder in Gang gekommen.

„Husain", sagte GG, „die Beni Bechiri haben dich grausam bestraft. Aber jetzt brauchst du weder sie zu fürchten noch die Geier. Wir haben dich befreit, und wir werden dich schützen!"

Der Sohn des Scheichs antwortete nicht.

„Du wirst mit uns kommen, Husain", fing GG wieder an. „Der Berber, der uns begleitet, kann zu Fuß gehen. Du wirst auf seinem Pferde reiten, und der Mann wird alle vier Pferde bei den Soldaten an der Grenze in Empfang nehmen."

Der Sohn des Scheichs sah den Sprechenden unverwandt an, brachte aber kein Wort heraus.

„Wir haben dort einen Wagen stehen", fuhr GG fort. „Wir nehmen dich gern mit, Husain. Du bist dann in Sicherheit. Wenn du willst, werden wir für dich sorgen. Aber du kannst dann auch gehen, wohin du magst. Dass du zu den Beni Bechiri nicht zurück kannst, das weißt du."

Husain stand auf. Der Graf wollte ihm dabei helfen. Jedoch war es nicht nötig. Der Knabe kam allein auf die Füße, aber als er stand, musste er sich an einen der Felsblöcke lehnen. So stand er da, als GG ihn fragte: „Willst du jetzt mit uns reiten, Husain?"

Da brach aus dem Munde des Knaben eine Flut wüster Schimpfworte und wilder Verwünschungen. Stinkende Söhne räudiger Schakale seien sie, und Allahs Fluch möge sie treffen. Ihm wäre es lieber, von Raubvögeln zerfleischt oder von den glühenden Fingern der Dschinns zerrissen zu werden, als dass er sich in die Gesellschaft ungläubiger Hunde begäbe, und für ihn wären sie nicht besser als die ekelhaften Geier, die von Kot und Aas lebten.

Aus diesen leidenschaftlichen Worten sprach ein so abgründiger Hass, dass GG einsah, hier war eine Verständigung nicht möglich, und er sagte es dem Grafen. „Was wird aus ihm, wenn wir ihn nicht mitnehmen!?", war dessen Frage.

„Er wird den Weg seines Vaters gehen", antwortete GG, „in die Berge, in die Wälder – oder er schlägt sich durch nach Marrakesch und taucht dort in der Medina unter."

„Er hat uns einen großen Dienst getan", sagte der Graf. „Wollen wir ihm nicht etwas Geld geben, damit er sich besser weiterhelfen kann?"

„Er wird es nicht nehmen."

„Ich möchte es doch versuchen", sagte der Graf, nahm einen 25-Peseten-Schein aus seiner Brieftasche und legte ihn vor dem

Knaben auf einen Stein. „Sagen Sie ihm, dass das Geld ihm gehört!"

GG tat es. Husain sah auf den Schein, der für ihn ein Vermögen bedeutete, dann wieder auf die beiden Männer und spuckte ihnen vor die Füße.

„Mit Kraft geladen wie ein Panther", sagte der Graf. „Ein großartiger Bursche!" Und bekümmert setzte er hinzu: „Schade, dass er sich nicht zähmen lassen will …"

Sie stiegen wieder zum Rand des Kessels hinauf, wobei ihnen das Steingeröll unter den Füßen wegrutschte, und waren bald wieder auf ihrem Ritt zur Grenze.

„Was meinen Sie nun, GG", sagte der Graf, „wie ist der unbeherrschte Ausruf Husains zu deuten? ‚Morgen werden auch die Beni Bechiri Gewehre haben' – heißt das genau ‚morgen' oder nur soviel wie ‚in ein paar Tagen' oder ganz allgemein ‚es kommt der Tag, an dem werden auch die Beni Bechiri Gewehre haben'?"

GG hielt das eine wie das andere für möglich. Aber er schloss: „Eins ist gewiss: Noch sind die Gewehre nicht bei den Berbern."

Jetzt erst tat der Chef wieder den Mund auf. „Habe es endgültig satt, zuzusehen. In Afrika spazierenzureiten. Der Kerl da in dem Schloss am Meer wollte Sie durch den Scheich vergiften lassen, GG. Lasse ich mir nicht gefallen. Lege Wert darauf, dass Sie am Leben bleiben. Lasse mich nicht länger hindern: Hole den Kerl einfach aus seinem Bau heraus. Mache Schluss mit dem ganzen Spuk!"

Darauf erwiderte weder GG noch der Graf etwas. Denn sie kannten ihren dritten Mann – noch einmal brachten sie ihn von seinem Willen nicht ab. Das einzige, was sie erreichen konnten, war seine Zustimmung, dass sie nicht sofort nach El Kasr fuhren, sondern erst in die Hauptstadt. Denn dort, bei ihren Leuten im Hotel, konnten inzwischen ja die wichtigsten Nachrichten eingelaufen sein.

Neunauge wird verschleppt

An dem Morgen, an dem der Chef, der Graf und GG in die Berge zu den Beni Bechiri aufgebrochen waren, hatte Neunauge sich dafür entschieden, endlich ins Werk zu setzen, was ihm von dem Augenblick an unbedingt nötig erschienen war, als er mit Plumpudding und Tschandru-Singh erfahren hatte, wie gefährlich die Lage des Teams war. Es ging seiner Meinung nach nicht länger an, dass das Team von einem fremden Chauffeur abhängig war. Hatte dieser gerissene Malteser sie nicht selbst darauf hingewiesen, dass es ihn nicht viel koste, den Fahrer, den sie sich gewählt hatten, zu kaufen? Was sollten die Drei, die hier im Hotel auf Nachricht zu warten hatten, denn anfangen, wenn die Herren von einer ihrer Fahrten nicht zurückkamen, weil der Fahrer sie verschleppt oder den Wagen in einer verlassenen Gegend absichtlich zu Bruch gefahren hatte? Nein, so ging das nicht weiter. Er selbst konnte fahren, Plumpudding konnte es, der Chef war ein ganz ausgezeichneter Fahrer, mit dem Grafen und GG ging es so an – was sie nur haben mussten, das war ein eigener Wagen, und den zu beschaffen, konnte nicht schwierig sein. Der Hotelsekretär bestärkte ihn in seinem Vorhaben, wodurch sich Neunauge allerdings nicht täuschen ließ – selbstverständlich bekam der Mann vom Autohändler seine Prozente. Trotzdem war ihm seine Empfehlung willkommen, und er machte sich auf den Weg. Da Plumpudding und Tschandru-Singh im Hotel blieben, war ihr Posten immer noch ausreichend besetzt, und nachdem er sie beide über sein Vorhaben unterrichtet hatte, verließ er das Hotel, als vorsichtiger Mann freilich durch eine hintere Tür, die das Personal zu benutzen hatte und die in eine enge kleine Gasse führte. Es war nämlich der Aufmerksamkeit der drei nicht entgangen, dass sich in der Hauptstraße, gegenüber dem eigentlichen Hoteleingang, ein buckliger Bettler angesiedelt hatte. Der Mann hockte Tag und Nacht drüben an der Hauswand, und sie hielten es für gut möglich, dass er in Wahrheit nichts anders zu tun hatte, als zu überwachen, ob sie das Haus verließen und wohin sie dann gingen.

Neunauge erreichte die Hauptstraße, die zum Aljeddan führte, durch eine Passage und hatte nicht mehr weit zu dem großen Geschäft von Mahmud Ismael Sons, das ihm der Sekretär genannt hatte und das sich in jeder europäischen Großstadt hätte sehen lassen können. Es lag im Erdgeschoß eines Hochhauses, und hinter gewaltigen Schaufenstern standen funkelnd neue Wagen, mächtige Straßenkreuzer, Cadillacs, Pontiacs, Bedfords, von deutschen Firmen die neusten Mercedes und Volkswagen, aus Spanien ein Seat.

Der arabische Geschäftsführer war nach bester Pariser Mode gekleidet und die Höflichkeit selbst. Er führte Neunauge bereitwillig von einem Wagen zum andern, aber sowenig sein Kunde die hohen Qualitäten dieser Marken bezweifelte, so war doch nichts von dem, was er hier sah, nach seinem Wunsch. Denn alle diese an sich ausgezeichneten Erzeugnisse der Automobilindustrie waren für erstklassige Straßen gebaut, und wenn die Militärstraßen des Maghreb auch nichts zu wünschen übrigließen, so wollte Neunauge für das Team ein geländegängiges Gefährt haben, mit dem sie auch dann fahren konnten, wenn die guten Straßen aufhörten, wenn es querfeldein und bergauf und bergab ging, denn nur das machte sie von Schwierigkeiten, die man ihnen bereiten konnte, wahrhaftig unabhängig. Ein Jeep wäre das beste gewesen – aber da zuckte der Geschäftsführer bedauernd die Achseln: Den führten sie nicht. Selbstverständlich wäre ein Jeep zu beschaffen – aber das dauere natürlich geraume Zeit, bis er zu Schiff in Melilla ankäme. „Ich brauche den Wagen sofort!", sagte Neunauge und drückte, da er in Marseille aufgewachsen und mit den Sitten der Mittelmeerländer vertraut war, dem eleganten Herrn einen größeren Geldschein in die Hand. Sie schloss sich über dem Papier mit einer Gewandtheit, die auf große Übung schließen ließ, und den Schein ließ der elegante Herr mit der Geschicklichkeit eines Zauberkünstlers verschwinden. Aber sofort hob der Mann beide Hände wieder in einer Gebärde wahrer Verzweiflung: Beim Leben seines Sohnes, so versicherte der Verkäufer, es gebe keinen Jeep in den Mauern der Stadt, der verkäuflich sei. Aber da hellte sich seine düstere Miene auf – was der Herr denn von einem Willys-Overland hielte?

Neunauge erwiderte, der wäre allerdings noch besser als ein Jeep, denn er kannte die unerhörte Leistungsfähigkeit dieser Wagen, mit denen man über jedes weglose Gelände kam – und welch ein Zufall! Gerade heute hatte der Geschäftsführer von Mahmud Ismael Sons gehört, dass ein Willys-Overland unter der Hand zu haben war! Ein Gelegenheitskauf, wie er sich einmal im Jahre bot! Nein, er hatte den Wagen nicht hier, so etwas führte er eben nicht, und das Gefährt war, offen gestanden, etwas ramponiert, aber nur äußerlich, Motor, Chassis, die Achsen, alles in bester Ordnung. Er würde sofort nach einem Freund schicken, Abd el Salam Hassan, „ein Ehrenmann, Monsieur, ein Ehrenmann", der würde die Sache vermitteln.

„Ihm gehört der Wagen?" Nein, keineswegs, aber Abd el Salam Hassan wüsste, wo der Wagen stünde, er würde Monsieur hinführen, er würde den Kauf vermitteln – selbstverständlich müsse Monsieur mit dem Wagen erst eine Probefahrt machen!

Neunauge war sehr zufrieden. Es dauerte auch nicht länger als eine halbe Stunde, bis Abd el Salam Hassan eintrat. Er war wie sein Freund, der Geschäftsführer, europäisch gekleidet, nur schien seine Garderobe schon einmal von jemand anderem getragen zu sein, und der rote Tarbusch, den er auf dem Kopf hatte, war oberhalb der Stirn wie von einem Trauerrande schwärzlich durchfettet. Aber was bedeutete denn das, wenn der Mann Neunauges Wunsch erfüllen konnte?! Beide verließen das große Geschäft, wobei der Geschäftsführer nicht vergaß, ihnen seine aufrichtigen Segenswünsche mit auf den Weg zu geben.

Sie hatten nicht sehr weit zu gehen. Die Straße verlor sich in einen Heckenweg, und Hecken umgaben auch das unbebaute Grundstück, auf dem der Wagen stand, so dass er von der

Straße her nicht gesehen werden konnte. Aber Neunauge und sein Begleiter waren auf ihrem Wege hierher von allen Nichtstuern des Viertels wohl beachtet worden, und da es für die Männer in Turban und Tarbusch und Takiah keine anregendere Unterhaltung gab, als zuzusehen, was der Europäer vorhatte, umgab sie bald ein Gefolge, das sich von Minute zu Minute verstärkte.

Eine wahre Menschenmauer umstand Neunauge, als er den Wagen nun näher untersuchte. Es war ein hochgebauter Willys-Overland, der für etwa fünf Personen Sitzplatz und dahinter noch viel Raum für Gepäck hatte. Er war tatsächlich ramponiert, aber als Neunauge die Motorhaube hob, um die Eingeweide des Maschinentiers genau zu besichtigen, war er keineswegs enttäuscht: Äußerlich zwar ohne Glanz, aber innerlich in bester Verfassung, wie es schien, und das war es doch, worauf es hier allein ankam.

Abd el Salam Hassan unterstützte ihn bestens. Er scheuchte die Zuschauer zurück, wenn sie Neunauge durch ihre Zudringlichkeit behinderten, er füllte aus einem Kanister, der im Rückteil des Wagens gestanden hatte, Benzin in den Tank und lehnte jede Aufforderung ab, sich über den mutmaßlichen Preis des Wagens zu äußern, denn erst solle Monsieur die Probefahrt machen, dann werde er sehen, was der Wagen wert sei. Er drückte Neunauge den Zündschlüssel in die Hand und ihn selbst auf den Fahrersitz, sprang wieder aus dem Wagen, schrie die Zuschauer an, Platz zu machen, und knallte die Tür zu. Unter Neunauges sicherer Hand sprang der Motor leicht an, der Wagen bog um die Hecke, und als Neunauge die Straße erreicht hatte, schlug er die Richtung nach dem Feldweg hin ein, um von dort rasch in freies Gelände zu kommen. Aber ehe er es sich versah, veränderte sich die Szene.

Plötzlich nämlich sprangen ein paar Männer, die irgendwo hinter den Hecken gelauert haben mussten, ihm in den Weg. An ihren weißen, tropenhelmartigen Kopfbedeckungen und der Uniform in dunklem Khaki erkannte Neunauge sie als Polizisten. Sie schrien: „Stopp! Stopp! Stopp!" und rissen ihre Pistolen aus den Ledertaschen, die sie am Gürtel trugen. Neunauge fand das ziemlich überflüssig, denn er hätte ohnedies gehalten. Schon hatten sie den stehenden Wagen geentert, und sie schrien auf den überraschten Fahrer ein. Neunauge verstand kein Wort ihres Arabisch; er sah nur, wie erregt die dunkelhäutigen Männer waren. Sie hatten offenbar vor, ihn aus dem Wagen zu zerren. Aber er kannte sich selbst zu gut. Wenn ihn einer der Männer angefasst hätte, dann hätte es ein Unglück gegeben, und hier handelte es sich doch nur um ein Missverständnis, das aufgeklärt werden musste. Also stieg er aus dem Wagen und wollte Abd el Salam Hassan heranwinken. Jedoch war es ihm nicht möglich, denn er sah ihn nicht mehr, weil die gesamte Menge der Zuschauer sich in Trab gesetzt hatte und ihn und die Polizisten wieder Kopf an Kopf einschloss.

Aber dafür konnte er nun endlich verstehen, was der eine der Polizisten in einem mehr als dürftigen Französisch vorbrachte: „Du Auto stehlen! Du Autodieb ganz schlechter! Du sofort in Gefängnis!"

Dafür hatte Neunauge nur ein verächtliches Lachen. Doch war ihm klar, dass er sich diesem Manne gegenüber nur in dessen eigener primitiver Art verständlich machen konnte. „Ich nicht Auto stehlen!", rief er. „Ich Auto kaufen!"

„Von wem du Auto kaufen?"

Nun, jetzt kam die Sache in Ordnung. Jetzt musste Abd er Salam Hassan die Sache klarstellen. Neunauge rief: „Abd el Salam Hassan! Monsieur Abd er Salam Hassan!" Aber er rief vergeblich. Es zeigte sich kein Abd el Salam Hassan. Er war verschwunden.

Das war ärgerlich, aber Neunauge wusste sich zu helfen. Er zog seine Brieftasche hervor, entnahm ihr ein dickes Bündel Geldscheine, mit denen er den Wagen hatte bezahlen wollen, und sagte eindringlich: „Ich Geld! Ich viel Geld! Wozu stehlen, wenn so viel Geld?!"

Der Polizist antwortete: „Du immer Wagen stehlen, du Wagen schnell verkaufen, du viel Geld in Tasche!"

Die Zuschauer brachen in lautes Gelächter aus, und dem verdächtigten Neunauge wurde die Sache zu dumm. Doch er bezwang sich noch einmal. „Du mit mir gehen zu Mahmud Ismael Sons!", sagte er mit verhaltener Wut.

„Du mit mir gehen in Gefängnis!", antwortete der Polizist und hielt dann an die Umstehenden eine große Rede: Dieser Wagen war seit acht Tagen als gestohlen gemeldet. Sie hatten gewusst, dass er in der vorvorigen Nacht dort hinter die Hecke gefahren worden war. Sie hatten Tag und Nacht gelauert, wer ihn wohl holen würde, aber niemand war gekommen. Da war ihnen heute gesteckt worden, denn Gauner blieben immer Gauner, sie verrieten einander, also es war ihnen gesteckt worden, dass der Wagen heute geholt würde – entweder von dem Dieb oder von dem, in dessen Auftrag der Wagen gestohlen worden war –, und nun hatten sie ihn!

Von diesen Ausführungen verstand Neunauge wieder nichts, aber er begriff, dass er hier verraten und verkauft war. Doch war er nicht gesonnen, klein beizugeben. Die Tür des Wagens stand noch offen. Handeln – ins Auto, Vollgas und los: Vor die Räder würde sich schon keiner werfen, und mit dem Wagen würde er zu dem Autogeschäft kommen, wo der Geschäftsführer die nötige Aufklärung geben konnte.

Zwischen ihm und der offenen Wagentür stand der Polizist, der vom Tritt des Wagens aus mit seiner Rede noch immer nicht zu Ende war. Mit ganzer Kraft stieß Neunauge den Mann, der seinen Blick der Menge zugewandt hatte, zur Seite, so dass der Polizist wegtaumelte, und mit einem Satz wollte Neunauge in den rettenden Wagen. Aber er hatte die Polizisten in seinem Rücken unterschätzt. Sie rissen ihn zurück, sie fielen über ihn her, im Nu hatten sie ihm Handschellen angelegt, hoben ihn in den Wagen und warfen ihn nicht eben liebevoll in den freien Raum, wo die Kanister standen, und dann waren sie es, die mit ihm davonfuhren.

Plumpudding verschwindet

Gegen zehn Uhr morgens war Neunauge fortgegangen; als er nicht wiederkam, stieg die Unruhe seiner beiden Kameraden von Stunde zu Stunde, und als es sechs Uhr nachmittags geworden war, musste etwas geschehen. Plumpudding bestimmte, Tschandru-Singh sollte weiter im Hotel warten, und er machte sich auf den Weg zu dem Autohändler, von dem Neunauge wiederholt gesprochen hatte. Der gute Ire war von seiner Besorgnis so erfüllt, dass er die Vorsichtsmaßregel vergaß, die Neunauge so genau beachtet hatte. Er verließ das Hotel durch den Haupteingang, an den ihn Tschandru-Singh begleitete, der ihm dann noch nachsah. Als der Inder den Rücken gewandt hatte, erhob sich auf der andern Seite der Straße ein buckliger Bettler. Aber wem fiel es in dem abendlichen Gewühl der Straßen schon auf, dass er Plumpudding folgte?

Der Geschäftsführer des Autogeschäftes empfing ihn so zuvorkommend, wie er auch Neunauge begegnet war. Er bestätigte ihm in einem nicht sehr guten, aber verständlichen Englisch, dass heute morgen ein Herr dagewesen sei, auf den Plumpuddings Beschreibung passe; er habe jedoch den Laden bald wieder verlassen, da die Firma Mahmud Ismael Sons zu ihrem Bedauern den Jeep nicht habe liefern können, auf den es der Kunde unbedingt abgesehen habe. Wohin sich der Herr dann begeben hätte, wäre ihm leider ganz unbekannt, behauptete er glatt und versicherte dann noch der Wahrheit gemäß, hinter der doch die Lüge stak, der Herr hätte sich danach nicht mehr bei ihm sehen lassen.

Vielleicht, so überlegte Plumpudding, war Neunauge nach dem *Basar Maghreb* gegangen, um sich dort Rat zu holen, nachdem sein erster Versuch in dem Autogeschäft missglückt war; es würde also das beste sein, wenn er dort nachfragte. Plumpudding war sehr zufrieden, dass er sich den Weg dorthin so genau gemerkt hatte. Jetzt schritt er durch die große Verkehrsstraße des europäischen Viertels, die direkt auf den Aljeddan führte. Von da wollte er dann genauso gehen, wie sie vor wenigen Tagen alle zusammen durch die Medina geführt worden waren.

Da war das dunkle Tor, durch das sie die Eingeborenenstadt betreten hatten, und wieder fielen ihn die Wellen der beißenden Gerüche an. Da waren die weißen Mauern mit den Hauseingängen, die sich im Dämmer verloren. Nur waren zu dieser Stunde noch viel mehr Menschen unterwegs als damals, aber er sah keine Frauen.

Jetzt hatte er die Stelle erreicht, wo sich der Strang der Straße, die vom Tor her in die Medina führte, in ein Gewirr von Gässchen spaltete, und schon hatte er auch die rote Hand erblickt, die für ihn ein so wichtiges Zeichen war, weil es ihm die Gasse verriet, die er einzuschlagen hatte. Zufrieden steuerte er auf sie zu. Als er aber zufällig noch einmal zur Seite sah, begriff er nicht, was er jetzt erkannte: Auch am Eckhaus der Gasse, an der er achtlos hatte vorübergehen wollen, leuchtete die rote Hand mit ihren weitgespreizten Fingern, und nun aufmerksam geworden, erkannte er, dass an allen Eckhäusern diese Schutzzeichen gegen böse Dschinns angemalt worden waren. Die Häuser selbst glichen einander völlig: Es waren überall dieselben weiß gekalkten Würfel, und da ihm nun die einzige Hand, die er vor ein paar Tagen hier erspäht hatte, den Weg nicht mehr wies, wusste er nicht, welche Gasse es war, durch die sie zu dem Basar gekommen waren.

Während er noch so stand und mit dieser gespenstischen Veränderung fertig zu werden suchte, war aus dem Dämmer Dunkel geworden. Jedoch begannen die elektrischen Birnen, die in der Mitte der schmalen Gassen hingen, zu brennen, aber sie gaben nur ein schwankes und trübes Licht, und da auch die mannigfachen Ölfunzeln, welche die Händler in ihren Lädchen angezündet hatten, nur schwach leuchteten, so gewann durch den dürftigen Schein der Lichter die Dunkelheit im ganzen noch an Macht, und es war dem bedrängten Mann zumute, als habe er sich in einen quälenden Traum verloren. Zugleich aber wurde ihm bewusst, dass die Zeit ja drängte, dass er sich rühren musste, um etwas über den Verschollenen zu erfahren, der vielleicht in eine bedrohliche Lage gekommen war. So schlug denn Plumpudding kurz entschlossen eine der vielen Gassen ein, schwamm in deren Menschenstrom mit und vertraute auf sein gutes Glück.

Aber es dauerte nicht lange, da war ihm klar, dass dies für ihn nicht die richtige Straße war, zum mindesten dass sie auf ihrem Wege zum Basar hier nicht gegangen waren. Unvermittelt nämlich verschwand die Gasse in ein Haus. Durch eine dunkle Öffnung in einer weißlich schimmernden Mauer spülte der Menschenstrom ihn in ein lichtloses Gewölbe. Plumpudding sah nichts mehr. Er hörte nur das Tappen vieler nackter Füße, das Schlurfen weicher Lederpantoffeln, das Rascheln weiter Gewänder. Plötzlich fühlte er an seiner Hand, mit der er sich durch das Gewühl tastete, etwas Glattes, Weiches, Feuchtes. Eine Eselschnauze! Er trat dicht an die Wand, um das Tier vorbeizulassen, fuhr aber sofort wieder zurück, weil ihm dort sengend heiß wurde. Vor dem Tiere hatte an derselben Stelle jemand Schutz gesucht, der mit einer Pfanne glühender Holzkohle durch das Gewühl unterwegs war.

Das Ende der Straße, die einem unbeleuchteten Tunnel glich, war noch nicht abzusehen. Aber Plumpuddings Augen hatten sich nun an das Dunkel gewöhnt. Von den Seiten mündeten andere Tunnelstraßen ein, in denen sich die Menschengestalten wie Schatten bewegten. Durch eine Öffnung in der Höhe, durch irgendeinen Spalt zur Seite drang hin und wieder ungewisses Licht, und jetzt schien es Plumpudding, als schimmere endlich eine gedämpfte Helle vor ihm. Aber der Menschenstrom war in die Seitenstränge versickert. Ganz allein ging er weiter, und ganz allein stand er dann auf einem kleinen freien Platz.

Er war wie erlöst. Er sah die funkelnden Sterne des hohen Himmels. Die weißen Mauern, die den Platz umgaben, überragte ein schmaler viereckiger Turm. Er musste zu einer Moschee gehören.

Vor dem Eingang zu ihr brannte eine elektrische Lampe in einem Gehäuse aus buntem Glas. Plumpudding schritt darauf zu.

Der Lichtschein fiel auf einen Fries von bläulichen Kacheln, mit dem der Hufeisenbogen des Eingangs umlegt war und der arabische Schriftzeichen trug.

In die Moschee würden Beter kommen, sagte sich Plumpudding. Er musste ihnen doch klarmachen können, dass sie ihn zum *Basar Maghreb* bringen sollten. Dass es schon spät in den Abend ging, war nicht hinderlich, denn hier waren die Läden und Geschäfte bis tief in die Nacht geöffnet. Er schaute sich um, ob denn noch niemand käme, und sah aus dem Tunnel drei Gestalten treten. Er erblickte sie nur in ihren Umrissen; sie waren durch Turban und die weite Djellaba als Eingeborene zu erkennen. Sie kamen langsam auf ihn zu, und plötzlich hatte Plumpudding das sichere Gefühl, ihm drohe Gefahr. Er fasste in die Tasche nach seiner Pistole, vernahm jedoch hinter sich ein Geräusch. Hastig wandte er für eine Sekunde den Kopf. Welch eine Entdeckung! Auch aus der entgegengesetzten Richtung näherten sich ihm langsam zwei Männer. ‚Den Rücken frei!' Es drängte ihn zur Mauer der Moschee. An sie gelehnt, konnte er sich mit der Pistole in der Hand aller Angreifer erwehren. Schon aber verwarf er diesen Einfall wieder. Mit seinen Schüssen wurde er wohl mit den drohenden Gestalten erst einmal fertig. Aber was geschah mit ihm, wenn er sich verschossen hatte, wenn er durch den Knall seiner Waffe den ganzen Ameisenhaufen der Medina aufstörte und sich ein wahres Gewimmel auf ihn warf? Wie sollte er sich mit den erregten und gegen ihn empörten Menschen verständigen? Was war Neunauge damit geholfen, wenn er hier zusammengeschlagen und in irgendein Loch verschleppt wurde? Was sollte Tschandru-Singh anfangen, wenn er ganz allein blieb?

Für ihn gab es nur eins: fort! Er musste aus diesem verlassenen Teil der Medina wieder in belebte Straßen; er musste unbedingt den Basar finden. Die drei Männer vor ihm hatten sich noch nicht wieder gerührt. Aber hinter sich hörte er katzenleichte Tritte. Er duckte sich zusammen und rannte davon, rannte auf eine schmale Gasse zu, die gegenüber der kleinen Moschee auf den freien Platz mündete. Als er sie erreicht hatte, fühlte er, wie ihn eine Menschenhand anfasste. Er wollte sich losreißen, aber er hörte eine Stimme flüstern: „Bueno, bueno!" So viel verstand er nun auch, dass das „gut, gut" hieß. Dass „Pronto! Pronto!" zu höchster Eile mahnen sollte, begriff er leicht. Denn er hörte, dass die Männer ihm über den Platz nachrannten, und fühlte, dass der Unbekannte sich bemühte, ihn vorwärtszuziehen. Zu zweit rannten sie davon, und der Mann, der neben ihm lief, kannte sich im Gewirr der unbeleuchteten Gassen gut aus. Er schlug mit ihm Haken, als seien sie Hasen, und das Geräusch der Verfolger, die so rannten wie sie, wurde schon schwächer und schwächer. Doch plötzlich tauchten keine dreißig Meter vor ihnen Gestalten auf, die ihnen den Weg versperrten. Plumpudding wollte links in eine Gasse abbiegen, die in einiger Entfernung von einer Querstraße durchschnitten werden musste, die erleuchtet war, denn Plumpudding sah dort Lichtschimmer. Aber der Unbekannte zog ihn hastig nach rechts, und Plumpudding rannte wieder mit ihm.

Himmel und Hölle, sie standen vor einer Mauer! Der Mann hatte ihn in eine Sackgasse geführt! Hier ging es nicht weiter. Jetzt war er am Ende. Den Kerl niederschlagen, der ihn so überlistet, der ihn in die Falle gelockt hatte, und dann sein Leben teuer verkaufen: Was blieb Plumpudding noch anders übrig?! Der Kerl ahnte wohl schon, was jetzt kommen musste. Er hatte Plumpuddings Hand losgelassen, er kraspelte an der Wand, er wollte sich wohl davonmachen ...

Da ging eine Tür auf, eine so niedrige Tür, dass Plumpudding sich den Schädel fast einstieß, als die Hand ihn von neuem fasste und in die Öffnung zog. Die Tür fiel wieder zu. Zwei Riegel krachten, so fest wurden sie zugeschoben. Stimmen flüsterten. Jemand kam mit einer Laterne. In ihrem Schein sah Plumpudding zum ersten Mal, wer ihn gerettet hatte. Er erkannte ihn. Es war der Bucklige, der vor dem Hotel als Bettler gesessen hatte.

Tschandru-Singhs Entdeckung

In dieser Nacht fand Tschandru-Singh keinen Schlaf. Auch Plumpudding war nicht wiedergekommen. Sie waren angewiesen worden, dass immer einer von ihnen im Hotel bleiben sollte, um für Nachrichten erreichbar zu sein – aber musste er nicht sehen, wo die beiden anderen geblieben waren? Konnte er warten, bis GG mit dem Chef und dem Grafen wieder zurück war? Er wusste nicht, wie lange sie ausbleiben würden. Es musste mit Neunauge und Plumpudding etwas geschehen sein, denn sonst hätten sie ihm doch wenigstens eine Botschaft zukommen lassen. Offenbar wurden sie daran verhindert – also waren sie in die Gewalt von Feinden geraten! Vielleicht stand ihr Leben auf dem Spiel, und sie warteten sehnsüchtig auf Rettung! Nein, er konnte nicht einfach im Hotel sitzen und die kostbare Zeit verstreichen lassen. Wenigstens musste er im Basar nachfragen, um zu hören, was Plumpudding dort erfahren hatte, denn daraus konnte Tschandru-Singh dann schließen, wohin er wohl gegangen war. Bis zum Basar brauchte er nicht länger als eine halbe Stunde; er konnte demnach in anderthalb Stunden wieder zurück sein.

Ungeduldig wartete er darauf, dass es hell wurde, aber auch dann hatte es noch keinen Zweck, sich auf den Weg zu machen, denn da die Geschäfte in der Medina nachts lange geöffnet blieben, machten die Verkäufer die Läden erst am späten Vormittag wieder auf. Gegen zehn Uhr verließ Tschandru-Singh das Hotel. Da er vom Fenster seines Zimmers aus gesehen hatte, dass der Bucklige schon wieder seinen Posten bezogen hatte, benutzte er den hinteren Ausgang. Sofort stürzte sich ein zerlumpter Junge auf ihn und ließ ihn nicht eher weitergehen, als bis er ihm die Schuhe spiegelblank geputzt hatte, worauf ihm Tschandru-Singh drei Peseten gab und das Gesicht des armseligen kleinen Marokkaners ebenso strahlte wie das Schuhleder, das er nach allen Regeln der Schuhputzerkunst behandelt hatte. Dass der gewitzte Bursche danach sofort den Buckligen auf der anderen Seite des Hotels benachrichtigte, ahnte Tschandru-Singh nicht.

Die Straßen des Europäerviertels waren noch leer. Sie hallten von den schrillen Schreien der Zeitungsverkäufer wider und von der mörderischen Trillerpfeife des Aufsehers der Straßenreiniger, der mit ihr die Mägde aufforderte, die Blecheimer mit dem Unrat vor die Haustüren zu stellen. Über den Aljeddan aber strömte der lange Zug der Beduinen, die vom Lande kamen, um ihre Holzkohle, gesammeltes Reisig und frische Pfefferminzblätter auf den Markt zu bringen. Die Männer auf beladenen Eseln reitend, die Frauen zu Fuß, ihre Lasten auf dem Rücken schleppend, hatten sie wie Tschandru-Singh dasselbe Ziel – das Tor zur Medina.

Für den jungen Inder war es nicht schwer, sich in ihren Gassen zurechtzufinden, die nur für den Europäer so verwirrend waren. In der Stadt Lala Gul, wo er aufgewachsen war, hatte es nicht viel anders ausgesehen als hier. Rasch und sicher ging er seinen Weg und ließ sich durch nichts aufhalten, denn die Sorge um die beiden verschwundenen Gefährten hielt ihn in Atem. Nur einmal versah er sich, indem er zu früh links abbog, merkte aber seinen Irrtum sofort, kehrte in die Gasse der Schuhmacher zurück und stand dann, als er von ihr aus in die nächste Gasse links ging, vor dem äußerlich so unscheinbaren Haus, über dessen Tür *MAGHREB BAZAR* zu lesen war. Jetzt war er also da. Hier musste er erfahren, was geschehen war, oder doch wenigstens einen Fingerzeig bekommen können.

Er trat ein. Ja, das war der Raum, der wie ein Zelt wirkte, Teppiche an den Wänden, Teppiche, von Rohrstangen gehalten, unter der Decke, Teppiche auf den Boden. Da waren die riesigen Messingteller, die Kannen aus Messing oder Silber, und schon trat auch ein Verkäufer auf ihn zu und fragte nach seinen Wünschen. Tschandru-Singh verstand ihn nicht, denn jener hatte arabisch gesprochen. Er kannte auch den Mann nicht wieder. Er sah sich um. Seine Augen suchten nach den jungen Leuten, mit denen er,

Neunauge und Plumpudding zusammen Tee getrunken hatten – aber er fand sie nicht. Statt der jungen, europäisch gekleideten Männer mit den modisch kurzgeschnittenen Schnurrbärtchen und den bunten Takiahs sah er nur zwei graubärtige Männer in dunklen Djellabas und weißen Turbanen. Auch der Riese, der sie ans Tor begleitet hatte, war nicht zu sehen.

Der Graubart, der auf ihn zugetreten war, wies auf die Teppiche, die Messinggeräte und fragte durch diese stummen Handbewegungen, ob darunter etwas sei, das den Inder interessiere. Tschandru-Singh hatte ein atemraubendes Gefühl, als griffe eine unsichtbare Kralle nach seinem Herzen. Er wusste doch, er war an dieser Stelle gewesen – zugleich aber wollte es scheinen, als zerrinne seine so bestimmte Erinnerung wie ein ungewisser Traum. Aber er schüttelte das ab und nannte den Namen des Besitzers, Mansur Da'ud.

Die beiden alten Männer sahen einander an, als hätten sie diesen Namen noch nie gehört, und danach machten sie eine unbestimmte Bewegung, die ebenso gut bedeuten konnte, der Mann, nach dem er fragte, habe nie gelebt oder sei gestorben oder nur verreist – jedenfalls unerreichbar, und darauf boten sie ihm solche ledernen Zigarettenetuis an, wie sie eben dieser Mansur Da'ud den drei Herren geschenkt hatte … Tschandru-Singh schüttelte den Kopf. Er ging auf die Treppe zu und schritt sie hinauf. Einer der Graubärte folgte ihm langsam.

Wieder war ihm zumute, als versage ihm der Atem, denn nun musste er wahrhaftig zweifeln, ob er hier schon jemals gewesen war. In dem dämmrigen Raum erkannte er nichts wieder. Hier hatten doch lauter Schränke gestanden und Truhen und Regale mit Stoffen – nichts mehr davon war vorhanden. Rohrmatten bedeckten die kahlen Wände, und vor ihnen standen Nähmaschinen, tragbare kleine Öfen für Holzkohlenfeuer und kunstvoll aufgebaute Pyramiden von Tonkrügen.

Aber Sahib GG und er waren doch von einem Gang aus in den Raum gekommen, wo er so lange vor den Waffen gestanden hatte – dann war er eilig weitergegangen und hatte noch den Vorhang aus Glasperlen gesehen! Er schaute sich aufgeregt um. Hier war nirgends eine Tür. Hier waren nur die mit Rohrmatten verhängten Wände. Sein Blick fiel auf den alten Mann in dem weißen Turban. Der Alte wies stumm auf die Tonkrüge, nahm einen in die linke Hand, klopfte mit dem Knöchel der rechten daran. Es gab einen leisen Ton, der bewies, dass der Krug keinen Sprung hatte. Der Ton war gleich wieder verklungen.

Den jungen Inder packte Angst. Nicht um sich, sondern um die beiden Verschwundenen. Denn mit einem Male spürte er, was hier vorgegangen war: Was in diesem Haus einmal stattgefunden hatte, die Unterredung der Sahibs mit dem Wekil des Sultans, sollte verleugnet werden, ausgelöscht, wie an einer Tafel Kreidezeichen und Buchstaben weggewischt werden, und dann ist es, als seien sie nie gewesen. Mansur Da'ud, der jene Zusammenkunft vermittelt hatte, stand nicht mehr zu ihr, weil irgend etwas geschehen war, wodurch er nicht mehr glaubte, auf das unzweifelhaft siegreiche Pferd gesetzt zu haben – er hielt es jetzt mit dem andern, den die Sahibs in El Kasr aufgesucht hatten, mit dem gefährlichen Manne, der ihnen gedroht hatte, sie zu vernichten, wenn sie sich gegen ihn wendeten. Gefahr, Gefahr – Neunauge und Plumpudding war ihnen schon erlegen, und was war mit den Sahibs in den Bergen geschehen?! Er musste zurück, sofort, es war ja niemand mehr im Hotel, wenn die Sahibs vielleicht Nachricht schickten, dass sie Hilfe brauchten, dass er den Wekil um Beistand bitten müsse …

Ohne auf den Graubart zu achten, ging er an ihm vorüber die Treppe hinunter und verließ hastig den Basar. Aber er kam nicht weit. Eine Menschenmenge versperrte den Zugang zu der Straße der Schuhmacher, weil ein langer Zug der Mehalla durch sie marschierte, immer nur zwei Mann nebeneinander, denn eine größere Marschbreite erlaubte die Enge der Straße nicht. Er musste seine Ungeduld bezwingen. Erregt schaute er noch einmal zurück auf das Haus, das er soeben verlassen hatte, und plötzlich sah er an einem Fenster des ersten Stocks ein schwarzes Gesicht: Das war der Riese! Er musste sich in dem Teil der Räume aufhalten, die sie damals betreten hatten, die jetzt aber unzugänglich gemacht worden waren.

Auch der Afrikaner hatte ihn offenbar gesehen. Der Schwarze winkte ihm zu. Jetzt zeigte er ihm einen Dolch, der in einer Scheide stak. Er zog die Klinge heraus. Er stieß damit in die Luft. Er zeigte auf Tschandru-Singh, legte aber sofort den Zeigefinger an seine dicken Lippen und verschwand vom Fenster.

Eine Warnung. Eine Warnung, die ihm galt. Neunauge und Plumpudding hatte niemand gewarnt. Sie waren ahnungslos in ihr Verderben gelaufen. Lebten sie noch? Oder hatten ihre Verfolger den Dolchstoß so sicher geführt, dass sie sofort tot zusammengesunken waren?

Die Menschensperre hatte sich aufgelöst. Er ging den Weg zum Tor der Medina zurück. Mit angespannter Aufmerksamkeit achtete er darauf, wer ihm in dem nun schon dichter werdenden Menschenstrom zu nahe kam. Er musste damit rechnen, dass jeder der unbekannten Männer in Djellaba und Turban der Feind sein konnte, der auf ihn lauerte. Er hielt sich in der Mitte der Gasse und sah sich auch immer wieder um. Als er es zum dritten Male tat, erblickte er den Buckligen, der ihm in einer Entfernung von zehn Schritten folgte.

Tschandru-Singh ging noch rascher. Für ihn war alles klar. Das war der Mann, der ihnen immer schon aufgelauert hatte. Er oder seine Helfershelfer hatten Neunauge und Plumpudding aus dem Wege geschafft, und jetzt war er an der Reihe. Konnte er sich wehren? Nein, das konnte er nicht. Wer von den Männern, die hier gingen oder vor den Häusern saßen, stand ihm denn bei? Hingen sie nicht alle zusammen? Warteten sie am Ende nicht nur auf den anfeuernden Zuruf des Buckligen? Wo war hier einer, der bereit war, ihm zu helfen?

Doch ihm kam ein rettender Gedanke. Wenn er noch die Gasse der Seidenläden erreichte, dann war ihm zu helfen. Dort saßen seine Landsleute, die indischen Händler. Mit denen konnte er reden.

An den Silberschmieden war er vorbei, an den Metzgern, an den stillen Mattenflechtern, an den lauten Kesselschmieden. Jetzt kamen die Schneider.

Tschandru-Singh drehte sich wieder um. Der Bucklige war noch da, er hielt sich immer im gleichen Abstand.

Die Gerber. Die Schuhmacher. An den Dattelhändlern vorüber. Jetzt bog er in die Gasse der Seidenhändler. Sie saßen nicht in den offenen Steinkisten, sondern hatte ihre Läden mit Fenstern und Türen versehen. *Bazar Koh-i-Noor* stand an dem einen angeschrieben und darunter „Antonio Indio". Rasch trat Tschandru-Singh ein.

Hinter dem schmalen Ladentisch saß ein kleiner, zartgliedriger Mann. Seine Hautfarbe war von einem hellen Braun, sein Haar so glänzend schwarz wie seine Augäpfel. Er musterte den Landsmann durch die Gläser einer randlosen Brille. „Ich werde verfolgt", sagte Tschandru-Singh in Hindustani.

„Geh dorthin", antwortete der Inder und wies mit einer Kopfbewegung auf die Tür, die im Hintergrund des Ladens aus ihm hinausführte. Dann stand er auf, schob an der Eingangstür einen Riegel vor und setzte sich wieder auf seinen Platz hinter dem Ladentisch.

Tschandru-Singh kam aus dem Laden in einen großen Abstellraum. Hier waren zwei junge Inder damit beschäftigt, Stoffballen in Kisten zu verpacken, sie zuzunageln und mit Eisenbändern zu versehen. Eine indische Frau vom bengalischen Typ, die sich in ihren weiten Seidenumhang gehüllt hielt, sah ihnen zu. Regungslos saß sie da, ein Bild der Trauer.

Tschandru-Singh begrüßte sie höflich, und sie dankte ihm. „Verlasst ihr das Land?", fragte er.

Niemand antwortete. Die beiden Männer, die ihre Arbeit unterbrochen hatten, als Tschandru-Singh eingetreten war, setzten sie in Hetze fort, als müssten sie den kurzen Zeitverlust wieder einbringen.

Die Frau hatte Tschandru-Singh eingehend gemustert, und da ihr sein offenes Gesicht wohltat, das doch wie das ihre von Unruhe und Sorge gezeichnet war, sagte sie leise: „Hast du es noch nicht gehört? Noch vier Tage, und die Berber stürmen die Stadt."

Ein Verdacht

Es war tief in der Nacht, als Tschandru-Singh aus dem Schlaf auffuhr. Das Zimmer war hell, und GG stand vor ihm. Der Inder hatte nicht schlafen wollen, er hatte sich in den Sessel gesetzt, der in GGs Zimmer stand, und dort wachen wollen, bis die Sahibs zurückkamen, aber da er schon in der vorigen Nacht kein Auge zugetan hatte, war die Müdigkeit stärker gewesen. „O Sahib", sagte er, „wie habe ich dich erwartet!" – „Ist etwas geschehen?" – „Viel, Sahib, viel!" Hastig flüsterte er ihm die aufregenden Nachrichten zu: Neunauge und Plumpudding verschwunden, vier Tage noch bis zum Angriff der Berber, keine Botschaft vom Wekil des Sultans. GG überschlug seine Rechnung: Der Sonntag war angebrochen – der fünfte Tag war der Donnerstag nach Neumond, den er immer als den Termin der höchsten Gefahr angesehen hatte.

„Komm", sagte GG, „wir müssen zum Chef! Und hol den Grafen!"

Der Chef hatte Plumpudding nicht wecken wollen und der Graf Neunauge schlafen lassen. So hatten sie nicht gemerkt, dass beide fehlten. Tschandru-Singh berichtete ihnen genau, wie alles gewesen war und dass ihn die beiden Inder, nachdem sie mit dem Einpacken fertig geworden waren, ins Hotel begleitet hatten. Gegenüber dem Eingang hatte der Bucklige schon wieder gesessen, als hätte er ihn nie verfolgt.

Der Chef, der sonst immer so beherrschte Mann, war aufs äußerste erregt. Er sprach in seiner abgebrochenen Redeweise mehr, als er sonst einen ganzen Tag lang geäußert hatte. „Habe gleich gesagt, hätten den Kerl aus seinem Bau holen sollen.

Reiner Zeitverlust, der Spazierritt in die Berge. Wären dem Gift auch entgangen, GG, wenn wir da gar nicht aufgetreten wären. Plumppudding hat er umbringen lassen! Und Neunauge …"

„Chef", sagte der Graf, „ich kann mir vorstellen, dass Neunauge in seinem nicht zu erschütternden Selbstvertrauen in eine Falle gerät, aber ich kann mir nicht vorstellen, dass er in ihr umkommt. Wenn sie zugeschnappt ist, bringt er sie auch wieder auf."

„Kann mich nicht darum kümmern", fauchte der Chef. „Muss die beiden im Stich lassen. Haben keine Zeit für sie! Vier Tage, und hier alles in Flammen! Müssen diese Malteser Ratte spätestens bis übermorgen gefasst haben! Haben zwei volle Tage mit Spazierreiten verloren!"

GG griff ein. Wenn Bu Hamara so fest darauf rechnete, dass er am Donnerstag aufbrechen würde, dann musste er doch ganz sicher sein, bis dahin die Gewehre zu bekommen!

„Woher wollen die Inder den Angriffstag so genau wissen?", warf der Graf dazwischen. „Das ist vielleicht nicht mehr als ein Basargerede!"

„Sehr möglich", antwortete GG. „Aber ebenso möglich, dass es stimmt. In der Medina sind alle Mauern durchlässig."

„Müssen damit rechnen, dass es stimmt", sagte der Chef. „Müssen mit dem Schlimmsten rechnen. Haben keinen Tag mehr zu verlieren. Gestern waren die Gewehre noch nicht da. Sind nur in Tanger zu bekommen. Müssen von Tanger in die Berge gebracht werden. Graf, Sie fahren morgen früh nach Tanger. Müssen herausbekommen, wer die Gewehre verkauft. In Tanger ist für Geld alles zu bekommen. Kaufen die Gewehre selbst. Zahlen jeden Preis."

„Ich habe mich in verbotenem Waffenhandel noch nie versucht", antwortete der Graf etwas zögernd, setzte aber hinzu: „Selbstverständlich werde ich mich nach besten Kräften bemühen."

„GG", fuhr der Chef fort, „Sie und ich fahren nach El Kasr. Holen den Erzlumpen aus seinem Bau."

„Das wird nicht ganz einfach sein", wandte GG ein.

„Weiß ich. Habe eine Idee ..."

Um ein Haar hätte der Graf bemerkt, dass sie schon die Erfahrung gemacht hatten, sich lieber nach den Überlegungen GGs zu richten als nach den Einfällen des Chefs, aber er unterdrückte das. Jetzt war nicht die Zeit, mit Einwänden lästig zu fallen.

„Da sitzt der verrückte Däne", erklärte der Chef. „Malt und malt da seit Wochen. Hat sich überall umgesehen, weiß überall Bescheid. Horchen den Mann aus. Muss aus ihm herauszubekommen sein, wie man ungesehen in den Bau kommt."

Während der Fahrt und des Ritts in die Berge war GG so in Anspruch genommen, dass er gar nicht mehr an den Millionär-Maler gedacht hatte. Nun, da ihn der Chef erwähnte, stand er wieder vor ihm, dieser Mann mit den strahlend blauen Augen, den er schon einmal gesehen hatte. Aber wo denn nur? Doch das war jetzt gleich. Mit ihm zu reden, war jedenfalls nicht falsch.

„Das finde ich sehr gut", sagte er und stand auf. „Vor neun Uhr kommen wir hier nicht weg. Wir können gerade noch vier Stunden schlafen." Dabei fiel sein Blick auf Tschandru-Singh. Der Inder wagte nichts zu sagen, aber seine Augen richteten einen flehenden Appell an ihn: ‚O Sahib GG, lasst mich hier nicht zurück. Du wagst in El Kasr dein Leben – da kann ich doch nicht hierbleiben!' Er freilich dachte etwas anderes. Neunauge und Plumppudding hatten ihren Wachtposten hier bitter bezahlen müssen – Tschandru-Singh sollte nicht dasselbe Schicksal erleiden. „Chef", sagte er, „wir gehen zu dritt nach El Kasr. Bei dem, was Sie vorhaben, ist ein flinker Bursche zu brauchen. Hier hinterlasse ich, dass wir dort im Hotel Parador zu erreichen sind."

Sie trennten sich, aber GG konnte nicht daran denken, sich schlafen zu legen. Er musste den Wekil sprechen. Er musste ihm mitteilen, was Tschandru-Singh erfahren hatte. Aber da Plumppudding und Neunauge schon verschwunden waren, war es jetzt mitten in der Nacht vielleicht kein ungefährlicher Gang. Er nahm deshalb Tschandru-Singh mit, und nachdem er den Nachtportier zum zweiten Male geweckt hatte, verließ er mit seinem Begleiter das Hotel durch den hinteren Ausgang. Die Straßen waren totenstill, und auch der Aljeddan, den sie überquerten, lag verlassen da. Nur vor dem Palast des Sultans saßen die Wachen auf einer Steinbank.

Als GG sagte, er wolle den Wekil seiner Scherifischen Majestät sprechen, dachten die Soldaten erst, ein betrunkener Europäer wolle mit ihnen seinen Spaß machen, aber das fließende Arabisch, das GG sprach, machte sie wieder unsicher. Einer ging, um den Rais zu holen. Als GG ihm dasselbe sagte, verwies ihm der Offizier diese unziemliche Stunde für einen Besuch. Selbst wenn es sich um noch so wichtige Dinge handele, könne er den Wekil jetzt nicht wecken lassen. „Der Schlaf ist heilig", setzte er hinzu.

GG ging mit ihm, während Tschandru-Singh bei den Soldaten blieb, ein paar Schritte abseits und flüsterte ihm die Losung zu, die der Wekil ihm anvertraut hatte. Der Rais stutzte und überlegte einige Augenblicke. Dann flüsterte er GG zu: „Der Wekil hat die Weiße Stadt verlassen" Damit wandte er sich von GG wieder ab, ging in den Palast, und GG sah, wie die Tür hinter ihm zufiel.

GG war nicht gut zumute. Er wurde einen Verdacht nicht los. Der Rais hatte das geheime Losungswort wohl verstanden – und trotzdem hatte sich für GG das Tor zum Palast nicht geöffnet. Hatte der Wekil etwa seine Absichten geändert? Hatte er den Befehl gegeben, ihn zu verleugnen? Konnten sie jetzt, wo alles zur Entscheidung hindrängte, sich nicht einmal mehr auf den Mann verlassen, der sie hergerufen hatte?

Der Mann mit den blauen Augen

Sie hatten denselben Wagen und denselben Chauffeur, doch wenn sie nun mit ihm auch schon zum dritten Male fuhren, so waren sie noch nicht sicher, ob sie unbedingt auf ihn rechnen konnten. Trotzdem sprach der Chef auf dieser Fahrt nach El Kasr ganz unbekümmert, allerdings in seiner abgebrochenen Art und in seinen Bemerkungen nur für den verständlich, der den Mann genau kannte, von dem die Rede war – nämlich von Plumpudding. Indem der Chef über ihn redete, brachte er sich selbst darüber hinweg, dass er den treuen Mann in Not glaubte und ihm jetzt doch nicht helfen konnte, weil das Übel an der Wurzel gepackt werden musste, wie er meinte, weil seiner Auffassung nach das wichtigste und eiligste war, den Malteser „auf den Rücken zu legen".

„Dieser Plumpudding", knurrte er. „Erstklassige Maßarbeit. Nicht von der Stange zu kaufen."

GG gab einen zustimmenden Laut von sich. Aber damit war der Chef nicht zufrieden. Hätte GG nicht mehr äußern können? Dass er das nicht tat, kam dem Chef bereits wie Widerspruch vor, und er polterte: „Höre die Leute schon fragen: ‚Was hat er denn überhaupt getan?!' Die Pfeife parat halten, die Pfeife stopfen, sie mir immer in dem Augenblick geben, wo sie mir gut tut – was ist denn das groß?! Esel sind das. Oberflächliche Esel. Sehen bloß die Pfeife. Sehen nicht, was dahintersteckt …"

‚Sonst war der Chef immer die Ruhe selbst', dachte GG. ‚Ich kenne ihn fast nicht wieder.'

Geradezu heftig fuhr der Chef fort: „Damals in dem elenden Loch, wo uns der Burdar Khan verhungern lassen wollte – wer gab seine Rationen für uns her? Plumpudding… Wer hat in Rio den richtigen Fotoapparat für den Dschungel beschafft? Plumpudding. Das Ding, das Neunauge besorgt hatte, fraßen die Ameisen, und ohne die Aufnahmen mit Plumpuddings Apparat lebte heute keiner mehr von uns!"

„Da haben Sie recht", erwiderte GG. Aber so gern er Plumpudding hatte, so hoch er ihn einschätzte – mehr als dessen Los musste ihn die Erregung beunruhigen, in die der Chef sich hineinsteigerte.

„Wer", fragte der Chef, „wer hat Sie und mich und Figur auf der Hölleninsel genau im richtigen Augenblick in das Schloss dieses widerwärtigen Gobernadors geführt? Wieder Plumpudding ... Und in Malaya, wie war's da? Die Kerle, die mich fertigmachen wollten, denen wirft er sich selbst als Köder hin, riskiert sein Leben, damit ich glatt durchkomme ..."

‚Der Kummer um Plumpuddings ungeklärtes Schicksal verstört ihn', dachte GG voller Sorge.

„Macht nie etwas von sich her", sagte der Chef. „Das ist es. Hat nie ein Wort davon gesagt, dass er sich in Grönland auskennt. Wie wir dort sind – wer weiß genau Bescheid? Plumpudding. Tut immer, was getan werden muss, ob es nun etwas Großes ist oder nur ein Handlangerdienst. Und selbst wenn er nichts tut, dann ist er doch da, und jeder freut sich, dass er da ist. GG, wenn ich Plumpudding nicht wieder sein einziges Lied, das er kann, singen höre – GG, ich weiß nicht, was ich dann mache!"

„Ich rechne, dass wir ihn und Neunauge bestimmt wiedersehen, Chef", antwortete GG, aber von Mal zu Mal wuchs seine Besorgnis: ‚Wenn der Chef in dem Zustand den Malteser ins Herz treffen will dann schießt er bestimmt daneben ...'

Der Chef hatte seine Pfeife hervorgeholt, aber wie er sie in der Hand hielt, warf er nur einen Blick auf sie. „GG", sagte er, „rauche erst wieder, wenn Plumpudding da ist." Langsam steckte er die Pfeife weg.

Es bewegte GG, wie der Chef, der doch in seiner Art ein großartiger Kerl war, der schon die erstaunlichsten Dinge vollbracht hatte, sich in seiner Trauer um den Kameraden von einer geradezu ergreifenden Unbeholfenheit erwies. Aber wenn der Chef, der sonst so kaltblütige, überlegene Mann, nahe daran war, den klaren Kopf zu verlieren, dann musste GG selbst doppelt auf der

Hut sein, dass jetzt kein Fehler begangen wurde. Zweifellos war es ein guter Einfall des Chefs gewesen, sich in El Kasr an den Herrn Nöddebusker zu wenden, um von ihm zu erfahren, ob man nicht doch an den so gut abgeschirmten Malteser herankommen könnte. Doch war der Chef in seiner Erregung der richtige Mann, den andern auszuhorchen? Wenn ein Handstreich, mit dem der Chef den Knoten durchhauen wollte, gelingen sollte, dann durfte ja Herr Nöddebusker von ihrer geheimen Absicht nichts merken, denn wer wusste denn, wie weit auf diesen Unbekannten Verlass war? Damit war GG wieder der quälenden Ungewissheit ausgeliefert, was es nur mit dem sonderbaren Dänen auf sich hatte. GG war bereit, einen Eid darauf zu leisten, dass er diesem Mann mit den auffallend blauen Augen schon einmal begegnet war – ebenso gewiss war es ihm aber auch, dass er noch nie in seinem Leben etwas mit einem Sohn Dänemarks zu tun gehabt hatte, der durch die Fabrikation von Margarine zum Millionär geworden war. GG wurde durch diese Unklarheit ebenso nervös, wie der Chef durch seine Sorge um Plumpudding aus den Fugen geraten war, und obwohl sich GG eben gesagt hatte, er müsse besonders geschickt vorgehen, beging er den Fehler, den Chef ganz unvermittelt zu fragen: „Sagen Sie, Chef – wollen Sie mit dem Margarinemann verhandeln, oder soll ich es lieber tun?"

Unglücklicherweise tat er diese Frage auch noch gerade in dem Augenblick, als die weißen Häuserwürfel von El Kasr vor ihnen auftauchten. Eben vergegenwärtigte sich der Chef, auf welch schwieriges Unternehmen er sich da eingelassen hatte. In seinem Unbewussten wurde die Ahnung lebendig, dass er sich mit seinem unbestimmten Plan mehr Fähigkeiten zugetraut hatte, als er besaß, oder dass diese Sache andere Fähigkeiten verlangte, als sie ihm beschieden waren. In diese aufdämmernde Einsicht traf nun GGs ungeschickte Frage wie der Schlag eines Schmiedehammers auf eine Tasse von feinstem Porzellan. Was der Chef in seiner besten Stunde vor sich selbst zuzugeben bereit war, das hörte er zu seinem Ärger von einem andern laut ausgesprochen. Es traf ihn da, wo er am leichtesten verwundbar war, und er fauchte: „Halten mich für einen Idioten, nicht wahr?"

„Aber Chef", sagte GG begütigend. Doch das klang nicht ganz echt, weil GG seinerseits sich über den Fehlschuss ärgerte.

„Lege Wert darauf, dass Sie bei der Unterhaltung dabei sind", erwiderte der Chef scharf. „Hoffe, Ihnen zeigen zu können, dass ich den Margarinefritzen auszuhorchen verstehe."

„Hoffentlich macht er keine Schwierigkeiten", sagte GG versöhnlich.

„Würde sie ihm austreiben", war die entschiedene Antwort des Chefs.

Aber es waren keinerlei Hindernisse zu überwinden. In dem Hotel Parador, vor dem sie ihren Wagen verließen, wohnte auch Herr Nöddebusker, denn es gab kein anderes Gasthaus in der Stadt, in dem Europäer hätten wohnen können. Er war sogar im Haus und auf ihre Anfrage sofort bereit, sich mit ihnen zu unterhalten. Nur ließ er sie auf sein Zimmer bitten. GG trug Tschandru-Singh auf, sich durch einen Rundgang über Stadt und Hafen genau zu unterrichten, und dann begaben sich der Chef und GG sofort zu Herrn Nöddebusker.

Er empfing sie freundlich, nötigte sie in zwei Sessel und setzte sich selbst in den dritten. GG hatte den Eindruck, dass diese bequemen Sitzgelegenheiten erst auf den Wunsch des Zimmerinhabers hierhergebracht worden waren, und daran schloss sich die Vorstellung, in ihnen pflege Herr Nöddebusker mit den beiden Männern zu sitzen, von denen einer den Farbenkasten und der andere die Batterie von Thermosflaschen getragen hatte. Aber saß denn ein Millionär mit seinen Dienern so vertraulich beisammen?

Entgegen seiner sonstigen Gewohnheit zeigte sich der Chef erstaunlich gesprächig. Er erzählte von den weiten Reisen, die er mit seinem Freunde gemacht hätte, womit er GG meinte, dass sie beide eigentlich nach Rio de Oro hätten reisen wollen …

„Ah", warf Herr Nöddebusker ein, „die verbotene Küste! Sie

wollten endlich einmal klarstellen, was es mit dem blauen Sultan von Smara auf sich hat!" Er lächelte. „Das kann ich gut verstehen. Rio de Oro und Spanisch-Guinea sind die einzigen Gebiete in Afrika, über die es keine Reiseführer gibt, und für den echten Reisenden ist das natürlich von stärkster Anziehungskraft."

Der Chef stimmte ihm zu, erwähnte noch, nicht ohne Entrüstung, dass die Militärbehörde in Madrid keine Einreiseerlaubnis gegeben hätte, und so sei er mit seinem Freunde eben hier hängengeblieben.

„Immerhin haben Sie erreicht", sagte Herr Nöddebusker, „dass Sie der Herr der Berge empfing, und das ist etwas. Ich lebe jetzt vier Monate in El Kasr, ohne dass es jemals einem Fremden geglückt wäre, Zutritt zu dem menschenscheuen Pascha zu erlangen."

Der Chef klärte den Irrtum auf. Sie hätten nur mit Herrn Caruana sprechen können. Es glückte ihm, dabei jede nähere Bezeichnung zu unterdrücken, die seine wahre Meinung über den Malteser hätte verraten können.

Bei diesem Geplauder der beiden hatte GG sich die Rolle des schweigenden Zuhörers zugeteilt, um dem Chef ja nicht wieder zu nahe zu treten. Trotzdem war er sehr beschäftigt. Er studierte das Gesicht des Millionärs. Jedem Betrachter mussten als erstes dessen blaue Augen auffallen, aus denen eine solche Menschenfreundlichkeit sprach, dass man sich zu diesem Manne sofort hingezogen fühlte. Die fein modellierte Nase und die leicht geschwungenen Lippen, die der lustig anmutende Schifferbart freiließ, wirkten angenehm. Diese Barttracht hatte den Anschein einer harmlosen Marotte – oder steckte doch mehr dahinter? Denn dem genauen Beobachter fiel jetzt auf, dass dieser Herr mit den freundlichen Augen ein stark ausgeprägtes Kinn besaß, das dem Kundigen außerordentliche Willenskraft und Zähigkeit verriet. Er hatte es offenbar nicht nur mit Margarine zum Millionär gebracht! Aber zum Kuckuck, GG kannte ja keinen Margarinefabrikanten! Doch den Mann hatte er schon einmal gesehen! Allerdings – an die so auffällige Schifferkrause konnte er sich nicht erinnern, nur an die strahlenden Augen …

Inzwischen war der Chef seinem heimlichen Ziele einen großen Schritt näher gerückt. Nachdem er sich noch einmal beklagt hatte, nicht an den Pascha herangekommen zu sein, brachte er vor, er hätte wenigstens von dem märchenhaften Garten des Schlosshofs gern Aufnahmen gemacht, aber auch das hätte ihm der Herr Caruana verwehrt. „Gibt es denn gar keine Möglichkeit", fragte er, „dass man einmal ungesehen in dieses verwunschene Schloss kommen kann? Da könnte man gut und gern drei Filme verknipsen! Wo Sie schon so lange hier sind, können Sie mir sicher einen guten Rat geben. Scheue ein gehöriges Schmiergeld nicht – muss aber wissen, wo ich schmieren muss!"

„Auch wer gut schmiert, fährt nicht immer gut", erwiderte Herr Nöddebusker nachdenklich. „Immerhin kann ich Ihnen berichten, dass es zwei Amerikanern gelungen ist, ungesehen bis in den Schlossbezirk vorzudringen."

Der Chef beugte sich unwillkürlich vor. Genau, wie er es sich gedacht hatte! Es gab also geheime Pforten! Und wenn er durch eine von ihnen hineinkam, dann würde er durch sie auch mit Herrn Caruana zusammen herauskommen, nachdem ihm ein gutgezielter Kinnhaken für gewisse Zeit die Willensfreiheit genommen hatte!

‚Systematisch vorgehen', dachte GG. ‚Wenn du diesen Dänen schon einmal gesehen hast, wird es in Dänemark gewesen sein. Wo warst du da zuletzt? In Kopenhagen.'

„Der eine war Mister Caxter von ‚Life '", sagte Herr Nöddebusker. „Sie kennen ‚Life'?"

Der Chef nickte ungeduldig.

„Dieser fixe Reporter hatte herausgebracht, dass von Zeit zu Zeit Teppichhändler Zutritt zum Schloss haben. Eine ganze Karawane von Lastträgern schleppt dann große Teppichrollen ins Schloss, die der Pascha besichtigt und von denen er die schönsten auswählt. Das geschieht immer vormittags. Mister Caxter aber hat den Teppichhändler – der kommt von außerhalb, von Marrakesch –, also Mister Caxter hatte ihn bestochen, dass er selbst in einen riesigen handgeknüpften Smyrna eingerollt wurde und dass der Händler schon gegen Abend ankam. Die Teppichrollen wurden in die Schlosshalle geworfen und sollten da liegenbleiben, bis der Pascha am andern Morgen geruhte, sie anzusehen. Nicht schlecht ausgedacht, wie?"

„Und gelang?", fragte der Chef aufs äußerste gespannt.

GG hörte nur mit einem Ohr hin. ‚Kopenhagen', dachte er angestrengt weiter. ‚Auf dem Flughafen. Im Hotel.' Nein, keine Erinnerung, die zündete.

„Mister Caxter kam samt seinem Fotoapparat auf die Art ins Schloss", sagte Herr Nöddebusker. „Aber er hatte nicht damit gerechnet, dass dem Teppichhändler ein Dauerkunde wichtiger war als dies eine Gelegenheitsgeschäft. Er nahm zwar von dem Amerikaner das Geld, gab aber dem Rais am Tor einen Wink. Als Mister Caxter aus seinem hand geknüpften Smyrna herauskrabbelt kam, wurde er schon erwartet."

„Was geschah mit ihm?", fragte der Chef enttäuscht.

„Mister Caxter verließ das Tor der hohen Erwartungen ohne Fotoapparat und als schwer geschlagener Mann, was wörtlich zu verstehen ist."

„Pech gehabt", knurrte der Chef. „Idee war nicht schlecht."
„Leider nicht wiederholbar" ‚sagte Herr Nöddebusker bedauernd. „Wieso?"

„Seitdem dürfen Teppiche nur noch in aufgerolltem Zustand das Tor passieren!"

‚Merkwürdige Geschichte', dachte GG, war dann aber wieder in Kopenhagen. Die andern hatten im Hotel auf ihn gewartet, und er war nach Politigården gegangen.

„Und der andere Weg?", fragte der Chef.

„Den schlug Mister Bubblegree von der ‚Saturday Evening Post' ein. Sie kennen das Blatt?"

Wieder nickte der Chef ungeduldig. GG aber war wie elektrisiert: War nicht im Politigården ein Mann mit auffallend blauen Augen an ihm vorübergegangen? Hatte er sich nicht erkundigt, wer das war? Ein Holländer, ein Amsterdamer Detektiv – zu Besuch bei dänischen Kollegen. Mit einem auffallenden Namen – Kobus Kindermann – nein, Kindermann war nicht richtig.

Jetzt erzählte Herr Nöddebusker die merkwürdige Geschichte des Mister Bubblegree: „Der ließ von einem Händler drei große schwere Truhen in das Schloss schaffen, eine jede bis an den Rand voller Brokatstoffe, das heißt, nur zwei waren so ausgefüllt, die dritte barg eine andere Kostbarkeit, nämlich Mister Bubblegree persönlich."

„Hat seinen Zweck erreicht?"

„Er kam ins Schloss, jawohl. Aber er hatte nichts davon."

„Wieso nicht?"

„Der Palastdiener, der bestochen worden war, die Truhe rechtzeitig zu öffnen, vergaß es. Als er es mit einer Verspätung von 24 Stunden besorgte, war Mister Bubblegree leider erstickt."

Der Chef wusste nicht mehr, was er sagen sollte, und GG sah in den Zügen des Erzählers ein so unverhohlenes Schmunzeln, dass ihm eins gewiss war: Niemals hatte es einen Mister Caxter oder einen Mister Bubblegree gegeben. Der Mann machte sich ein Vergnügen daraus, den Chef mit seinen erfundenen Geschichten auf überlegene Art zum besten zu halten, und mit einem Male war er auch überzeugt, dass er auf der richtigen Fährte war. Der dänische Name, der Beruf des Margarinefabrikanten, die Allüren des leicht überspannten Millionärs – alles war nur Maske. Nun, er zog sie ihm vom Gesicht! Rasch fragte er: „Warum wollen Sie uns auf den Arm nehmen, Mijnheer Kinnebak?"

Kobus Kinnebak antwortete heiter mit einer Gegenfrage: „Warum sagen Sie mir nicht rundheraus, was Sie von mir wollen?"

Der Chef brachte kein Wort über die Lippen. Er warf aber auf GG einen so hilflosen Blick, dass der ihn ins Bild setzen musste. „Mijnheer Kobus Kinnebak ist ein Detektiv aus Amsterdam. Ich habe ihn gesehen, als wir damals auf der Jagd nach Adlerberg in

Kopenhagen waren und ich im Politigården zu tun hatte. Sie gingen", fuhr er fort, zu dem Holländer gewandt, „an mir vorüber, fielen mir auf, und ich erkundigte mich, wer Sie wären."

„Als ich sie zu dritt aus dem Bab nuäddr kommen sah", sagte Kinnebak, „wusste ich gleich, was die Glocke geschlagen hatte. Die berühmten drei von *Ubique Terrarum!*"

„Warum haben Sie sich nicht sofort mit uns bekannt gemacht!" sagte GG vorwurfsvoll.

„Wie konnte ich das wagen?", fragte Kobus Kinnebak. „Ich durfte doch Ihre Kreise nicht stören!" Er schmunzelte wieder und setzte hinzu: „Ich wollte aber auch nicht, dass jemand meine Kreise störte!" Als er nun aber fortfuhr, sprach er ernst und eindringlich: „Sie wollen nicht im Schloss knipsen, sondern Sie wollen den Mosje Caruana herausholen. Ich kann Ihnen sagen, dass ich nichts anderes will – und muss Ihnen versichern, dass das unmöglich ist. Seit vier Monaten belauere ich den Kerl. Er verlässt den schützenden Bezirk nie, und selbst innerhalb der Mauern dort hat er immer die drei Schwarzen bei sich, dass ihn nur ja keiner wegträgt ... Ich habe ihm mehr als eine Falle gestellt – der alte Fuchs ging in keine einzige. Ich kann nur noch auf eins hoffen: Dass da drin einmal jemand Feuer anlegt und ich ihn schnappe, wenn er sich ins Freie retten will."

„Was wollen Sie von ihm?"

„Interpol", antwortete Kobus Kinnebak. „Mord an einem Diamantenhändler. Damit hat er angefangen. Dann ist er untergetaucht. War nicht mehr zu finden. Jetzt hörten wir, dass er in El Kasr sitzt. Seitdem sitze ich auch hier."

„Mijnheer Kinnebak", sagte GG, „ich mache Ihnen einen Vorschlag: Wir lösen Sie hier ab, Sie gehen inzwischen in unser Hotel in der Weißen Stadt und nehmen dort die Nachrichten in Empfang, die für uns kommen."

„Von wem kommen die Nachrichten?", fragte Kinnebak sachlich.

GG zögerte einen Augenblick. Aber dann entschied er sich rasch, mit diesem Mann, der ihm damals als tüchtig und zuverlässig gerühmt worden war, nicht Versteck zu spielen. „Vom Wekil des Sultans", sagte er.

Kobus Kinnebak pfiff leise. „Oha", sagte er. „Ganz große Sache. Haupt- und Staatsaktion. Keine kleinen Fische, mit denen unsereins sich zu begnügen hat."

„Caruana ist kein kleiner Fisch", sagte GG. „Wir versprechen Ihnen: Wenn wir ihn fassen sollten, heben wir ihn für Sie auf."

„Vielleicht haben Sie mehr Glück als ich. Jedenfalls wechsle ich gern einmal das Hotelzimmer. El Kasr hängt mir schon zum Halse heraus. Auch eine malerische Stadt kriegt man satt, wenn man in ihr nicht weiterkommt."

Sie verabredeten, was noch zu tun war. Kobus Kinnebak machte sie mit seinen beiden Begleitern bekannt. Sie waren nicht seine Bedienten, sondern zwei Kriminalbeamte. Sie blieben hier in der Stadt, so dass der Chef und GG auf sie rechnen konnten.

Als sie beide allein waren, kam dem Chef die Sprache wieder.

„Blamiert!" sagte er. „Bis auf die Knochen blamiert!" Wie man aber gern geneigt ist, einen tiefen Ärger über sich selbst an anderen auszulassen, so fauchte er nun GG drohend an: „Sagen Sie mir eins: Seit wann wussten Sie, wer dieser angebliche Margarinefabrikant in Wirklichkeit ist?!"

„Das ging mir erst auf", war die Antwort, „als Sie mit ihm sprachen. Und lassen Sie mich eins noch sagen, Chef. Den Mann aufzusuchen, war eine ausgezeichnete Idee von Ihnen. Jetzt haben wir einen Helfer. Wann hätten wir den je gehabt? Auf Sardinien etwa? Oder in Malaya? In Grönland vielleicht?" Um ein Haar hätte er noch hinzugesetzt ‚Oder auf der Hölleninsel?' – aber da fiel ihm noch rechtzeitig ein, welche Hilfe ihnen dort die unerschrockene Juana geleistet hatte. Um so energischer fuhr er fort: „Niemals! Immer waren wir nur ganz auf uns gestellt. Hier aber haben Sie uns Hilfe verschafft, Chef – und da wir sie elend nötig haben, ist das ein großes Verdienst!"

Der Graf und die Ratte

Nachdem der Graf den Fahrer, mit dem er nach Tanger gekommen war, entlohnt und im Hotel Rif am Strande ein Zimmer genommen hatte, schlenderte er die Avenue d'Espagne entlang der Araberstadt zu, um die herum sich die europäischen Viertel ausgebreitet hatten, so dass die alte ummauerte Medina zwischen dem Meer und der sie ganz umfassenden Neustadt lag. Vor ihm stiegen die weißen Häuserwürfel wie mächtige Steinstufen die Anhöhe hinan, an deren Hang die Stadt gebaut wurde, und ihn entzückte der Blick auf die alte Kasbah, deren wuchtige Mauern den Hügel krönten. Eine uralte Burg aus einer Sage – so lag das schweigende Gemäuer da. Der Graf rechnete nach: Mehr als dreitausend Jahre lang hatten die stummen Steine immer wechselnde Herren gesehen. Phönizier, Römer, Vandalen, Byzantiner, Westgoten, Araber, Portugiesen, Engländer, Mauren – sie alle waren einmal da oben aus- und eingegangen. Aber er hatte keine Zeit, den alten Palast, den Dar el Maghzen, oder die berühmte Schatzkammer Bit el Mal aufzusuchen und sich in die großen Erinnerungen der Geschichte zu verlieren. Er musste sehen, an das betrügerische Gesindel der heimlichen Waffenhändler heranzukommen und mit ihm fertig zu werden.

Nach dem Stadtplan, an dem er sich orientiert hatte, bog er jetzt gegenüber dem Bahnhof in die Rue de la Plage und kam, am Jüdischen Friedhof vorbei, auf den Großen Markt, den Grand Socco. Überrascht blieb er stehen. Durch ein wahres Menschengewühl aller Rassen, aller Länder, aller Hautfarben bahnten sich ganze Rudel von Autos ihren Weg. Er hätte gemeint, angesichts des ameisenartigen Gewimmels von Fußgängern könnten die Wagen nur im Schritttempo fahren. Aber die arabischen Taxichauffeure sausten hindurch, als befänden sie sich auf einer Rennstrecke, hupten jedoch zum Ausgleich so laut und dauernd, dass der weite Platz von dem Geheul ihrer Warnungsinstrumente dröhnte. Der Graf hätte sich nicht gewundert, wenn er die armen

Opfer dieser Raserei links und rechts hätte zusammensinken sehen. Jeden Augenblick meinte er, den Aufschrei eines Überfahrenen hören zu müssen oder den Sturz eines Reiters von seinem Maultier mitanzusehen. Aber er beobachtete nur, dass die Menschen sich immer wieder im letzten Augenblick mit mächtigen Sprüngen vor den gewaltigen Limousinen retten konnten, und es schien ihm, bei der Raserei seien die Leidtragenden allein die Wagen, denn er hatte noch nie so viele eingedrückte und übermalte Kotflügel auf einmal gesehen wie hier.

Auch ihm gelang es, den Marktplatz zu überqueren, ohne es mit dem Leben bezahlen zu müssen, und dann betrat er durch ein enges Tor endlich die Medina und befand sich damit in einer der schmalen Gassen, deren Maße noch aus der Zeit um das Jahr 1000 bestimmt waren. Kein Auto konnte jemals sie durchfahren; in ihre Stille hallte der Lärm vom Markt her wie das Brausen einer anderen Welt. – ‚Als wärest du auf einem fremden Stern`, dachte der Graf. Aber dann wurde ihm bewusst, dass er sich hier auf dem Boden Tangers befand.

Er stand auf dem Socco Chico, dem Kleinen Markt, und hier hatten die gerissenen Geldwechsler ihren Platz. Sie hockten in Nischen, die winziger waren als der winzigste Zigarettenladen; manche saßen ganz im Freien und hatten unter einem Sonnenschirm nur ein kleines transportables Tischchen und eine Rechenmaschine vor sich. Nicht alle Stände waren besetzt, denn da es Sonntag war, machten heute nur die mohammedanischen und jüdischen Geldhändler ihre Geschäfte. Das wichtigste Gerät, das sie dazu brauchten und das deshalb bei keinem fehlte, war eine große Schiefertafel, auf der sie den Kurswert der Geldsorten in Blockschrift verzeichnet hatten.

Langsam schritt der Graf von einem zum andern, überall händereibend begrüßt, auch wenn er sich bei keinem aufhielt. Er sah, hier war alles zu haben: Spanische Peseten und amerikanische Dollars, französische und Schweizer Franken, deutsche Mark so gut wie englische oder türkische Pfunde, sogar Maria-Theresien-

Taler wurden noch angeboten. Eins freilich blieb dem Grafen unklar: Wo verbargen die Männer nur die Gelder, mit denen sie handelten?

Dass er ohne zu kaufen oder Geld zum Kauf anzubieten so herumspazierte, schien allen natürlich, denn ehe hier jemand in ein Geschäft einstieg, verschaffte er sich erst ein genaues Bild von den Preisen. Als er aber ein paarmal die Runde gemacht hatte und doch keinen Wechsler beschäftigte, verloren sie das Interesse an ihm. Dafür aber erregte er die Aufmerksamkeit anderer, die wie er Spaziergänger zu sein schienen oder da und dort in kleinen Gruppen zusammenstanden. Ein junger Mann sprach ihn an, erkundigte sich, wie es ihm in Tanger gefiele, und bot ihm dann Gold in Barren an. Ein anderer hätte ihm gern Kokain verkauft, wobei er beteuerte, er gehöre nicht zu den Betrügern, die das weiße Gift zu abenteuerlichen Preisen anböten und dann doch nur Zucker lieferten. Auf diese Weise drangen die merkwürdigsten Vorschläge an sein Ohr, und er konnte hier auf dem Socco Chico alles haben, was in der zivilisierten Welt an Rauschgiften mit Recht verboten ist, aber nicht nur das – der Graf bekam den Eindruck, dass es hier in Tanger überhaupt nichts gab, was gegen Geld nicht sofort geliefert werden konnte, wobei ihm die bedenklichsten Angebote nicht etwa ins Ohr geflüstert, sondern offen und deutlich besprochen wurden, als seien die übelsten Geschäfte das Natürlichste von der Welt. Als er aber auf keine dieser Möglichkeiten eingegangen war und doch den Socco Chico nicht verließ, also hier irgend etwas suchte, wurde er für einen jungen Menschen interessant, der, obwohl er europäisch gekleidet war, wie ein Eingeborener unbeweglich an einer Hauswand gehockt und, eine Zigarettenkippe nach der andern rauchend, den anscheinend so unschlüssigen Käufer nicht aus den Augen gelassen hatte.

Er trat an den Grafen heran, tippte mit zwei Fingern an den Schirm seiner Sportmütze und sagte in einem Ton, als träfe er einen guten Bekannten: „Na, wieder mal im alten Tanger? Wie geht's? Gut geschlafen? Gut gefrühstückt?"

Der Graf musterte ihn. Der etwa Zwanzigjährige war offenbar ein Sohn südlicher Hafenstädte, den man keinem bestimmten Volk zuschreiben konnte, in dem aber das Europäische überwog. Jedoch war er von seinen unbekannten Vorfahren nicht zum besten bedacht worden. Seine niedrige, fliehende Stirn erschreckte, der freche Ausdruck seiner kleinen Augen und die unverfrorene Zudringlichkeit seines Wesens stießen ab. Wie in dem Schloss des Paschas gab der Graf auch dieser Erscheinung mit einem Wort den Platz, der ihr zukam. ‚Eine Ratte', dachte er. Aber es war ihm verwehrt, die fatale Figur von sich abzuschütteln. In seiner besonderen Lage musste er sich sagen, dass diese Nummer vielleicht genau das war, was er brauchte.

Die unverschämten Fragen des Burschen beantwortete er allerdings nicht, was der auch nicht erwartet hatte. Er verließ den Kleinen Markt, brachte es aber nicht über sich, mit der verdächtigen Gestalt neben sich in das Europäerviertel zurückzukehren. Er ging, von dem jungen Kerl wie selbstverständlich begleitet, die schmale Gasse, die er gekommen war, weiter, auf eine große Moschee zu. Von dort waren es nur wenige Schritte zu einem kleinen Tor, dem Bab el Bahar. Als sie es durchschritten hatten, lag die Medina hinter ihnen und vor ihnen der Hafen, an dessen Kais mehrere Lastdampfer festgemacht hatten. Es roch nach Teer und Abfällen. Hier ging er mit seinem Begleiter auf und ab.

Das lange Schweigen des Grafen legte sein Begleiter falsch aus. Er dachte, der Herr fände nicht den Mut, seine besonderen Wünsche einzugestehen. „Schießen Sie los, Monsieur", sagte er mit einem freundlichen Grinsen. „Sie brauchen keine Angst zu haben, mein Feingefühl zu verletzen. Es ist mir abhanden gekommen."

„Kennen Sie Waffenhändler?", fragte der Graf.

Der Bursche stieß einen zischenden Laut aus. Das Waffengeschäft war ein großes Geschäft, zu groß für ihn – aber selbst wenn er nur den Schlepper machte, so würde dabei für ihn ein dicker Brocken abfallen.

„Was wollen Sie kaufen?", fragte er mit einer großartigen

Sicherheit, als sei er ein Vertreter von *Armstrong Whitworth*, den Hauptwerken der britischen Rüstungsindustrie. „Handgranaten oder Maschinenpistolen? Parabellum wird immer noch viel gekauft. Sie brauchen mir nur zu sagen, was Sie wollen – ich führe Sie zu dem richtigen Mann. Mein Name ist übrigens Johnny."

„Ich will überhaupt nichts kaufen", antwortete der Graf. „Ich möchte nur etwas wissen."

Johnnys unbefangenes Wesen verlor etwas von seiner Zudringlichkeit. Ein Horcher – Vorsicht! Er hatte zuviel schon gesehen und wusste, dass im Spionagegeschäft der Gewinn in keinem Verhältnis zu der Lebensgefahr stand, in die sich die Beteiligten begaben.

„Was wollen Sie wissen?", fragte er misstrauisch.

„Wann von Tanger ein Transport von Gewehren in die Berge der Beni Bechiri abgeht."

Johnny überlegte scharf. Das klang ungefährlich. Wer kümmerte sich schon um verlauste Stämme im Gebirge? Höchstens die Polizei – aber die Polizei zahlte immer schlecht, wenn sie überhaupt zahlte; sie zog es vor, einem ihrer Handlanger den Rat zu geben, sofort zu verschwinden, ehe er es bereute, nicht rechtzeitig verschwunden zu sein.

„Mit dem Waffengeschäft ist es so", sagte er langsam. „Da weiß keiner genau, wohin so ein Transport geht. Die letzte Station kennt nur der Käufer, und der hält den Mund. Bis dahin gehen die Kisten von einer Hand in die andere. Und wenn darauf steht: ‚Kairo', dann heißt das noch lange nicht, dass sie nach Kairo gehen."

„Mit anderen Worten", sagte der Graf energisch, „Sie wissen nicht Bescheid, und ich muss mir jemand anders suchen!"

Johnny schwankte. Vielleicht war es doch ein gutes Geschäft …

"Sie sind von der Polizei?", fragte er lauernd.

Der Graf stutzte. Musste er diesen Burschen etwa unter Druck setzen? „Ja", antwortete er.

Johnny grinste wieder. „Wenn Sie ‚ja' sagen, dann ist es gut. Nämlich – wenn Sie wirklich von der Polizei wären, dann hätten

Sie ‚nein' gesagt. Mit der Polizei will ich nichts zu tun haben. Das sind alles nur Hungerleider. Ich will sehen, was sich machen lässt."

„Was wollen Sie dafür haben?"

Johnny kniff seine Augen zusammen. „Um ins Geschäft zu kommen – zehn Dollar!"

„Bis wann?"

„Kommen Sie heute Abend wieder her!"

Der Graf sah nach seiner Uhr. „Jetzt ist es drei Uhr. Ich bin in zwei Stunden wieder hier. Wenn Sie mir dann sagen, was ich wissen will, zahle ich Ihnen zwanzig."

„Gemacht." Johnny war interessiert. Das sah wirklich nach einem guten Geschäft aus. Aber er zögerte noch.

„Was ist?"

„Monsieur", sagte er, „geben Sie mir ein paar Peseten. Ich bin blank. Ich hab' heute noch nichts gegessen."

‚Vielleicht lügt er mich an', dachte der Graf. ‚Wahrscheinlich sogar. Aber wenn er wirklich Hunger hat ...' Ihm fiel ein bitteres Sprichwort ein: Hunger treibt die Scham aus dem Haus. Er gab dem Burschen ein paar Peseten. Aber auch nicht mehr, damit der in Aussicht stehende Lohn ihn zu rascher Arbeit anspornte.

Eine Nachricht – aber stimmt sie auch?

Schon eine halbe Stunde vor der verabredeten Zeit war der Graf wieder am Hafen. Seine Ungeduld ließ ihn nicht im Hotel.

An den Kais lagen viele Schiffe, Frachtdampfer, wie er feststellte.

Masten und Schornsteine ragten steil in die Luft; ihre senkrechten Linien wurden von den ruhenden Armen der Ladebäume schräg durchschnitten.

Ein mächtiger Japaner war da, ein Ölschiff, das an dem achtern liegenden Schornstein sofort als Tanker zu erkennen war, dann ein Engländer, ein Skandinavier, mehrere Spanier. Jetzt kam er zu zwei französischen Schiffen, und ihm war, als hätte sich mit ihnen ein Stück seiner Heimat vom Mutterlande gelöst und wäre bis hier nach Afrika geschwommen. Das eine hieß *Pantoire*, das andere *Herzogin von Lubersac*. Der Graf musste lächeln – mit den Lubersacs war er verwandt, aber das war nicht verwunderlich, denn die alten Adelsfamilien waren alle untereinander verwandt. Überhaupt, was hieß das schon, alter Adel? Er hörte wieder die Stimme seines Großonkels Chlodwig, der durch seine unbefangenen Äußerungen der Schrecken der Familie war: „Mit dem alten Adel ist es wie mit den Kartoffeln: das Beste liegt unter der Erde."

Jetzt war er am Ende des Kais angelangt. Hier lag ein kleiner Frachter *Dolores Varilla*, der unter der berüchtigten Flagge von Panama fuhr, dem Geviert von Weiß mit blauem Stern, Rot, Blau und Weiß mit rotem Stern. Wie bei allen anderen Schiffen rührte sich auch auf seinem Deck nichts. Alle lagen sie wie tot da, denn der Sonntag wirkte sich aus. Die Besatzungen saßen irgendwo in den Hafenkneipen. Eine große fuchsrote Katze war das einzige lebende Wesen, das zu erblicken war. Sie saß am Flaggenstock der *Pantoire* und putzte sich.

Der Graf machte kehrt und sah, wie Johnny, der ihn erspäht hatte, auf ihn zusteuerte. Der junge Bursche winkte vergnügt – offenbar also hatte er gute Nachricht. Der Graf ging rascher. Wenn diese zweibeinige Hafenratte den Waffenhändler herausgefunden hatte, wenn er an ihn herankam, wenn er ihm die Gewehre abjagen konnte, indem er sie ihm abkaufte – dann war der ganze Plan des arglistigen Maltesers ein Schlag ins Wasser!

Auf der Höhe der „Herzogin von Lubersac" traf er mit Johnny zusammen. Sein fragwürdiger Mitarbeiter war in allerbester Verfassung. Er hatte anscheinend nicht nur gut gegessen, sondern dazu auch getrunken und überdies alles erreicht. „Monsieur", sagte er mit selbstzufriedenem Grinsen, „wir sind im Bilde, aber genau. Zweihundert Gewehre, M 98, sind letzten Mittwoch nach Dar Schaui abgegangen, in vier Lastwagen, unter Frachtgut der

Firma Commigo als Eier deklariert. Die deutschen Flinten sind von Marseille gekommen. In Dar Schaui, müssen Sie wissen, ist erst einmal Schluss! Von da geht's nur noch auf Eseln weiter!"

Von seinen geradezu begeisterten Worten hörte der Graf nur noch „letzten Mittwoch". An dem Tag hatten sie auf dem Aljeddan gesessen. Dar Schaui hatte er auf ihrer Karte gesehen, das lag keine sechzig Kilometer von Tanger. Von da bis zu den Berbern mit Eseln, die im Schritt gingen, die Umwege machen mussten, vielleicht nur nachts geführt werden – immerhin, in dreimal 24 Stunden musste das zu machen sein. So waren die Gewehre vielleicht zur selben Zeit bei den Beni Bechiri eingetroffen, als er mit dem Chef und GG wieder im Hotel angekommen war! Was sollte er hier? Es war ja längst zu spät …

Vom Bahnhof her drang der Pfiff einer Lokomotive herüber.

„Der Zug nach Fes, Monsieur, 17,15 Uhr! Zwanzig Dollar, wie abgemacht!"

Der Graf nahm die Scheine aus seiner Brieftasche, aber als er sie dem andern schon in die hastig ausgestreckte Hand geben wollte, zog er sie wieder zurück.

„Was ist nun passiert?", fragte der Kerl. Seine Worte klangen drohend.

„Sie können mir viel erzählen", sagte der Graf. „Woher soll ich wissen, dass es auch stimmt?"

„Schlagen Sie keinen Haken, Monsieur! Wollen Sie zahlen oder nicht?"

„Selbstverständlich zahle ich, aber nur, wenn ich sicher bin, dass Ihre Mitteilung kein Schwindel ist."

Johnny stand unschlüssig da. Der Einwand, den sein Geschäftspartner vorbrachte, schien auch ihm nicht ohne weiteres von der Hand zu weisen.

„Bringen Sie mich zu dem Mann, der die Gewehre verkauft hat. Wenn er mir dasselbe sagt wie Sie, dann bekommen Sie Ihr Geld."

„Aber nicht 20 Dollar, Monsieur. Ich bringe Sie hin. Doch das kostet noch einmal zwanzig Eier. Ein gutes Herz tut viel, aber Geld tut mehr, Monsieur!"

Der Kerl hatte ihn in der Schlinge – aber was waren vierzig Dollar im Vergleich zu dem, was auf dem Spiele stand?

„Meinetwegen. Aber keinen Centavo, wenn die Sache stinkt."

„Da stinkt nichts, Monsieur. Was Sie vorhaben, das geht mich nichts an. Wenn das stinkt, dann ist das Ihre Sache. Ich arbeite immer reell. Wir nehmen am besten ein Taxi."

Der Armenier

Die Fahrt, bei der sich Johnny in einer Anwandlung von Höflichkeit nicht zum Grafen in den Fond, sondern zum Fahrer gesetzt hatte, ging durch das Europäerviertel, bis der Wagen vor einem Gittertor hielt, hinter dem eine orientalische Villa lag, die von hohen blühenden Phönixpalmen umstanden war. Ein Schild am Tor besagte, dass sich in dem Haus eine italienische Schule befand. Johnny führte den Grafen um die Villa herum und zeigte dann auf einen ebenerdigen Anbau. „Da finden Sie den Armenier", sagte er und hockte sich vor der Tür nieder, an die der Graf nun klopfte.

"Come in!", rief eine Stimme, und er trat in den Anbau. Er stand in einem europäisch möblierten Zimmer, auf dessen Chaiselongue ein schwarzhaariger Mann lag, der keinen begründeten Widerspruch hätte erheben können, wenn er gewusst hätte, dass der Graf ihn in Gedanken als ‚fett' registrierte. Sein hoher Kurzschädel, seine große und gebogene Nase kennzeichneten ihn als Armenier, was die Visitenkarte bestätigte, die er, ohne sich von seinem Lager zu erheben, dem Besucher hinhielt und auf der sein Name mit Mkrtitsch Sundukjan angegeben war. „Das tue ich immer als erstes", erklärte er, „denn meinen Namen versteht sonst niemand. Nehmen Sie sich einen Stuhl und erlauben Sie mir, hier liegenzubleiben", fuhr er fort. „Das Leben ist zu anstrengend. Man muss seine Kräfte schonen."

Der Graf hob einen Stuhl dicht an die Chaiselongue und setzte sich. „Was haben Sie mir anzubieten?", fragte Herr Sundukjan.

Sein Besucher hatte keine Lust, erst noch Umschweife zu machen.

„Ist es wahr", fragte er, „dass Sie am letzten Mittwoch einen Transport von Gewehren haben abgehen lassen?"

Der Armenier lächelte. „Weshalb interessieren Sie sich für meine Geschäfte?", fragte er. „Offen gestanden, ich hab' das nicht gern."

Der Graf bezwang seine Ungeduld. „Ich will Ihre Geschäfte nicht stören", sagte er. „Aber an einer klaren Antwort ist mir sehr viel gelegen, Herr" – er warf einen Blick auf das Kärtchen – „Herr Sundukjan."

„Am Mittwoch?", fragte der Armenier. Der Graf nickte. „Zu dumm", fuhr der fette Mann fort, „ich habe überhaupt kein Gedächtnis mehr. Das ist ja vier Tage her. Ich weiß kaum noch, was ich gestern alles gemacht habe. Das Leben ist eine ewige Hetze, weiter nichts."

„Herr Sundukjan, die Gewehre waren für einen Berberstamm bestimmt. Wenn die Männer die Gewehre in die Hände bekommen, geschieht ein großes Unglück."

„Mein lieber Herr", erhielt er zur Antwort, „an wen ich meine Ware liefere, das interessiert mich nicht. Was die Leute mit meiner Ware machen, geht mich nichts an, das ist deren Sache. Mir ist nur eins wichtig: dass die Rechnung bezahlt wird. Und sie wurde bezahlt. Wenn Sie gekommen wären und hätten auch gleich bezahlt, dann hätten Sie meine Ware bekommen – und ich hätte mich auch nicht danach erkundigt, was Sie damit machen wollen. Es lebt sich besser, wenn man nicht zuviel fragt."

„Wahrhaftig, ich hätte sie Ihnen abgenommen!", sagte der Graf erregt.

„Beste deutsche Ware, M 98", erwiderte der Armenier genießerisch. „Ich konnte sie nur unter Schwierigkeiten aus Marseille bekommen. Wenn Sie Bedarf haben – lassen Sie mir etwas Zeit, und ich verschaffe Ihnen wieder etwas Geeignetes."

„Ich hätte die Gewehre nur gekauft", sagte der Graf, „damit sie nicht in die Hände der anderen Käufer fielen. Herr Sundukjan, was können Sie tun, dass die Gewehre bei den Beni Bechiri nicht ankommen?"

„Nichts. Sie haben zu spät bei mir angeklopft."

„Ich zahle jeden Preis, Herr Sundukjan!"

„Schade, dass Sie nicht schon am Mittwoch hier waren", sagte der Armenier mit aufrichtigem Bedauern, denn er sagte sich, dass er bei einer so stürmischen Anfrage den Preis hätte wesentlich erhöhen können. Aber ihm kam ein Gedanke, ein guter Gedanke, ein fruchtbarer Gedanke.

„Zahlen Sie in Dollar?", erkundigte er sich.

„Wie Sie wollen. Jede nötige Summe. Mit Scheck –"

„Aber nicht auf die Banco España de Credito!", rief der Armenier entsetzt aus. Er schien mit dieser Bank trübe Erfahrungen gemacht zu haben oder vielleicht sie mit ihm.

„Nein", erwiderte der Graf beruhigend. „Bei der Banque Nationale pour le Commerce et l'Industrie."

„Verrechnungsscheck?"

„Barscheck, wenn Sie das vorziehen."

„Vielleicht ließe sich etwas machen", meinte der Armenier.

„Sie können die Gewehre doch noch stoppen?"

„Ausgeschlossen. Die sind schon an Ort und Stelle." Aber er zögerte. Er erhob sich von seiner Chaiselongue. Er schlich zur Tür, riss sie plötzlich auf, sah Johnny am Eingang hocken und übergoss ihn mit einer Flut wüster Schimpfworte, mit der er den unwillkommenen Horcher bis auf die Straße schwemmte. Hinter ihm schloss er das Gittertor ab. Schnaufend kam er zurück, lächelte den Grafen an, der aufgestanden war, hakte ihn vertraulich unter und flüsterte: „Die Gewehre sind fort, aber die Munition ist noch da!"

„Welch ein Glück! Hier in Tanger?", fragte der Graf hastig. Der Armenier nickte. „Zwanzigtausend 8 mal 57 mal 7, M 98, mit eingeschliffenem Rand. Genau richtig."

„Wo sind sie?"

„An Bord der *Dolores Varilla*. Morgen Mittag geht der Frachter ab nach El Kasr."

„Können Sie die Kisten mit den Patronen wieder von Bord holen lassen?"

„Kann ich", erwiderte der Armenier. „Sie sind noch nicht bezahlt." Das war eine Lüge. Sie waren bezahlt. Aber wer wird eine Möglichkeit, eine Ware doppelt bezahlt zu bekommen, in Tanger ungenutzt vorübergehen lassen, bei einem Geschäft, in dem keiner der Beteiligten ein Gericht anrufen kann?

Der Graf war glücklich. Wenn die Berber keine Munition zu den Gewehren bekamen, so war das ebenso gut, als ob ihnen statt der Gewehre Spazierstöcke geliefert worden wären. Erst einmal mussten sie auf das Eintreffen der Patronen warten, womit Tage vergingen. Wenn überhaupt keine Sendung kam, so musste von neuem bestellt werden – damit war auf jeden Fall Zeit gewonnen und wahrscheinlich noch mehr.

„Herr Sundukjan, nennen Sie Ihren Preis! Ich zahle ihn."

Ohne sich zu besinnen, nannte der Händler eine horrende Summe. Der Graf nickte zustimmend, und sie machten alles Nötige aus: Morgen früh würden die Kisten wieder von Bord geholt und in einen Lagerraum des Hotels Rif geschafft werden, wofür der Graf das Erforderliche veranlassen sollte. Danach würde er mit Herrn Sundukjan zusammen auf die Bank gehen, die bewusste Summe abheben und sie dem Armenier überlassen. Darauf gaben sie sich die Hand. „Wir Armenier sagen: Den Ochsen bindet die Kette, den Mann das Wort!", bemerkte Herr Mkrtitsch Sundukjan.

Da er das Gittertor verschlossen hatte, musste er seinen Besucher begleiten, um es wieder zu öffnen. Johnny stand davor. Der Armenier drückte ihm etwas in die Hand. „Für den Weg", sagte er, und Johnny nahm das Geld ohne Umstände. Als sie beide allein waren, zog der Graf seine Brieftasche, um den Burschen zu entlohnen. Aber Johnny wehrte ab. „Im Dunkeln", sagte er, „merk' ich: oh, der Fisch stinkt, aber ihre Dollars riechen nicht." – „Ich habe noch nicht lange das Vergnügen, Sie zu kennen", antwortete der Graf. „aber da Sie allem Anschein nach nicht auf den Kopf gefallen sind, sollten Sie immerhin so viel Menschenkenntnis haben, dass Sie mich nicht zu den Betrügern rechnen sollten." – „Ich trau' keinem Menschen mehr als ..." Johnny gebrauchte einen harten Vergleich, der sich gedruckt nicht gut ausnimmt.

In dieser kleinen Straße gab es keine Laternen, vielleicht war das mit ein Grund für Herrn Sundukjan gewesen, sich hier einzumieten. So gingen sie bis zur nächsten Querstraße, die von Neonröhren erleuchtet wurde. Johnny stieß einen Fluch aus und hielt dem Grafen den Schein hin, den ihm der Armenier gegeben hatte. „Dieser Sohn einer Hündin!", schimpfte er. Der Graf erblickte einen deutschen blauen Hundertmarkschein, der durch den Zusammenbruch des Kaiserreichs und die darauffolgende Inflation seit Jahrzehnten wertlos geworden war. „Wenn ich jetzt zu ihm hingehe", sagte Johnny voller Wut, „dann gibt er mir dafür gute Peseten – aber erst mal probiert er, ob ich nicht einen Dummen finde, den ich damit betimple! So sind die Menschen!"

„So sind *manche* Menschen", antwortete der Graf milde und gab ihm statt der vereinbarten vierzig Dollar zehn mehr, denn dass es ihm gelungen war, die schwere Gefahr, die der Weißen Stadt drohte, durch einen geschickten Schachzug aus der Welt zu schaffen, machte ihn sehr glücklich.

Ein Schiff fährt durch die Nacht

Aus diesem guten Gefühl heraus beschloss er, seinen Sieg zu feiern. Als er sein Hotel wieder betrat, klang aus den Räumen des Restaurants die Musik einer Jazzkapelle. Sie lockte ihn nicht. Da er sich ein Schlafzimmer mit einem kleinen Salon genommen hatte, dessen Balkon auf das Meer hinausging, ließ er sich ein leichtes, aber ausgesuchtes Abendessen im Zimmer servieren und saß dann bei einer Flasche Chateau Lascombes, Spätlese aus dem Jahre 1929, dessen Bukett und feine, vornehme Art ihm der Sommelier nicht hatte zu rühmen brauchen, denn er kannte den Wein.

Die Deckenlampe war gelöscht worden, es brannten nur noch die drei Wachskerzen, die ihm in einem silbernen Leuchter auf den Tisch gestellt worden waren, und aus seinem bequemen Sessel schaute er durch die offenstehende Balkontür auf das Meer, das im Dunkel vor ihm lag und offenbar ganz ruhig war, denn es war kein Rauschen zu vernehmen. Aber sosehr ihn der Erfolg seiner Unternehmung befriedigen konnte, so war er doch in Gedanken ganz woanders. Er dachte an den Mann, den er jetzt so gern bei sich gehabt hätte, an seinen ebenso schwierigen wie wackeren Begleiter Cyprian Bombardon, an den braven Neunauge, der diese Stunden höchstwahrscheinlich in recht unbehaglichen Umständen zubringen musste.

Dieser treffliche Neunauge … Sie kannten einander nun seit so vielen Jahren. Bei allen Expeditionen war er dabei gewesen. Auf jeder hatte er bei der kleinsten Schwierigkeit losgepoltert. Er glaubte eigentlich, alles besser zu wissen, er kam immer mit irgendwelchen Widersprüchen, aber damals, als sie in den Klauen Ali Bardur Khans mit ihrem sicheren Ende rechneten, hatte Neunauge dem Tode mit einer männlichen Gefasstheit entgegengesehen, die vorbildlich war. Was hatte der gute Kerl immer für Pech gehabt! Wie oft hatte Figur, GGs Jugendfreund, ihm böse mitgespielt – und doch hatte er es nie übelgenommen. Wäre er nicht ein so ausgezeichneter Koch gewesen, so hätten sie den Gobernador der Bagno-Insel nicht für sich gewinnen können, so wäre die Befreiung des Mannes, der da schuldlos unter Schuldigen saß, nicht gelungen. Wäre Neunauge nicht auf den Einfall gekommen, die wilden Indianer des Amazonas zu fotografieren, so wäre wohl keiner der sechs Weißen lebendig aus dem Urwald herausgekommen, und die befreiten Kinder wären in einem schrecklichen Elend zugrunde gegangen. Und selbst als Neunauge in Arizona durch die Entdeckung einer Wasserquelle ein überaus reicher Mann geworden war, als er damit den kuriosen Traum seines Lebens hätte verwirklichen können, in Paris eine Gaststätte zu errichten, wie es sie in der ganzen Welt nicht gab, da hatte er es nicht übers Herz bringen können, sich von ihnen zu trennen, und welche Strapazen hatte er damit wieder durchmachen müssen ... Nein, dieser gewiss nicht leicht zu behandelnde Marseiller war ein treuer, zuverlässiger Mann, der sich für eine Sache begeistern konnte, ein Kerl von Wert. Er hatte sich um ihn jetzt nicht kümmern können, weil alles daran hing, dass der Waffentransport verhindert werden musste. Nun aber war das erledigt. Morgen Mittag, wenn die Patronen beiseite geschafft waren, fuhr er sofort zu den andern nach El Kasr – und dann war das nächste, dass er sich mit ganzer Kraft um Neunauge und Plumpudding kümmerte!

Durch das Dunkel glitt ein Schiff. Es steuerte aus dem Hafen ins offene Meer. Er sah die Positionslichter, das grüne an Steuerbord und die beiden weißen Topplichter; aus einigen Luken schimmerte es matt.

Der Graf trat auf den Balkon. Der Anblick der sich durch die Nacht bewegenden Lichter war schön. ‚Gibt es wohl', dachte er, ‚ein stärkeres Sinnbild für das Wagnis des Lebens als ein Schiff? Und erinnert nicht jedes Schiff an das Letzte und Tiefste – an den alten Charon, der die Toten in das Land hinüberbringt, aus dem noch keiner wiederkehrte?'

Das Schiff, das er mit den Augen verfolgte, drehte nach Backbord ab. Jetzt sah er die Topplichter nicht mehr, da sie nach hinten abgeschirmt waren, dafür leuchtete das Hecklicht zu ihm herüber, bis es schwächer und schwächer wurde und schließlich ganz verschwand.

Er sah nach der Uhr. Es ging auf elf. Er hatte Lust, sich noch etwas Bewegung zu machen. Er verließ das Hotel und schlug den Weg nach dem Hafen ein. Es war ihm eine Genugtuung, sich noch einmal am Anblick der *Dolores Varilla* zu ergötzen, von deren Ladung er einige gefährliche Kisten gekauft hatte.

Da lagen sie noch alle, die Schiffe, die er am Nachmittag so genau betrachtet hatte. Das Licht der Bogenlampen fiel auf sie, auf den Japaner, den Engländer, den Skandinavier, die beiden Franzosen – aber jetzt nahm ihm ein grässlicher Schrecken den Atem: Am Ende des Kais war ein Loch. Am Ende des Kais hatte die *Dolores Varilla* gelegen. Das Schiff war fort. Das Schliff mit den Patronen an Bord war abgedampft! Die Lichter, die er mit solcher Anteilnahme beobachtet hatte, hatten dem Frachter gehört, um dessen Ladung er geprellt worden war …

Ihn packte ein wilder Zorn. Er ging, so schnell er nur konnte, die kurze Strecke zum Bahnhof. Hier standen Taxis. „Zur italienischen Schule!", sagte er, und der Wagen fuhr mit ihm davon.

Er begriff nicht, warum ihn der Armenier so betrogen hatte.

Jetzt kam der Händler ja um den sicheren Verdienst! Der Graf glaubte nicht, dass Herr Sundukjan die Munition hatte abgehen lassen, ohne für sie bezahlt worden zu sein, und mit dem Gelde des Grafen hätte er doch noch einmal soviel in die Tasche gesteckt. Hatte Mkrtitsch Sundukjan ihn nur loswerden wollen?!

Das Taxi hielt. „Bitte warten Sie!" Der Graf stieg aus. Er drückte auf die Klinke des Gittertors. Es war nicht verschlossen. Der Armenier rechnete wohl mit nächtlichen Besuchern. Aber im Anbau war alles dunkel. Der Graf hämmerte gegen die Tür. Ein Fenster, das nicht zu dem Zimmer gehörte, in dem er den Armenier gesprochen hatte, erhellte sich. Jetzt wurde es auch in dem Raum hell, zu dem die Tür führte. Schlurfend näherte sich ein Schritt. „Wer ist da?" Das war die Stimme des Herrn Mkrtitsch Sundukjan.

„Machen Sie sofort auf!", rief der Graf. Auch seine Stimme war erkannt worden. Ein Schlüssel wurde herumgedreht, eine Kette entfernt. Die Tür ging auf. „Was ist denn?"

Vor dem Grafen stand der fette Armenier in einem Schlafanzug von lachsrosa Seide, die bloßen Füße in einem Paar alter, abgebrauchter Pantoffeln.

„Die *Dolores Varilla* ist fort!"

„Nein!", schrie der Händler auf, und sein Entsetzen war nicht vorgetäuscht. Als der Graf eingetreten war und ihm berichtet hatte, dass das Schiff weggefahren sei, sank er wie vernichtet auf die Chaiselongue. Er spielte nicht – der Verlust des doppelten Geschäfts traf ihn wie ein Blitz eine alte Wetterföhre.

„Dieser Hund von Kapitän!", stöhnte er. „Dieser schmierige Wasserkutscher! Die Haie spuckten ihn wieder aus, wenn er ihnen in die Zähne käme!" Hätte ihm der Dreckskerl, wie er sich unbekümmert ausdrückte, nicht sagen können, dass er in der Nacht abführe? Dann hätte er die Kisten am Abend noch herausholen lassen. Aber warum hatte der Lump ihm erklärt, er führe erst Montag Mittag ab? „Weil in dieser von Gott verfluchten Stadt keiner dem andern traut! Weil jeder noch Geschäfte hat, von denen der andere nichts wissen soll!"

Der Armenier erging sich in wilden Anklagen gegen das Schicksal. Seine Großeltern waren 1896 mit Tausenden von Armeniern von den Kurden niedergemetzelt worden, seine Eltern, seine Brüder, seine Schwestern hatte er in dem Blutbad von 1919 verloren – und jetzt betrog ihn ein hinterhältiger Kapitän um den bescheidenen Verdienst, den er sich mühselig erarbeitete.

‚Wahrhaftig', dachte der Graf, ‚man sieht es den Menschen nicht an, wodurch sie zu dem wurden, was Sie sind!' Aber zugleich packte ihn wieder die Erregung. Die Munition war fort. Die Munition kam zu den Berbern ...

„Wie lange bracht das Schiff bis El Kasr?", fragte er.

„Wenn der Kapitän direkt fährt, ist er in fünf Stunden dort", stöhnte der Armenier. „Aber wie soll ich wissen, wo der durchtriebene Gauner noch überall anlegt?!"

„Herr Sundukjan, ich bedaure, dass aus unserem Geschäft nichts wurde", sagte der Graf, dem Höflichkeit zur zweiten Natur geworden war, und bitte, mich zu entschuldigen – für mich ist jetzt Eile geboten!"

Er ging. „Wie viele Stunden brauchen Sie bis El Kasr?", fragte er den Chauffeur.

„War lange nicht da. Weiß nicht, in welchem Zustand die Straßen sind. Aber mehr als 45 Kilometer sind es nicht."

„Fahren Sie mich hin. Aber erst zum Hotel Rif."

Waha

Kurz nach halb drei Uhr stand der Graf vor dem Hotel Parador in El Kasr ala albaar. Es machte ihm Mühe, den Nachtportier wach zu klingeln, und der verschlafene alte Mann, der ein offenbar bewegtes Leben mit dem Verlust eines Auges hatte bezahlen müssen, zeigte nicht viel Interesse für den allzu späten Gast. Um nicht erst eine Treppe steigen zu müssen, brachte er ihn in ein freies Zimmer im Erdgeschoß. Auf die Frage des Grafen, welche Zimmernummer der deutsche Doktor habe, erhielt er die Antwort „Nr. 12 im ersten Stock", und als er sich anschickte, sich sofort dahin zu begeben, bat ihn der Einäugige, einen Augenblick zu warten. Er schlurfte davon und kam mit einem verschlossenen kleinen Briefumschlag wieder, auf dem keinerlei Name stand. Er bat den Grafen, das Papierchen, wie er sich ausdrückte, für den andern Herrn mitzunehmen. Es sei vor einer Stunde gebracht worden, er habe es jedoch nicht über sich gebracht, den Gast zu stören – „wenn der Schlaf nicht wäre, Señor, wäre es besser, man wäre ein kalter Hummer im Wasser als ein Mensch unter Menschen".

Der Graf unterdrückte die Bemerkung, nach diesem Ausspruch zu urteilen, habe der Nachtwächter doch wohl seinen Beruf verfehlt, und ging in den ersten Stock, in dessen Korridor wie im Treppenhaus die ganze Nacht Licht brannte. Es wäre wohl richtiger gewesen, vor allem den Chef über seinen Aufenthalt in Tanger zu unterrichten, aber sein Fehlschlag bedrückte ihn so, dass er es vorzog, sich erst einmal bei GG Trost zu holen.

Behutsam öffnete er die Tür; sie war nicht verschlossen. Als die Lampe des Nachttisches aufleuchtete, sah er, dass GG trotzdem auf der Hut war – er hatte sich aufgerichtet und seine Pistole in der Hand. „Entschuldigen Sie die Störung", sagte der Graf, „aber ich muss Ihnen mein bekümmertes Herz ausschütten!"

Als er mit seinem Bericht fertig war, setzte er noch hinzu: „Ich hätte mich nicht damit abfinden dürfen, dass die Kisten erst am andern Morgen vom Schiff geholt werden sollten. Ich hätte darauf bestehen müssen, dass das noch am selben Abend geschah …"

„Ich glaube nicht", erwiderte GG, „dass der Armenier sich darauf eingelassen hätte. Denn Sie hätten ihm dann einen Scheck in die Hand gedrückt, von dessen Güte er sich am Sonntagabend nicht hätte überzeugen können."

„Sie machen mir damit das Kompliment, dass es mir gelungen ist, wie ein Schwindler zu wirken, aber Sie unterschätzen Herrn Mkrtitsch. Wenn er den Eindruck gehabt hätte, der Scheck wäre faul, hätte er ihn ruhig genommen und ihn binnen einer Stunde irgend jemand anderem angeschmiert. Nein, ich habe versagt, und es bleibt mir nichts anderes übrig, als es dem Chef beizubringen."

„Sie haben Pech gehabt, und dem Chef ist es auch nicht zum besten gegangen", antwortete GG und setzte nun den Grafen über das in Kenntnis, was sie mit Kobus Kinnebak erlebt hatten.

„Glück im Unglück", meinte der Graf, „aber nur noch drei Tage, bis der Sturm losgeht!"

„Die Gewehre sind bei den Beni Bechiri, aber die Munition kommt hierher", sagte GG.

„Vielleicht treten die Berber hier an, um ihre Patronen zu fassen!"

„Also müssen wir dafür sorgen, dass sie nicht mehr da sind, wenn die Reiter kommen", sagte GG entschieden. „Kommen Sie, wir wecken den Chef."

„Aber ich habe ja noch einen Brief für Sie! Jetzt hätte ich um ein Haar auch das noch verpatzt."

GG, der aufgestanden war, nahm das Briefchen, öffnete es, überflog die wenigen, arabisch geschriebenen Zeilen und stutzte.

„Eine neue Katastrophe?", fragte der Graf.

GG las vor: „Verliere keine Zeit mit dem, was schwimmt. Es kommt an, aber es kommt auch nicht an. Sorge dich nicht um deine Brüder. Auch der Maulwurf, den du nicht siehst, fühlt sich da wohl, wo er ist."

„Das, was schwimmt?", überlegte der Graf. „Die Munition schwimmt! GG – führt uns der Malteser hinters Licht? Will er uns davon abhalten, die Patronen zu beseitigen, indem er uns vorgaukelt, das würde schon besorgt?! Und unsere Brüder – sollen wir uns nicht um Neunauge kümmern und um Plumpudding? Ist das nicht alles doppelsinnig? Sagt man nicht auch gern von einem Toten, nun sei ihm wohl?"

„Ich glaube nicht", antwortete GG, nachdem er die Fragen des Grafen bedacht hatte, „dass dies von dem Malteser kommt, obwohl ihm eine solche Täuschung zuzutrauen wäre. Sehen Sie hier …" GG zeigte ihm die Zeichen, mit denen die Nachricht unterschrieben waren. „Das lese ich ‚waha'."

„Und was heißt das?"

„An sich gar nichts – aber es sind die Anfangsbuchstaben der vier Worte, welche die Losung bilden, mit der ich zum Wekil vordringen kann, watano arrayul hueva alofok. Davon kann der Malteser nichts wissen. Es muss eine Botschaft vom Wekil sein, nur so unbestimmt abgefasst, dass sie nichts sagt, wenn sie in unrechte Hände fällt."

Der Graf hatte sowohl gegen die Verstimmung über seinen Misserfolg wie gegen Müdigkeit kämpfen müssen; jetzt aber lebte er auf. „Ich habe nie daran gezweifelt, dass Neunauge nicht aus dem Sattel zu werfen ist – aber wir müssen zum Chef. Mit Ihrer guten Nachricht über Plumpudding schluckt er meine bittere Pille besser."

Der Chef hörte sie aufmerksam an. Es war erstaunlich, wie er, aus tiefstem Schlaf geweckt, sofort ganz bei der Sache war. „Haben einige Treffer einstecken müssen", sagte er, als der Graf und GG ihm mitgeteilt hatten, was er noch nicht wusste. „Sind aber noch nicht in der letzten Runde." Er schlug vor, dass Tschandru-Singh sofort zum Hafen geschickt würde, damit er ihnen melden könnte, ob die *Dolores Varilla* eingelaufen wäre. „Kommt am Ende gar nicht", sagte er. „Wird vielleicht unterwegs ausgeraubt!"

„Ich hoffe, dass der Wekil noch andere Mitarbeiter hat, die mehr Glück haben als wir!" Der Graf seufzte bei seinen Worten.

„Unsinn", brummte der Chef. „Plumpudding, Neunauge leben – werden auch wieder flott, Graf!"

Damit legte er sich auf die Seite und war sofort wieder eingeschlafen.

„Wie Napoleon", sagte der Graf, als er die Tür leise geschlossen hatte. „Der konnte auch jederzeit schlafen."

„Meinetwegen", antwortete GG, „aber vergessen Sie nicht: Napoleon hatte kein Herz. Und der Chef hat eins."

Der Graf ging in sein Zimmer, und GG weckte Tschandru-Singh.

Feuer im Schiff

Die überraschende Wendung, die der Sache des Teams einen jähen Anstoß geben sollte, kam schon am nächsten Morgen. Gegen neun Uhr hatte Tschandru-Singh gemeldet, die *Dolores Varilla* wäre eingelaufen. Er wurde wieder zum Hafen geschickt, um zu beobachten, was dort mit ihrer Ladung geschähe, als das Ereignis eintrat, das sie in seinen Strudel riss, damit zugleich aber dem Chef die große Möglichkeit gab, die erlittenen Schlappen mit einigen Beilhieben wieder wettzumachen.

Die drei Männer saßen noch beisammen und überlegten hin und her, wo sie nun ansetzen sollten, um voranzukommen, als sie von der Straße her wildes Schreien und Rennen hörten. Ihr erster Gedanke war, die Berber wären gekommen, um sich ihre Patronen zu holen, und das war ein erschreckender Gedanke – war dann überhaupt noch etwas zu retten? War denn eine Lawine aufzuhalten? Sie stürzten die Treppe hinunter zur Eingangstür des Hotels. Dort waren schon Gäste und Kellner, das Personal aus der Küche und die Zimmermädchen zusammengelaufen, und alles schrie durcheinander. Aus dem aufgeregten Lärm war aber nicht zu hören, was denn nun geschehen war, und auf die hastige Frage GGs, die er an einige Männer richtete, bekam er keine klaren Antworten, sondern hörte nur etwas von Dynamit und einer entsetzlichen Gefahr für die Schiffe, für den Hafen, ja für die ganze Stadt, was er dem Chef rasch sagte.

„Zum Hafen!", überschrie der Chef das Getümmel. Sie bahnten sich einen Weg zur Straße, und als sie aus dem Haus heraus waren, erreichte sie Tschandru-Singh. „Das Schiff brennt! Das Schiff brennt!", keuchte er. „Welches Schiff?", fragte der Chef scharf, böse über die ungenaue Meldung. „Das Schiff mit den Patronen!"

„Zum Hafen!", befahl der Chef wieder, aber das war leichter befohlen als ausgeführt, denn in der Straße, die zum Hafen führte, quoll ihnen von dorther eine Menschenmenge entgegen, die von einer Panik erfasst war. Männer, die irgend etwas gepackt hatten, das ihnen im Augenblick des ersten Schreckens wertvoll erschienen war, Frauen, die sich mit ihren Kindern beladen hatten, Halbwüchsige und uralte Gestalten – wie ein Wildbach tobend schoss ihnen diese Menschenflut entgegen. Keiner der Unzähligen wäre imstande gewesen, zu sagen, was eigentlich vorgegangen war, denn die namenlose Angst, die sie gepackt hatte, nahm ihnen den Verstand und steigerte das Geschehene ins Entsetzliche. Auf der *Dolores Varilla* war plötzlich Feuer ausgebrochen; damit war die Aktion in Gang gekommen, auf die der geheimnisvolle Zettel an GG hingewiesen hatte. Die Schiffsmannschaft, die über den Inhalt der Kisten, die sie in Tanger an Bord genommen hatten, Bescheid wusste und kein Verlangen hatte, von explodierenden Patronen zerrissen zu werden, dachte nicht daran, das Feuer zu löschen. Die Leute nahmen sich nicht einmal die Zeit, in die Boote zu gehen. Sie sprangen Hals über Kopf ins Wasser und schwammen die kurze Strecke bis zum Ufer des Hafens. Hier aber packte sie doch so etwas wie Scham, dass sie so Hals über Kopf die Flucht ergriffen hatten, und der Menschenmenge, die zusammengelaufen war, um sich am Anblick eines brennenden Schiffes zu ergötzen, schrien sie zu, der ganze Kasten liege voll Dynamit, und wenn die Flammen es erreichten, dann bleibe von dem, was sich im Hafen und am Hafen befinde, nichts mehr übrig, worauf sich alles in wilder Flucht zu retten suchte.

Um mit dieser Menschenflut fertig zu werden, gab es ein einziges Mittel – nur dadurch, dass sich die vier Männer dicht an die Häuserwände drängten, konnten sie sich vorwärtskämpfen. Der Chef ging voran. Wie ein Eisbrecher die Schollen aufbricht und sie mit seinem scharfen Bug beiseite drückt, so schob er die Menschen zur Seite und machte damit den drei andern Bahn, doch mussten sie sich immer dicht hinter ihm halten, um nicht wieder von den Menschen weggespült zu werden. Dass in dem brennenden Schiff die Patronen vernichtet würden, war natürlich jedem von ihnen klar. Aber sie verließen sich nicht darauf, das abzuwarten. Sie durften nichts mehr dem Zufall überlassen: Dazu war es zu spät.

Endlich hatten sie den Hafen erreicht. Er war menschenleer. Es gab hier keine Kais, an denen die Schiffe anlegten; sie ankerten in der natürlichen Bucht. Außer dem Frachter, aus dessen Mittelteil dicker schwarzer Qualm aufstieg, lagen noch drei andere Schiffe vor Anker. Auf ihnen war jetzt alles in Bewegung, denn jedes sollte in höchster Eile das Meer draußen erreichen, um den fürchterlichen Folgen der erwarteten Explosion zu entgehen.

An einem hölzernen Steg, der ein kurzes Stück in das Hafenwasser ragte, lagen ein paar Boote. Der Chef sprang in das kleinste, das etwa fünf Meter lang war. Die andern folgten ihm. „GG ans Ruder!" GG setzte sich an den Ruderplatz, Tschandru-Singh brachte sich am Steven unter, der Graf hockte sich vor GG auf den Boden des Boots, und der Chef, in der Mitte, nahm die beiden Riemen in die Hände. „Los!" GG löste das Tau, mit dem das Boot festgemacht war, und der Chef lenkte es vorsichtig aus den andern Booten heraus, die es umgaben. Dann aber legte er weit aus, zog mächtig durch, lehnte sich wieder weit zurück, und mit diesem immer gleich festen Einsatz und dem stets gleichmäßigen Durchziehen schoss das Boot auf den Frachter zu, aus dem der schwarze Qualm hervorquoll und dicker und dicker wurde.

Die *Dolores Varilla* war ein kleiner Frachtdampfer von höchstens fünfhundert Tonnen, seine Maschine nicht stärker als 50 PS. Der Rauch des Feuers, das, wie die vier im Boot wussten, angelegt worden war, stieg mittschiffs auf, wo die Kombüse und der Maschinenraum lagen. Die gefährliche Fracht konnte, wie der Chef während seines angestrengten Ruderns überlegte, entweder in dem Laderaum des Vorschiffs liegen oder achtern. Vielleicht aber waren die Kisten an Deck gestapelt; sie dann ins Wasser zu werfen, war nur eine Kleinigkeit. Dann war sogar noch Zeit, die Kisten zu zerschlagen, so dass die Patronen in ihren Packungen aus Pappe weggeschüttet werden konnten, wodurch sie für immer verloren waren.

Jetzt sah GG, der von seinem Sitz am Ruder ja das Gesicht dem Frachter zugewandt hatte, während der Chef dem Schiff den Rükken zukehrte, sich an Deck etwas bewegen, und er sagte hastig: „An Bord ist noch ein Mann."

„Soll mir ja nicht in die Quere kommen!", antwortete der Chef. Schon waren sie in Rufweite, und der Mann an Bord des Dampfers schrie ihnen etwas zu, das sie aber nicht verstanden. Es war der Kapitän. Er hatte am Abend vorher, wie der Armenier richtig vermutet hatte, mehr gebranntes Wasser zu sich genommen, als selbst sein ausgepichter Seemannsleib vertragen konnte. So war er etwas angeschlagen und hatte sich, nachdem der Anker gefallen war, noch einmal aufs Ohr gelegt, da er nicht die Absicht hatte, die Ladung vor Dunkelheit an Land bringen zu lassen. Aus einem schweren Schlaf war er durch den Ausbruch des Feuers unsanft geweckt worden. Keiner seiner ausführlichen Flüche hatte einen einzigen Mann der Besatzung dazu bringen können, an Bord zu bleiben und unter seinem Kommando das Feuer zu löschen. So stürzte er jetzt voller Hoffnung auf die vier Männer zu, welche die außenbords hängende Strickleiter heraufkletterten und von denen er glaubte, sie kämen, um sein Schiff zu retten.

Der barfüßige Mann, der nur in Hemd und Hose stak und dessen verwüstetes Gesicht dadurch nicht vorteilhafter wirkte, dass es unrasiert war, sah wenig nach einem Kapitän aus. Aber auch wenn er Admiralsuniform angehabt hätte, so wäre er vom Chef nicht rücksichtsvoll behandelt worden. Da der Mann nicht erwarten konnte, dass seine portugiesische Muttersprache von den Fremden verstanden würde, suchte er die englischen Sprachbrocken zusammen, über die er verfügte, und in einer Lautstärke, als seien die vier Männer noch immer weitab von seinem Dampfer, schrie er ihnen zu, das Feuer wäre noch zu löschen, aber er allein könnte es nicht. Sie müssten Wasser in Eimern an Tauen herausholen, damit das Feuer nicht weiter um sich griffe, sie müssten es ersticken.

Der Chef hörte gar nicht auf ihn. Er blickte sich rasch um. Keine Kisten an Deck. Auf den mit Decksplanken zugedeckten Laderäumen sah er nur Fässer, große Glasgefäße, die mit Korbgeflecht geschützt waren, landwirtschaftliche Maschinen und vor allem Bauholz.

„Wo liegen die Patronen?", herrschte er den Kapitän an.

Der machte eine wegwerfende Handbewegung, denn denen drohte noch lange keine Gefahr. „Achtern!", rief er und ahnte nicht, dass er seinem Schiff damit das Todesurteil gesprochen hatte. Zwar gelang es ihm noch, die vier Männer bis an die Feuerstelle zu bringen, aber hier sah der Chef, was der Kapitän immer gewusst hatte: Selbst wenn das Feuer weiterbrannte und je mehr es erfasste, mit desto größerer Schnelligkeit, würde es eine gute Weile dauern, bis es den Laderaum unter dem Achterdeck erreicht hatte. „Los! Los!", rief der Chef und stürmte dorthin. Die andern liefen ihm nach.

Der Kapitän geriet außer sich. Er dachte, die Männer hätten ihn nicht verstanden, er müsste ihnen noch einmal erklären, was zu tun wäre, und verzweifelt rannte er hinter ihnen her, stürzte aber, fiel schwer zu Boden und brauchte Zeit, wieder auf die Beine zu kommen. Inzwischen hatte den Chef ein wahres Glücksgefühl darüber gepackt, dass jener Laderaum nicht mit dem schweren Bauholz belastet war, sondern dass darüber die Fässer lagen. Sie waren zwar groß und hochgetürmt, aber ihren kunstvollen Aufbau hielten nur Taue zusammen, und als der Kapitän wieder hochgekommen war und auf die Männer einschrie, sah er zu seinem Entsetzen, dass der Chef mit einem an Bord aufgegriffenen Beil diese Taue zerhackte. Im letzten Augenblick sprang er zur Seite. Die schweren Fässer kamen donnernd ins Rollen, eins riss das andere mit. Mit ihrem mächtigen Gewicht krachten sie gegen die altersschwache Reling, brachen sie auf und stürzten ins Wasser.

Der Kapitän, der das alles sah, aber nicht begriff, was er sah, war nahe daran, vor Wut zu bersten. Er schrie auf die Männer ein, nicht mehr in notdürftigem Englisch, sondern in seinem heimischen Portugiesisch. Der Chef kümmerte sich weder um die Worte noch um die Gesten des Rasenden. Das Deck war jetzt frei. Vor ihnen lagen die Planken, die den Laderaum abschlossen, aber sie waren durch breite schwere Eisen gesichert, die ineinander verriegelt waren. „Alles aufmachen!", rief der Chef und riss mit einem Griff den ersten Riegel hoch. Während sich der Graf und GG noch am zweiten abmühten, stürzte der Chef schon zum dritten. Tschandru-Singh aber begriff, dass die nächste Gefahr vom Kapitän kam. Dem nämlich war nun aufgegangen, dass sich an sein todkrankes Schiff zweibeinige Hyänen gemacht hatten. Wenn er die *Dolores Varilla* auch nicht mehr retten konnte, so wollte er wenigstens mit diesen Räubern abrechnen, die an die Patronenladung wollten – nicht umsonst hatten die Kerle gefragt, wo sie untergebracht war. Aber er war ein Mann gegen vier. So machte er kehrt und rannte davon, um aus seiner Kajüte die Pistole zu holen, mit der in der Hand er der Übermacht gewachsen war. Der junge Inder jedoch sprang hinter den Deckaufbau, so dass ihn der Kapitän nicht sehen konnte, als er den schmalen Gang zwischen der Reling und dem Deckaufbau wieder zurückkam, die entsicherte Pistole in der Hand. Tschandru-Singh hörte ihn kommen, denn wenn er auch barfuß war, so war doch das Geräusch seiner nackten Sohlen zu vernehmen, weil der Kapitän rannte. Im Augenblick, wo er an dem versteckten jungen Burschen vorübersausen wollte, stellte der ihm ein Bein, und zum zweiten Male schlug der schwere Mann zu Boden, wobei sich seine Pistole krachend entlud.

„Was ist?!", rief der Chef.

„Nichts!", rief Tschandru-Singh zurück. „Der Käptn kann nicht mehr!" Er war schon dabei, dem Ohnmächtigen die Hände zu fesseln.

Während der Chef schon den fünften Riegel gelöst hatte, waren der Graf und GG endlich mit dem zweiten fertig. Damit waren die Eisenstangen lose geworden, und indem immer zwei von ihnen eine fassten, konnten sie alle ohne Mühe zur Seite geworfen werden. „Jetzt die Planken!", kommandierte der Chef, und nun hoben der Graf und GG wie vorher die Eisenstangen die Bretter auf und warfen sie zur Seite. Als sie auf diese Weise vier weggeschafft hatten, fiel das Tageslicht in den dunklen Laderaum, in dem sie unter allem möglichen Ladegut auch einige Kisten sahen. „Das reicht!", rief der Chef, nahm das Beil wieder zur Hand, sprang hinunter und hieb auf eine der Kisten ein, dass deren helles Holz zersplitterte. Patronen in dunkelbraunen Pappkästchen fielen heraus.

Das Schiff dröhnte dumpf von den Beilschlägen des Chefs, denn er schlug nicht mehr gegen die Kisten, sondern gegen die Bordwand, in deren krachendes Holz er ein Loch nach dem andern hieb, damit das Wasser eindringen konnte. Dann aber war er eins zwei drei wieder oben, schrie: „Fort!", und jeder wusste, dass es jetzt wieder an die Strickleiter ging. Der Kapitän war zu sich gekommen, schien aber ganz gebrochen zu sein. Wie ein Kind ließ er sich an die Stelle führen, von der aus sie das Schiff verlassen konnten. Als erster kletterte der Chef in ihr Boot, weil er den Kapitän in Empfang nehmen wollte, dem er nicht traute. Aber was sollte der noch unternehmen, nachdem Tschandru-Singh seine Pistole ins Wasser geworfen hatte? Sie nahmen ihm seine Handfessel wieder ab und machten ihm rasch klar, das Schiff sänke in kürzester Zeit. Er kletterte ergeben ins Boot. So schnell der Chef nur konnte, ruderte er fort, denn sie durften nicht in den Sog des untergehenden Schiffes kommen.

Als sie den Landungssteg erreicht hatten, versank die *Dolores Varilla*, die sich mit einer schweren Schlagseite mehr und mehr geneigt hatte, in die Tiefe, und das Wasser gurgelte und schäumte über sie weg. Der Kapitän sah es mit an. Er sagte nichts mehr. Über sein wüstes Gesicht liefen ihm die Tränen.

„Bin überzeugt", äußerte der Chef, „Kerl fährt auf eigene Rechnung. Machen Sie ihm bitte klar, GG, dass ihm sein Schaden ersetzt wird. Sieht nicht so aus, als ob er seine Versicherungsprämie bezahlt hat – und wenn schon: Versicherung zahlt in diesem Fall doch nicht. Sagen Sie ihm, wo wir zu erreichen sind!"

Ein neues Angebot

So schnell, wie sich das Gerücht über das angeblich mit Dynamit beladene Schiff, das jeden Augenblick in die Luft fliegen könnte, im Hafengebiet und dann in der ganzen Stadt El Kasr verbreitet hatte, so schnell machte auch die nächste Nachricht ihren Weg, die aufregende Kunde, dass drei Europäer und ein Inder zu eben diesem Schiff ruderten, um es zu retten oder um die Explosion unmöglich zu machen. Das schien unbegreiflich, denn wie konnten diese Männer aus dem furchtbaren Feuerschlag des Flammenschiffs lebendig herauskommen? Das war eine Sache, so aufregend und spannend wie die Geschichten der alten Erzähler, die an den Markttagen kamen und ihre Märchen für Männer erzählten, und schon lösten sich da und dort einige Menschen aus der panischen Flucht, um mit eigenen Augen zu sehen, was sich da abspielte. Vorsichtig, hinter Mauerwerk abgedeckt, spähten sie auf die Bucht des Hafens und sahen, wie das Boot an dem gefährlichen Schiff anlegte. Als es sich neigte und die eindringenden Wasser die Gefahr einer Explosion verringerten, standen schon überall Zuschauer frei und offen da – als es versank, entrang sich allen ein Freudengeschrei, und als die vier nun durch das Hafengelände dem Seetor zuschritten, durch das sie in das Innere der Stadt kamen, da umbrauste sie ein unbeschreiblicher Jubel. Keine Frage, sie waren die Helden des Tages, und aus den begeisterten Zurufen, mit denen sie überschüttet wurden, hörte GG immer wieder die Ehrennamen „Retter der Stadt, Lieblinge Allahs", ja sogar der „christlichen Scherifen". Im Hotel jedoch erreichte sie eine Ehrung, die für sie von größerer Bedeutung war. Denn hier suchte sie ein Rais der Palastwache des Herrn der Berge auf und überbrachte ihnen eine Einladung in die Schlossburg des Paschas. Er hatte sogar den Auftrag, sie sofort dorthin zu führen. Damit aber war plötzlich erreicht, was sie bis dahin zu erlangen gar nicht versucht hatten, nämlich den Pascha selbst sprechen zu können. Ein Gefühl des Glücks beschwingte sie: Nun hatten sie den verschlagenen Malteser doppelt überspielt – die Munition war vernichtet, womit die Gewehre wertlos geworden waren, und jetzt bot sich ihnen vielleicht noch die Möglichkeit, dem Pascha über den Verrat des Maltesers die Augen zu öffnen. „Wir nehmen Tschandru-Singh mit", sagte GG. „Noch ist das Spiel nicht zu Ende. Es kann sehr wichtig werden, dass auch er sich dort auskennt."

Welch ein andrer Empfang, als sie jetzt von dem Rais begleitet an den Torbogen kamen! Niemand fragte sie nach ihrem Begehren. Die hochgewachsenen Männer in den weißen Turbanen und den weißen Umhängen über ihrer bunten Montur standen Spalier, und jeder legte, als sie es durchschritten, die rechte

Hand an sein Herz. In der großartigen Marmorhalle des äußerlich so schmucklosen Palastes, die sie wieder durch die schmale Tür in dem Spitzbogen betraten, ward anscheinend der ganze Hof des Paschas versammelt. Die Herren, die fein gewebte Djellabas in unauffälligen Farben und grüne Turbane trugen, begrüßten sie nicht wie die Männer der Torwache, neigten aber die Köpfe, als sie an ihnen vorüber der weißen Marmortreppe zuschritten. Im ersten Stock führte sie der Rais wieder in das Gemach, das sie schon kannten, und der Malteser betrat den Raum gleichzeitig mit ihnen durch eine Nebentür. Wieder aber folgten ihm die drei Akli und blieben an der Tür stehen.

„Meine Herren", sagte er mit einer Herzlichkeit, die so warm klang, dass sie nicht zu unterscheiden vermochten, ob sie unübertrefflich gespielt oder doch echt war, „meine sehr verehrten Herren, ich hatte schon einmal das Vergnügen, Ihnen mitzuteilen, dass ich weiß, wer Sie sind und was Sie geleistet haben. Jetzt habe ich die Ehre, Ihnen im Namen des Paschas seine unbegrenzte Hochachtung auszusprechen. Es wurde ihm nicht etwa nur berichtet, was Sie vollbracht haben. Die Fenster seiner Gemächer gehen aufs Meer hinaus. Er hat selbst beobachtet, was Sie mit einem wahrhaft beispiellosen Mut unternommen haben. Denn wenn wir unter uns natürlich an das Märchen vom Dynamit nicht glauben, und das Bauholz, das für die Azoren bestimmt war, barg auch keine Gefahr – immerhin hätte die Explosion der Munition einigen Schaden anrichten können."

‚Wie bringt er es fertig', dachte GG, ‚von den Patronen zu sprechen, als sei ihm völlig gleichgültig, was mit ihnen geschehen ist?'

‚Das muss man sagen', dachte der Graf, ‚ein guter Verlierer!"

Nur der Chef dachte anders: ‚Samtpfoten! Aber wenn er zuschlägt, sind die Krallen wieder da!'

„Seine Hoheit der Pascha", fuhr der Malteser fort, „weiß echte Männer zu schätzen." Er klatschte in die Hände. Die Nebentür ging auf, ein Farbiger trat ein, der ein Tablett trug. Er hielt es dem Malteser hin, und der entnahm dem Brettchen, auf das ein Tuch von schwarzem Samt gelegt war, vier Ringe, die er seinen Gästen überreichte, worauf er den Diener wieder wegwinkte. Die kostbaren Fingerreifen waren von Gold und mit Diamanten besetzt; sie werden im Orient auch von Männern getragen.

„Eine so wertvolle Gabe", sagte GG, „verpflichtet uns, dem Pascha unsern Dank persönlich abzustatten."

„Schade, sehr schade", antwortete der Malteser. „Seine Hoheit ist leider etwas unpässlich. Überdies ist er in seiner erzwungenen Einsamkeit geradezu menschenscheu geworden. ‚Ein Adler im Käfig ist kein schöner Anblick', sagte er. Er möchte überhaupt niemand sehen. Sie glauben gar nicht, was es für mich Mühe gekostet hat, bei ihm vorgelassen zu werden. Dazu habe ich Monate gebraucht, und ich weiß ja, Ihre Zeit ist beschränkt ..."

Länger konnte er seinen Hohn nicht verbergen. „Aber ich werde natürlich Ihre Gefühle Seiner Hoheit eindringlich schildern!", sagte er und grinste sie an.

‚Krallen sind da!' dachte der Chef.

„Tja, meine Herren", fuhr der Malteser überlegen fort, „nun wollen wir wieder ganz offen miteinander reden. Sie werden doch nicht glauben, dass ich mich bei einer so wichtigen Sache auf eine einzige Karte verlasse! Die Munition, die mit dem Schiff kam, haben Sie, meine Herren, beseitigt, aber, Herr Graf, es ist Ihnen in Tanger entgangen, dass von dort auch eine Sendung über Land abgegangen ist. Manchmal ist der Seeweg gut, manchmal der Landweg – dass er sich auch zum Transport von Gewehren eignet, werden Sie inzwischen erfahren haben."

Dem Grafen war zumute, als hätte auf dieser Erde noch nie jemand so versagt wie er, und diese Erkenntnis war niederdrückend. Der Chef, der nach seinem Eingreifen heute morgen gemeint hatte, wieder festen Boden unter die Füße bekommen zu haben, sah nun weder Weg noch Steg. Nur GG zwang sich, den vernichtenden Worten des Maltesers nicht zu erliegen, so schwer ihm das auch wurde. Doch er glaubte, den schwachen Schimmer eines Einfalls entdeckt zu haben, und daran hielt er sich.

„Geben Sie doch auf, meine Herren", schlug ihnen der Malteser in gewinnendem Tone vor. „Ich habe Sie davor gewarnt, mich oder vielmehr meine Hilfsmittel zu unterschätzen. Sie haben nicht auf mich gehört. Ich bedaure es, dass Ihre beiden Kameraden das haben bezahlen müssen."

‚Plumpudding?!' dachte der Chef, und der Graf nicht weniger bestürzt: ‚Neunauge?!' Um sich nicht alles gefallen zu lassen, wollte GG sofort mit der Bemerkung dazwischenfahren, er wisse genau, dass beiden nichts geschehen sei, was ihm doch die Nachricht des Wekils versichert hatte. Aber dann fand er es besser, zu schweigen und auch das noch einzustecken. Vielleicht entlarvte sich ihr Gegner am ehesten, indem er sich von einem Triumph in den andern steigerte und schließlich die Beherrschung verlor.

Der Malteser wiederholte seine Aufforderung, den Kampf aufzugeben. „Ich mache es Ihnen leicht, meine Herren", sagte er dann. „Was ich Ihnen vorschlug, als ich das Vergnügen hatte, Sie kennenzulernen, das gilt immer noch: Steigen Sie bei mir ein! Sie sollen, das halte ich auch aufrecht, mit mir verdienen. Allerdings kann ich Ihnen jetzt nur noch sechs Prozent offerieren, denn Sie müssen mir eins zugeben – keine Ihrer Karten hat gestochen, und diesen Vorteil muss ich als Geschäftsmann natürlich ausnützen!"

Die Männer wussten kaum noch, was schwerer zu ertragen war – die Überlegenheit dieses skrupellosen Menschen oder seine Unverfrorenheit, sie einer solch niederträchtigen Haltung für fähig zu halten, und mit brennendem Blick hing Tschandru-Singh am Gesicht seines Sahibs: Wann würde er diese Viper mit einem einzigen Wort vernichten? Aber wieder schien es GG besser, zu schweigen. Wohl verlangte alles in ihm danach, und dem Chef und dem Grafen ging es nicht anders, dem Malteser die Antwort zu erteilen, die sich hier gehörte – doch war es nicht billig, eine Brücke rasch abzubrechen, aber wichtiger, immer noch so lange auszuhalten, bis sich ihr Gegner die Blöße gab, durch die er zu überwinden war?

Und dies war der Augenblick, in dem sich der mit allen Wassern gewaschene Erfolgsjäger verrechnete. Er legte ihr Schweigen falsch aus. Er meinte, sie antworteten noch nicht, weil ihnen sein Angebot zu niedrig schien, und wenn es um Prozente ging, kannte er keine Schwäche. Er musste diese Leute so mürbe machen, dass sie bereit wurden, um das zu betteln, was er ihnen anbot.

„Sie überschätzen immer noch Ihre Position", sagte er kalt. „Meine Herren, Sie mögen vortreffliche Dschungeljäger sein – aber in dem, was hier im Maghreb gespielt wird, kennen Sie sich nicht aus. Ich nehme an, Sie rechnen immer noch mit dem Wekil. Das ehrt Ihren Kinderglauben, aber nicht Ihren Verstand. Sie wissen, dass der Wekil Sie hergerufen hat. Aber Sie wissen nicht, wer mich darüber unterrichtete, dass Sie kommen und Ihre ersten Instruktionen bei Manasse Ben Isaak in Melilla holen würden!! Nicht etwa der Wekil – aber eine untergeordnete Figur, die diesen Schritt nur in seinem Auftrag unternehmen konnte. Damals hielt sich der Wekil nur eine Möglichkeit offen. Aber jetzt, wo die Gewehre bei den Freunden des Paschas sind, bei den Beni Bechiri, jetzt, wo auch die dazugehörige Munition auf den Rücken geduldiger Esel und Maultiere bei Bu Hamara angelangt ist – jetzt hat er begriffen, dass es nur noch eine Möglichkeit gibt, nämlich scheinbar mit dem Sultan, in Wahrheit aber mit mir zu gehen. In der Nacht des Verrats, wie Sie so dramatisch sagten, steht er auf meiner Seite. Bitte sehen Sie sich das hier an!"

Der Malteser holte aus seiner Brusttasche einen Briefumschlag. Er hatte das gleiche Format wie das Briefchen, das GG vom Wekil empfangen hatte, und als er der Hülle einen Zettel entnahm, glich der genau dem, den GG bekommen hatte. Das Blatt Papier enthielt nur wenige Worte in arabischer Schrift: „Hüte, was auf dem Wasser kommt und was für dich so wichtig ist, vor den acht Händen."

„Vielleicht haben Sie die Güte, die Nachricht Ihren Freunden zu übersetzen?", sagte der Malteser.

GG tat es. Der Chef und der Graf schluckten. Tschandru-Singh starrte voller Schrecken auf seinen Sahib. ‚Keine Unterschrift', dachte GG. ‚Natürlich. Aber auch kein Zeichen!'

„Ein Zettel!", sagte der Chef verächtlich. „Kann jeder schreiben. Mache mich anheischig, Ihnen zehn nach Wunsch geschriebene Zettel vorzulegen."

„Ist das auch Ihre Ansicht?", fragte der Malteser und sah GG an.

„Ich meine", antwortete der Gefragte, „diese Nachricht kommt vom Wekil."

„Ich danke Ihnen. Ich sehe, Sie täuschen sich über Ihre Lage nicht mehr." Der Malteser schien überaus befriedigt und fuhr mit diabolischer Heiterkeit fort: „Ich muss gestehen, dass ich Ihren Unternehmungen mit einer gewissen Spannung entgegensah. Dass Sie an der Schiffsladung Ihren Scharfsinn betätigen würden, war mir jedoch nicht wichtig, denn ich wusste ja, dass Bu Hamara im Besitz der Patronen war. Von daher hätten die Männer der Berge schon heute losreiten können, aber sie halten sich eben an ihren Mondkalender. Ich hatte es also keineswegs nötig, meine Leute auf Sie anzusetzen. Dass das Feuer auf dem Schiff ausbrach, war ein lächerlicher Zufall – aber als ich Sie durch mein Glas – übrigens ein ausgezeichneter Prismenfeldstecher, zehnfache Vergrößerung, eine vorzügliche deutsche Arbeit, mein Kompliment, Herr Doktor –"

GGs Gesicht blieb unbeweglich.

„Also als ich Sie das rauchende Schiff entern sah, hätte ich es – ich bin ganz offen, nicht wahr? –, hätte ich es für nicht ganz unerwünscht gehalten, wenn das Feuer die Munitionsladung vor Ihnen erreicht hätte und Sie mit dem verdammten Kasten in die Luft geflogen wären ..."

Er hatte das in seiner überlegen witzigen Art sagen wollen, aber auch er war nur ein Mensch. Für einen winzigen Augenblick verlor er seine meisterhafte Beherrschung, und seine Stimme wurde heiser von nicht mehr zu unterdrückendem Hass. Sofort aber hatte er sich wieder gefangen. Er räusperte sich, als sei ihm Speichel in die Luftröhre gekommen, hustete noch etwas und hatte dann seinen gewohnten Ton wiedergefunden. „Sie sehen, ich bin wirklich völlig offen zu Ihnen. Ich mache mich nicht besser, als ich bin – doch bin ich auch wieder der Schlechteste nicht. Das sehen Sie an meinem vorurteilslosen Angebot!"

„Geben Sie uns 48 Stunden Zeit", sagte GG.

Der Malteser zuckte die Achseln. „Wie Sie wollen, ich komme Ihnen gern entgegen. Aber wenn Sie dann noch annehmen – und ich bin überzeugt, Sie werden annehmen –, dann nur noch zwei Prozent oder allerhöchstens drei. Wer so spät mitgeht, ist ja am Risiko kaum noch beteiligt."

Dreimal 24 Stunden

Als die vier wieder im Hotelzimmer saßen, brauchten der Chef und der Graf nicht länger zu verbergen, wie niedergeschlagen sie durch ihre Misserfolge waren. Hatten sie denn auf ihren vielen Expeditionen jemals eine solche Kette von Niederlagen erlebt? Und woher kamen diese Fehlschläge – waren sie vom Unglück verfolgt, oder hatten sie selbst Fehler über Fehler begangen? Waren sie hier etwa an einen Gegner geraten, dem sie nicht gewachsen waren? Und der Wekil – was war mit dem Wekil? Der Graf und der Chef kannten nur die zweideutige Warnung, die er dem Malteser hatte zukommen lassen – aber in GG wachte der Verdacht wieder auf, dass sich der rätselvolle Mann vor ihm hatte verleugnen lassen.

„Hätte den Kerl am liebsten niedergeschossen", knurrte der Chef.

„Aber das hätte ja nichts mehr geholfen!", sagte der Graf. „Die Munition ist bei den Beni Bechiri. Damit ist überhaupt alles zu Ende. Heute ist Neumond – von morgen an nimmt er wieder zu. Warum sollen sie da nicht gleich morgen losgehen?"

Tschandru-Singh sah auf GG, ob er darauf antworten würde, aber sein Sahib ging stumm im Zimmer auf und ab, und so erlaubte er sich, daran zu erinnern, dass die Inder im Suk der Medina den dritten Tag nach Neumond als den Angriffstag genannt hatten.

„Haben damit gerechnet", warf der Chef ungnädig ein. „Haben bei allem falsch gerechnet. Verlassen uns auch noch auf falschen Termin!"

GG blieb stehen. „Heute ist Montag", sagte er, „also ist der erste Tag nach dem Neumond ein Dienstag. Im Maghreb ist der Montag ein Unglückstag, an dem man nichts unternimmt."

Der Graf verschluckte die Bemerkung, daran hätten sie sich vielleicht selbst halten sollen – wäre ihnen dann etwa weniger misslungen?!

„Aber die Berber in den Bergen", sagte GG weiter, „rechnen bestimmt noch mit dem alten Kalender, nach dem der Dienstag ein Tag des Unheils ist."

„Und wie sieht es am Mittwoch aus?", fragte der Graf.

„Ein gleichgültiger Tag, der Mittwoch. Aber Donnerstag, das ist der beste Tag der Woche, denn das ist der Tag, an dem nach dem Glauben der Mohammedaner der Prophet zum Himmel aufstieg. Ich bleibe dabei: Der Donnerstag ist der Tag des Sturms auf die Weiße Stadt."

„Heute, morgen, übermorgen", so rechnete der Graf. „Dreimal 24 Stunden. Ich bitte Sie um alles in der Welt, GG: Was können wir denn da noch tun?!"

„Liegen am Boden. Kommen nicht wieder hoch. Werden ausgezählt!" Der Chef machte eine Bewegung, die stärker als jedes Wort seine Meinung ausdrückte: erledigt, völlig erledigt.

„Ich finde", sagte GG, „unsere Position ist ausgezeichnet."

Der Chef stieß einen gefährlichen, drohenden Laut aus, und der Graf lächelte bitter, weil er dachte, GG wollte ihnen nur Mut machen, Tschandru-Singh aber atmete rascher. Er fühlte, jetzt griff sein Sahib ein, jetzt übernahm sein Sahib die Führung, und dass sein Sahib endlich den bösen Mann in der Burg matt setzte, davon war der junge Inder überzeugt. GG selbst war sich in seinem unablässigen Nachdenken jetzt klar geworden. Der Hoffnungsschimmer, den er in der niederdrückenden Zusammenkunft mit dem Malteser nur unbestimmt gesehen hatte, war ihm zu einem ganz gewissen Licht geworden, in dem er den Weg sah, den sie nunmehr zu gehen hatten.

„Warum fordert uns der Malteser immer wieder auf, mit ihm gemeinsame Sache zu machen? Hat er irgendein Interesse, seine teuflischen Gewinne dadurch zu schmälern, dass er uns daran einen Anteil zuschiebt? Warum baut er uns immer wieder eine Brücke? Dafür gibt es nur eine Erklärung: Seine Sache steht nicht so gut, wie es aussieht. Er will uns zu sich hinüberziehen, weil er uns immer noch fürchtet. Er hält es also für möglich, dass wir imstande sind, ihn im letzten Augenblick zu Fall zu bringen!"

GGs Worte hatten einen so werbenden Klang, dass es schwer war, ihnen zu widerstehen. Der Chef starrte auf ihn wie auf einen Hexenmeister, der imstande war, durch sein Zauberwort eine Wüste, in deren weglosem Sand sie sich heillos verloren hatten, in eine feste und sichere Straße zu verwandeln. Aber der Graf war ein zu kritischer Kopf, als dass er sich so rasch gewinnen ließ. „Sie vergessen, dass die Berber die Patronen haben!", warf er ein. „Damit haben wir verspielt – und durch meine Schuld, muss ich sagen."

„Woher wissen Sie, dass die andere Munitionssendung bei den Berbern eingetroffen ist?"

„Aber das hat der Kerl doch gesagt!"

„Er hat schon mehr gesagt! Er hat uns vor den Chauffeuren gewarnt – ist uns bei unsern Autofahrten jemals etwas passiert? Herrschaften, der ist ein Levantiner, ein halber Orientale – der sieht Wunschbilder, die ihm aufsteigen, schon als Wirklichkeit an."

„Sie meinen, er blufft?!", rief der Graf aus und setzte sofort hinzu: „Aber sind Sie auch gewiss, dass er blufft?!"

Jetzt war GG bei der Überlegung, die ihn wieder zuversichtlich gemacht hatte: „Wenn die Berber nicht nur die Gewehre, sondern auch die Patronen in den Händen hätten, dann hätte der Malteser mit uns nicht wieder verhandelt. Dass er aber mit uns noch einmal anbändelte, das ist für mich der Beweis: Noch haben die Berber die Patronen gar nicht! Noch sind die Gewehre, die sie besitzen, nichts wert. Als er das Gegenteil sagte, hat er geblufft!"

War das zu widerlegen? War das nicht überzeugend? Hatten sie damit nicht doch noch die Hand im Spiel? Aber der Zettel des Wekils! Hatte er sie mit seiner Warnung nicht dem Malteser ausgeliefert? Was hatte es noch für einen Sinn, hier etwas zu unternehmen, wenn der Mann, der sie hergeholt hatte, mit dem unter einer Decke steckte, gegen den er sie gerufen hatte?!

Auch auf diese Einwände, die der Graf voller Erregung vorbrachte, hatte GG eine klare Antwort: „Mit dieser Warnung hat der Wekil erreicht, dass die Schiffsladung vernichtet werden konnte. Uns befahl er, nichts gegen das Schiff zu unternehmen. Den Malteser stachelte er auf, uns überwachen zu lassen, weil wir es auf das Schiff abgesehen hätten. Damit war seine Aufmerksamkeit auf uns gelenkt, nicht aber auf das Schiff. So konnten die Männer, die im Dienst des Wekils standen oder von ihm bezahlt worden waren, das Feuer ungestört anlegen. Der Wekil spielt gefährlich, aber nicht falsch! Und das Spiel geht weiter, Herrschaften – wie Sie sagten, Graf: heute, morgen, übermorgen!"

Der Chef sprang auf. „Noch drei Runden!"

„Aber alles hängt an der Munition!", rief der Graf aus.

„Wir fahren nach der Weißen Stadt", sagte GG, „als ob wir hier aufgegeben hätten. Unterwegs, in Dar Schaui, steigen Sie aus, Graf, und fahren wieder nach Tanger. Bei der Tankstelle dort gibt es Autos. Sie müssen herausbekommen, ob die Munition wirklich schon weg ist oder nicht. Wenn ja, kommen Sie sofort zu uns. Dann müssen wir mit dem Wekil zusammen die Karawane unterwegs aufgreifen. Ist sie noch in Tanger, dann –"

„ Verhindere ich ihren Abtransport!"

„Ja" – aber GG verbesserte sich. Denn jetzt hatte sich in ihm ein neuer Gedanke entzündet. „Das heißt: nein!"

„Nicht?", fragte der Graf bestürzt.

„Nein", sagte GG und sprach dann aus, was ihm eben wie eine

Eingebung gekommen war: „Sie lassen den Transport abgehen. Aber Sie sorgen dafür, dass die Kisten oder Säcke Patronen enthalten, die nicht in die gelieferten Gewehre passen!"

Neunauges Todesweg

Neunauge saß mit angezogenen Knien auf dem Fußboden einer elenden Gefängniszelle. Sie enthielt nichts – kein Lager, keinen Schemel, nicht einmal einen Strohsack. Durch eine vergitterte Öffnung, die unerreichbar angebracht war, kam am Tage ein wenig Licht und viel Hitze herein, und nachts, mit der Dunkelheit, peinliche Kühle. Nur eine dünne Decke hatte er hier vorgefunden. Er hütete sich aber, sie zu benutzen, denn seiner Meinung nach musste die Gefängnisverwaltung sie als ‚lebendes Inventar' verbuchen. Er hätte sich nicht gewundert, wenn sie sich selbständig durch die Zelle bewegt hätte, da sich unzählige jener sechsfüßigen Bewohner in ihr aufhielten, die von der Natur in bewundernswerter Weise dafür ausgestattet sind, bei einem Menschenwirt als unerwünschte Einmieter zu leben und es sich an seinem Blute wohl sein zu lassen.

Zwei Nächte und drei Tage hatte er jetzt hier verbracht, und das war Zeit genug, sich darüber klar zu werden, wie er hierher gekommen war, und es gab für ihn da keinen Zweifel mehr. Sein Fehler, sein entscheidender Fehler war gewesen, dass er den Hotelsekretär um Rat gefragt hatte, wo er wohl ein jeepähnliches Fahrzeug auftreiben könne. Der hatte ihn an Mahmud Ismael Sons verwiesen, und so war er von einem bezahlten Schuft zum andern weitergegeben worden, bis ihn die ebenso bezahlten Polizisten unter dem Vorwand, er habe ein Auto stehlen lassen, weggeschleppt und hier eingeliefert hatten. Kein Verhör, kein Protokoll – so konnte auch kein Untersuchungsrichter seine Vorführung verlangen. Noch lebte er, aber er war aus der Welt verschwunden, er war überhaupt nicht mehr da. Denn was ihm die Möglichkeit gegeben hätte, nun seinerseits die Wächter zu bezahlen, damit sie ihm aus dieser fatalen Lage hätten helfen können, war ihm mit einer unbeschreiblichen Gewandtheit von denen abgenommen worden, in deren Hände er zuerst gefallen war: Sein Geld war fort, seine Uhr – nicht einmal sein Taschentuch hatten sie ihm gelassen. Er besaß nichts mehr, was er seinem Wächter hätte anbieten können, und da er sich mit ihm in keiner Sprache verständigen konnte, war es auch unmöglich, ihm irgendwelche Versprechungen zu machen – ja, er hatte sogar in den Augen des Marokkaners jede Achtung verloren. Als der Mann nämlich in unbestimmter Hoffnung auf eine doch vielleicht zu erlangende Belohnung ihm das Wort „Konsul" zugeflüstert hatte, war Neunauges Antwort nur ein heftiges Kopfschütteln gewesen. Denn Neunauge hielt sich an das, was dem Team gesagt worden war – dass sie keinerlei Hilfe von irgendeiner Behörde zu erwarten und außerdem jeden Verkehr mit ihr zu vermeiden hatten, um nicht eine unerwünschte Aufmerksamkeit auf sich zu lenken. Diese Abmachung einzuhalten, war für ihn selbstverständlich, denn keinen Schritt zu tun, der die Lösung ihrer Aufgabe hätte gefährden können, war für ihn eine Sache der Ehre.

Damit aber war ihm in den Augen des Wärters das Urteil gesprochen. Denn ein Europäer, der es in einer solchen Lage verschmähte, den Konsul seines Landes zu bemühen, musste ein Verbrecher sein, der aus Europa geflüchtet war und den hier nun sein verdientes Schicksal ereilte. Aus diesem menschlichen Misswachs war nichts zu holen, und was Neunauge nunmehr zu erwarten hatte, deutete ihm sein Zerberus eindrucksvoll an, indem er sich mit der flachen Hand über die Kehle fuhr. Neunauge verstand vollkommen. Da war kein einziges Wort nötig.

Der leidenschaftliche Mann, dem die sprühende Art des Südfranzosen eigen war, hätte sich freilich in seine verzweifelte Lage doch wohl nicht ohne wilde Zornesausbrüche geschickt, wenn der unsichtbare Fallensteller in El Kasr nicht dafür gesorgt hätte, dass er in ein Gefängnis gesteckt wurde, das nicht der

Schutzmacht unterstand, sondern der Gerichtsbarkeit des Sultans. Nach alter marokkanischer Sitte herrschte hier noch der Grundsatz, dass die Verpflegung der Gefangenen nicht etwa Sache der Gefängnisverwaltung wäre, sondern dass es die Pflicht der Familie oder der Freunde war, für den Unglücklichen zu sorgen, der durch das „Tor der Tränen" wanderte, wie der Eingang zu diesem trostlosem Hause hieß. Da aber Neunauge weder Weib noch Kind und nur Freunde besaß, die nicht wussten, wo er geblieben war, und überdies keine Zeit hatten, sich um ihn zu kümmern, hatte er nun schon 34 Stunden lang nichts zu essen bekommen und nur einmal am Tag etwas Wasser trinken können. So war er in einem erheblich geschwächten Zustand, der ihm die Kraft nahm, gegen das Schicksal aufzubegehren, das ihm bevorstand.

Er saß, wie gesagt, auf dem Fußboden. Um die angezogenen Knie hatte er die Arme geschlungen. Dass in dieser geheimnisvollen Stadt Unbekannte, über die der Wekil Macht hatte, vielleicht ebenso für die Männer des Teams tätig waren wie die der anderen Partei gegen sie, war seine Hoffnung nicht. Er dachte überhaupt nicht mehr an die Zukunft, sondern nur noch an die Vergangenheit, an den langen Weg, der ihn in diese elende Zelle geführt hatte. Hier wartete er auf die Kerle, die an ihm jene Operation auszuführen hatten, die ihm der marokkanische Wärter so unmissverständlich vor Augen geführt hatte.

Dies war das Ende des Weges, und an dessen Anfang stand der Graf. Neunauge sah sich wieder bei Verdun in dem Unterstand, der durch schwere Granaten verschüttet worden war. Damals wäre es schon mit ihm aus gewesen, wenn der Graf nicht eingegriffen hätte. Die Deutschen hatten ihre Stellung gestürmt. Der Graf hätte sich retten können, aber er war geblieben, er hatte die Deutschen an die Stelle geführt, wo es ihn erwischt hatte, und mit ihnen hatte der Graf ihn ausgegraben. Zusammen waren sie dann aus dem Gefangenenlager geflohen – war es dann nicht selbstverständlich gewesen, dass er mit dem Grafen zusammen auf die wilden Expeditionen gegangen war?

Er dachte daran, wie der Graf in dem einsamen Tal der Kafiri die Kinder vor dem schleichenden Tode gerettet hatte, wie sie den Jungen und das Mädchen am Amazonas aus den Händen der Schakaräh befreit hatten, wie sie in Arizona den eiskalten verbrecherischen Mann zur Strecke gebracht hatten, der einen Unschuldigen wollte hängen lassen; es stand ihm wieder vor Augen, wie sie Carlos Delgado von den Qualen der Hölleninsel erlöst, wie sie den gefährlichen Adlerberg in Grönland gestellt hatten, wobei Figur, der arme Kerl, draufgegangen war. Von da gingen seine Gedanken nach Malaya und zu dem jungen Radscha, dem sie den Weg zum Thron seiner Väter gebahnt hatten, und dann war er wieder auf Sardinien, wo sie den König der Verfolgten vom Fluch der Blutrache erlöst hatten. Er vergaß, wie oft er mit den Männern hatte brechen wollen, um in Paris seine eigenen Wege zu gehen. All das, was ihm so plötzlich durch den Sinn und aus dem Mund gefahren war, wog nichts mehr gegenüber dem großen Gedanken: Wie vielen Menschen hatten sie nicht unter dem Einsatz ihres Lebens geholfen, und immer war er dabei gewesen. Sie würden ihn nicht vergessen, die Männer, wenn er hier in aller Verlassenheit umkam … Für eine Sekunde durchzuckte ihn eine Frage: Konnten sie denn überhaupt noch weitere Aufgaben lösen, wenn er nicht mehr dabei war? Aber mit diesen bohrenden Gedanken war er auf einen empfindlichen Nerv gestoßen, und wie wir Menschen nun einmal sind, ging er lieber schnell über ihn hinweg. In dieser Stunde wollte er sich nicht belügen. Er zog es deshalb vor, diese Frage unbeantwortet zu lassen, und wärmte sich darum an seiner Überzeugung, dass ihn keiner der fünf vergäße. Gewiss, wenn sie wieder in die Wildnis aufbrachen, brauchten sie einen neuen Expeditionskoch, und selbstverständlich hatte der Graf einen Begleiter nötig, der sich um ihn kümmerte – aber ist auf dieser Erde denn überhaupt ein Mensch unersetzlich? Wenn sie dann abends ohne ihn ums Feuer säßen, würde so manches schöne Männergespräch mit den Worten beginnen: ‚Damals, als Neunauge noch bei uns war –' Hoffentlich nicht allzu oft, dachte er, sonst bekäme sein Nachfolger wohl die niederdrückende Meinung, die Leistungen seines Vorgängers seien in keiner Weise zu erreichen.

Über diesem Grübeln war auch noch der dritte Tag hingegangen und die matte Helle nach und nach aus seinem jämmerlichen Loch gewichen. Hier hatte das nächtliche Dunkel seine uralte Macht, denn hier gab es kein künstliches Licht, und es schärfte die Sinne: Er hörte, wie sich draußen Schritte näherten. Das war ungewöhnlich um diese Stunde; aber vielleicht wurde wieder ein wehrloser Mensch in eine der Zellen gestoßen wie er vorgestern. Doch das Geräusch der Schritte endete vor der Tür seiner Zelle. Die Eisenriegel klirrten.

Er erhob sich. Er wusste Bescheid. Jetzt galt es, wie ein Mann zu sterben.

Die Tür ging auf, und im schwanken Licht einer Petroleumlaterne, die sein Wächter in der Hand hielt, sah er drei Marokkaner eintreten, von denen einer einen Sack, der zweite einen handfesten Strick, der dritte indessen nichts in der Hand hielt, als wäre er nur zum Vergnügen mitgegangen. Neunauge konnte nicht wissen, dass sich vor den dreien das Tor der Tränen geöffnet hatte, weil sie einen vom Wekil unterschriebenen Befehl vorgewiesen hatten, nach dem ihnen der gefangene Europäer auszuliefern sei. Dadurch hatte sich alles weitere Fragen erübrigt, denn wenn hier drei mit Strick, Sack und Auslieferungsbefehl erschienen, dann war allen Beteiligten klar, dass hier jemand beseitigt werden musste, den die Scherifische Majestät oder der Wesir alcosor lieber unter den Toten als unter den Lebenden wusste, wozu aber das Notwendige im Dunkel der Nacht vor sich zu gehen hatte, damit jedes unliebsame Aufsehen vermieden wurde. Dass die unheimlichen Drei erst heute kamen, weil es den unablässigen Bemühungen des buckligen Kundschafters nicht eher gelungen war, herauszuhorchen, was mit Neunauge geschehen war, konnte er ebenso wenig wissen oder ahnen. Für ihn schien die Absicht der Besucher klar, denn ihre Mitbringsel ließen keinen

Zweifel übrig, und wenn er noch irgendeine schwache Hoffnung gehabt hätte, so machte sie der Wächter zunichte. Der war ein ebenso genauer wie sachlicher Mann. Da er durch seine Handbewegung dem Gefangenen einmal angedeutet hatte, es würde ihm die Kehle durchschnitten werden, er aber offenbar erdrosselt werden sollte, so legte sich der Wächter jetzt, gewissermaßen um seine falsche Geste zu korrigieren, nicht wieder die flache Hand an die Kehle, sondern drückte sie sich mit seinen Fingern wie mit einer Kralle zusammen.

Neunauge ging, obwohl ihm vom Hunger schwach war, mit festem Schritt auf die Henker zu, und im Nu hatten sie den Sack über seinen Kopf gestülpt. Dann fassten ihn zwei, jeder an einem Arm, und so führten sie ihn, der nicht mehr sehen konnte, aus der Zelle hinaus.

Nur am Geräusch der Schritte und an dem Boden, den er unter seinen Füßen fühlte, konnte Neunauge vermuten, wohin es ging. Glatter Stein – das war der Gang, der in den Hof des Gefängnisses führte. ‚Also im Hof‘, dachte Neunauge. Doch dann ging es nicht nach rechts, wie er erwartet hatte, sondern nach links, und das war der Weg zum Tor.

Sie hielten ihn an. Er hörte Getuschel. Dann ging eine Tür auf, und sie schoben ihn weiter. Er stolperte. Da war eine Schwelle gewesen. Durch das Gewebe des Sacks spürte er kühlere Luft. Sie waren also im Freien.

Sie gingen weiter, Neunauge immer von den beiden Männern geführt. „Sei ohne Sorge, Fremder", flüsterte sein Begleiter zur Rechten ihm zu, „wir sind deine Freunde!"

Aber Neunauge verstand ja kein Arabisch und meinte, der Kerl wollte ihm Angst machen, indem er ihm angab, wie er ins Jenseits befördert werden sollte, und seine Antwort bestand nur in trotzigem Schweigen.

Das rief den Mann zu seiner Linken auf den Plan, der wieder dachte, der Europäer schwiege, weil er an den Worten des anderen zweifelte. „Wahrhaftig, Fremder", sagte er, „du hast in dieser

Stadt keine besseren Freunde als uns. Aber wir mussten uns als deine Mörder aufspielen, denn die Söhne Satans, die dich ins Unglück gebracht haben, sollen glauben, du seiest von uns in die Dschahannam geschickt worden. Du weißt, dass sie einmal dein Aufenthaltsort sein wird, da dir als Ungläubigen sich das Tor der ewigen Seligkeit niemals öffnen wird."

‚Rede soviel du willst, du Schurke', dachte Neunauge. ‚Ich mache dir nicht das Vergnügen, um mein Leben zu jammern.'

„Es tut uns leid", fing der erste wieder an, „dass wir dich mit einem Sack über dem Kopf durch die Stadt führen müssen, aber jeder, der uns erblickt, wird seinen Freunden erzählen, er habe mit eignen Augen gesehen, wie drei Muslim einen Ungläubigen auf Befehl seiner Scherifischen Majestät erdrosselt hätten. Du weißt, dass die Menschen immer mehr erzählen, als sie erlebt haben, und dass sie vor allem das erzählen, was sie gern einmal erlebt hätten!"

‚Es ist schade', dachte Neunauge, ‚dass ich dir auf die Unverschämtheiten, die du mir wahrscheinlich an den Kopf wirfst, nicht so antworten kann, dass du meine Worte verstehst. Aber große Dinge sprechen sich am besten durch Schweigen aus.'

Der zweite nahm die Gedanken des Mannes zur Linken auf: „Morgen früh wird in allen Suks der Medina von deinem Tode gesprochen, Fremdling. Noch am Abend wird in allen Suks von El Kasr darüber geredet, und das wird dem Caruana-Bay die Meldung bestätigen, die er am Morgen von seinen Leuten erhalten hat. Er wird sehr zufrieden sein, dass du tot bist, und der Wekil wird zufrieden sein, dass du lebst, dass aber niemand weiß, wo du bist."

Neunauge fühlte, dass sie schon eine ganze Weile über Steine schritten, die schräg lagen. Also waren sie vermutlich in der Medina, denn er hatte beobachtet, dass in den schmalen Straßen dort sich das Pflaster von beiden Seiten zur Mitte senkte, wodurch eine Art Rinne geschaffen war. ‚Sie werden dich in einem finsteren Loch der Eingeborenenstadt verschwinden lassen', dachte er.

Jetzt waren sie scharf um eine Ecke gebogen. Dass er in eine Sackgasse geführt worden war, konnte er nicht sehen. Sie hielten ihn an. Er hörte, wie sich eine Tür öffnete. Jemand drückte ihn von hinten auf den Kopf.

‚Es ist soweit', dachte Neunauge.

Aber der Jemand war nur darauf bedacht gewesen, dass der Vermummte sich nicht den Schädel an einer niedrigen Türöffnung stieß.

Jetzt zogen sie ihm den Sack vom Kopf. Er stand in einem erhellten Raum, der mit Teppichen ausgelegt war. An den Wänden weiche Diwane. In der einen Ecke saß, bequem an Kissen gelehnt, ein Mann. Ein Europäer. Er rauchte eine Wasserpfeife. Es war Plumpudding.

„Schönen guten Abend, Neunauge", sagte er. „Wie geht es dir?"

Neunauge war so aus allen seinen Gedanken gerissen, dass er kein Wort fand. Er drehte sich nach seinen Mördern um. Sie waren fort, in nichts zerronnen wie ein Spuk. Aber das war doch alles kein Traum – hier stand er leibhaftig, dort saß Plumpudding.

„Mensch", sagte Neunauge, „ich habe Läuse."

„Das ist gut", antwortete Plumpudding. „Das ist ein Zeichen dafür, dass du gesundes Blut hast! An Kranke gehen sie nämlich nicht."

Eine Tür klappte. Neunauge fuhr zusammen und drehte sich um.

Da stand der Bucklige und lächelte freundlich. Er brachte Brot und eine große Schüssel, aus der es dampfte und der Duft von gekochtem Hammelfleisch aufstieg. Neunauge sog ihn gierig in sich ein. Aber für seinen ausgehungerten Leib war das zuviel. Ohnmächtig sank er zusammen und fiel auf den weichen Teppich.

Patronen mit überstehendem Rand

Um sicher zu sein, den Fuchs in seinem Bau zu überraschen, blieb der Graf im Rif-Hotel und klopfte erst gegen vier Uhr morgens an die Tür, hinter welcher der Gesuchte hauste.

Der Anblick, der sich ihm dann bot, war für ihn nicht neu. Er hatte den Armenier ja schon einmal in seinem Schlafanzug von lachsrosa Seide gesehen, die bloßen Füße in abgetretenen alten Pantoffeln. Nur sah Herrn Mkrtitsch Sundukjans Gesicht diesmal noch unlieblicher aus, denn jetzt hatte ihn der Graf aus dem allertiefsten Schlaf geweckt. Er hatte sich entschlossen, den Händler durch Rücksichtslosigkeit zu überrumpeln und ihn ohne Erbarmen zu zwingen, ihm dienstbar zu sein. Das ging ihm gegen seine Natur. Aber was stand hier nicht auf dem Spiel?!

So wartete der Graf gar nicht erst ab, bis der verschlafen vor ihm stehende Mann ihn aufgefordert hatte, ins Haus zu kommen. Er trat in das Zimmer, indem er dessen Inhaber einfach beiseite schob. Er schloss die Tür, drehte selbst den Schlüssel um und zog ihn ab, was der verdutzte Mann sprachlos geschehen ließ, und nach diesem wirkungsvollen Beginn seines Auftritts schleuderte er ihm die Frage ins Gesicht: „Warum haben Sie mich betrogen?!"

Der Armenier begriff nicht, was der Kunde, mit dem ein schönes Geschäft leider nicht zustande gekommen war, jetzt noch von ihm wollte. Gestern Nacht hatte er ihm doch auseinandergesetzt, warum zu seinem Schmerz sich die Sache zerschlagen hatte: Weshalb kam der Mann in dieser Nacht damit schon wieder?! Aber gerade, weil er in seinem heimlichen Handel öfters krumme Wege einschlagen musste, liebte er es, die geraden Straßen zu preisen. So wurde er jetzt durch die beleidigenden Worte des Grafen hellwach und lehnte dessen Beschuldigung heftig ab. „Ich habe Ihnen schon einmal gesagt, dass ich kein Betrüger bin, mein Herr. Ich habe Ihnen schon einmal gesagt, mein Herr, dass ich selbst aufs schändlichste betrogen wurde. Nicht ich habe Sie betrogen, sondern der Hund von Kapitän hat mich betrogen, indem er mit den bewussten Kisten heimlich abgedampft ist! Aber wie ich gehört habe, hat ihn die Strafe des Himmels schon ereilt. Wir Armenier sind fromme Leute, mein Herr, und als Kind habe ich den Spruch gelernt: ‚Nicht jeden Wochenschluss macht Gott die Zeche.' Aber einmal hat die ewige Gerechtigkeit keine 24 Stunden gewartet! Der ganze Kahn ist versoffen, kann ich Ihnen versichern. Ich habe es aus bester Quelle. Vielleicht haben Sie auch schon davon gehört!"

Der Graf ließ das auf sich beruhen und sagte messerscharf: „Es handelt sich nicht um die Munition, mit der Ihr Kapitän wegfuhr. Es handelt sich um die Munition, die Sie an den gleichen Empfänger auf dem Landwege abgesandt haben – und die haben Sie mir verheimlicht!"

„Was?!"' schrie der Armenier auf. „Was?! Was?!" Er war so aufgeregt, dass er, ohne zu wissen, was er tat, seine lachsrosa seidene Jacke aufriss, wodurch eine so schwarz behaarte Brust zum Vorschein kam, wie man sie sonst eigentlich nur bei einem Gorilla zu sehen bekommt. „Von der Munition weiß ich nichts!"' beteuerte er. „Und es ist auch keine Munition hier abgegangen! Meinen Sie, Mkrtitsch Sundukjan wüsste nicht, wenn in Tanger Munition verkauft wird? Halten Sie mich für einen Anfänger, der nicht über den Markt orientiert ist?!"

Seine Empörung war nicht gespielt – das schien dem Grafen sicher, und seine Versicherung war das Beste, was er hätte hören können. Die Munition war also noch da. Jetzt ging es darum, sie in die Hand zu bekommen, und dafür musste der ausgekochte Händler gewonnen werden. Der Graf steckte erst einmal den Schlüssel wieder ins Schloss, um zu zeigen, dass er die Gewaltaktion aufgegeben hatte, und sagte dann sehr höflich: „Herr Sundukjan, es tut mir überaus leid, dass ich Ihnen zu nahe getreten bin. Ich bitte Sie, das zu entschuldigen. Das wird Ihnen vielleicht leichter, wenn ich Ihnen sage, dass es in dieser Sache um das Leben vieler Menschen geht, was mich in eine gewisse Erregung versetzte."

„Alles kann ich nicht verzeihen", antwortete der Armenier. „Wer immer verzeiht, der ermutigt nur die nackte Frechheit. Doch was Sie äußerten, weiß ich schon nicht mehr. Zu diesem Ohr ging's hinein und zu diesem wieder hinaus! Aber sagen Sie mir eins, Herr ... Herr ... – ich weiß ja noch nicht einmal, mit wem ich es zu tun habe!"

„Bitte sehr", sagte der Graf und überreichte ihm seine Karte.

„Gaston de Montfort, Comte de Darifant-Croy", las der Armenier halblaut.

„Eine sehr alte Firma", setzte der Graf erklärend hinzu.

„Mir nicht bekannt", erwiderte der Armenier und fragte misstrauisch: „Wieso wissen Sie etwas von Munition, die hier abgehen soll?"

Der Graf erklärte ihm mit großem Ernst, ohne seine Quelle zu nennen, er wisse, ein solcher Transport sei abgegangen oder solle abgehen. Wie wichtig und zuverlässig er unterrichtet sei, müsse Herr Sundukjan doch daraus schließen, dass er deshalb noch einmal mitten in der Nacht nach Tanger gekommen sei.

Der Armenier war unruhig geworden. „Die Konkurrenz", murmelte er überlegend. „Die schäbige Konkurrenz ... Sie gönnen einem nicht, dass man jeden Tag Fleisch in der Pfanne hat ..."

„Herr Sundukjan", sagte der Graf eindringlich, „ermitteln Sie, wer das Geschäft machen will! Es soll Ihr Schaden nicht sein!"

„Es ist m e i n Schaden", rief der Händler wütend aus, „wenn ein anderer das Geschäft macht und nicht ich!"

„Herr Sundukjan", begann der Graf wieder, „wenn Sie und ich in dieses Geschäft einsteigen können, dann sichere ich Ihnen einen höheren Gewinn zu, als bei der Sache, die Ihnen durch die Unzuverlässigkeit des Kapitäns entgangen ist!"

„Sie schickt mir ein guter Engel", erwiderte der Armenier. „Was mir am Sonntag gestohlen wurde, soll mir an einem Wochentag wieder ins Haus gebracht werden. Gehen Sie ins Hotel El Minzah oder ins Rif-Hotel oder in die Lutetia. Nehmen Sie sich ein Zimmer, legen Sie sich aufs Ohr. Jetzt ist es noch zu früh. Jetzt schläft auch der größte Gauner noch. Aber um neun geh' ich los, und ich sag' Ihnen: Um elf bin ich bei Ihnen im Hotel und weiß alles, was wir wissen müssen!'"

Der Graf gab an, er wohne wieder im Rif-Hotel, und um Viertel nach elf klingelte es in seinem Zimmer: Ein Herr Sundukjan möchte ihn sprechen. Ein Page brachte den Armenier zu ihm, und der aufgeregte Händler hielt sich nicht mit irgendwelchen Zeremonien auf. „Sie haben recht!", flüsterte er dem Grafen zu. „Abdullah el Ramat will das Geschäft machen! Heute Abend soll der Transport losgehen – genau wie meine Gewehre: erst mit dem Auto, dann mit Eseln." Ehe der Graf darauf etwas erwidern konnte, sprach Mkrtitsch Sundukjan schon weiter. Er schüttete seinem Zuhörer ein übervolles Herz aus: War es denn zu glauben, wie groß die Schlechtigkeit der Menschen ist? Er hatte dem unbekannten Kunden, der nur durch Mittelsmänner mit ihm verhandelt hatte, die bestellten Gewehre geliefert, ausgezeichnete Gewehre. Er hatte die Munition geliefert, die dazu gehörte – und dann hatten die Mittelsmänner dieselbe Menge auch bei der Konkurrenz bestellt. „Herr Graf, Anstand ziert und kostet nichts. Wenn es umgekehrt gewesen wäre, wenn sie bei Abdullah el Ramat Gewehre und Munition bestellt, hätten und sie wären dann zu mir gekommen und hätten bei mir auch noch Munition kaufen wollen, so hätte ich ihnen gesagt, so wahr wie ich Haare auf dem Kopf habe: ‚Soll ich Abdullah das Geschäft wegnehmen? Ihr habt euch an ihn gewandt, nun lasst euch von ihm auch bedienen!' Er ist mein Konkurrent, ich weiß es, aber ich bin ein Mensch mit einem lebendigen Herzen, und jedes Herz ist ein Stern, den der Allmächtige entzündet hat!"

Indem er das voller Leidenschaft vorbrachte, glaubte er auch, was er sagte, denn wir alle haben die Neigung, uns auch vor uns selbst darzustellen, wie wir sein sollten, und nicht, wie wir sind. Empört fuhr er fort: „Abdullah el Ramat weiß nichts von Anstand. Wie ein Schmutzgeier nimmt er ins Maul, was er kriegen kann. Verrecken soll er daran, der habgierige Räuber!"

„Herr Sundukjan, was können Sie tun, dass diesem Abdullah das Geschäft verdorben werden kann?"

„Nichts kann ich tun. Nichts will ich tun. Ich kümmere mich nicht um seine unsauberen Geschäfte." Er setzte sich auf den erstbesten Stuhl, so hatte ihn die Aufregung mitgenommen.

„Herr Sundukjan, das kann ich nicht billigen. Sie können das nicht einfach hinnehmen."

„Soll ich etwa hingehen und diesem Schurken ins Gesicht spucken?!"

„Das wäre sicher eindrucksvoll, aber es führte zu nichts."

„Doch, er würde mir ein Messer in den Bauch stoßen, und was habe ich davon?"

„Richtig, Sie müssen etwas davon haben, und das sollen Sie auch. Aber Sie sollen an den Patronen auch noch verdienen, Herr Sundukjan!"

„Ich kann nicht verhindern, dass sie heute Abend verladen werden!" rief der Armenier und sprang wieder auf.

„Die Kisten sollen auch abgehen", sagte der Graf langsam.

„Aber können Sie nicht erreichen, dass die Kisten, die da eingeladen werden, Patronen enthalten, die nicht in die von Ihnen gelieferten Gewehre passen?"

Herr Mkrtitsch Sundukjan stand mit offenem Munde da. Der Ausdruck seines Gesichts gewann dadurch nicht, aber der Graf war von diesem Anblick durchaus befriedigt, denn er machte ihm Hoffnung, dass der Fisch auf seinen Köder zuschnappen könnte.

„Stellen Sie sich das vor", fuhr er fort. „Die Kisten kommen an. Sie werden ausgeladen. Die Besitzer der Gewehre stürzen sich auf die Patronen. Sie wollen ihre Schießeisen laden. Aber die Patronen gehen nicht ins Magazin …"

Herr Mkrtitsch Sundukjan keuchte, so ging ihm der Atem.

„Was werden die Leute sagen?", fragte der Graf. „Sie werden vor Wut toben und schreien: ‚Dieser Sohn einer Hündin, dieser Abdullah el Ramat hat uns betrogen! Er hat uns Patronen geschickt, mit denen wir nicht schießen können! O hätten wir doch bei dem durch seine Solidität bekannten Mkrtitsch Sundukjan gekauft und nicht bei diesem Sohn und Enkel des Schaytan!'"

„Und Sie würden die Patronen, die nicht passen, bezahlen?"
Der Armenier zitterte vor Erregung.

„Hätten Sie denn geeignete Ware zur Hand?", fragte der Graf vorsichtig zurück.

Herr Mkrtitsch Sundukjan kam ganz nah an ihn heran und flüsterte: „Genau, was wir brauchen! 8 mal 57, mit überstehendem Rand! In das Gewehr M 98 gehen aber nur 8-mal-57-Patronen mit eingeschliffenem Rand. Auf den ersten Blick sind sie gar nicht voneinander zu unterscheiden!"

„Das wäre nicht schlecht"', sagte der Graf vorsichtig.

„Aber sie sind teuer, Herr Graf!" jammerte der Armenier. „Sündhaft teuer! Sie kosten noch einmal soviel wie die, die Sie vorgestern hätten haben können!" Er überging dabei, dass er ja die vertauschten Patronen behielt, wodurch er ein doppeltes Geschäft machte. Aber kam es dem Grafen darauf an?

„Herr Sundukjan, ich möchte ganz offen sein", sagte er.

„Offenheit", erwiderte der Armenier zustimmend, „ist der Spott der Schurken, aber der Schmuck des Mannes!"

„Was verbürgt mir, dass die Kisten wirklich vertauscht werden?"

„Mein heißester Wunsch, Herr Graf – mein Wunsch, diesem Erzbetrüger, diesem schleichenden Halunken einen Schlag zu versetzen, von dem er sich nie wieder erholt."

„Und Sie sind in der Lage, die Kisten vertauschen zu lassen?"
„Herr Graf", antwortete der Armenier stolz, „ihre Frage könnte mich kränken, aber im weiß, Sie kennen mich noch nicht näher. Ich bin mit drei Säcken Zucker aufs Zollamt gefahren. ‚Was ist in den Säcken?' fragen die Beamten. – ‚Zucker', sage ich. Sie machen den ersten Sack auf und probieren: Zucker. Sie machen den zweiten Sack auf: Zucker. Sie machen den dritten Sack auf: Zucker. Die Sendung geht ab. Und ich sage Ihnen nur so viel: Als der Emp-

fänger die Säcke bekam, war kein Zucker drin, sondern – aber lassen wir das. Ich werde Ihnen jetzt gleich meine Kisten zeigen, Herr Graf. Sie werden die Patronen sehen mit überstehendem Rand. Ich werde Sie wieder abholen, morgen früh. Sie werden wieder Kisten sehen, und wenn ich sie Ihnen aufmache, werden Sie die Patronen sehen, 8 mal 57 mit eingeschliffenem Rand – und dann erst gehen wir auf die Bank, Herr Graf!"

Wieder in der Weißen Stadt

Das Auto, das der Graf in Dar Schaui verlassen hatte, fuhr den Chef, GG und Tschandru-Singh weiter der Weißen Stadt zu. Es war Spätnachmittag geworden, und im Schein der sinkenden Sonne kamen ihnen Hirten mit ihren Ziegen und Schafherden entgegen, so dass sie langsam fahren mussten. Die Hirten ritten auf Maultieren, und aus großen Palmstroh-Taschen, die zu beiden Seiten ihrer Reittiere herabhingen, schauten die Köpfchen an diesem Tag geborener Lämmer heraus. Da sie noch nicht imstande waren, den weiten Weg selbst zu machen, hatten die Hirten sie so sorglich geborgen. Es war ein Bild, das in seiner tiefen Friedlichkeit ergriff, und als GG einem bärtigen Hirten zurief: „Allah wird gut zu dir sein, wie du gut bist zu deinen Tieren", lächelte der Alte beglückt und dankte mit einer feierlichen Handbewegung, als segne er die Fremden.

Jetzt hatten sie die Militärstation wieder erreicht, die bei ihrer ersten Fahrt nach El Kasr die Aufmerksamkeit des Chefs hervorgerufen hatte. Nun sahen sie, was ihnen damals im Morgenlicht nicht aufgefallen war: Der ganze Hang des Hügels, aus dem die Betonschlitze der Bunker lauernd blickten und auf dessen Kuppe die grauen Zelte standen, war mit blühendem Mohn übersät. Im Licht der Abendsonne flammte das tiefe Rot der erstaunlich großen Blüten, als glühte der ganze Hang. Von oben aber klangen über diese glühende, blühende Erde Trompeten und Hörner, denn es war die Stunde, in der die Hornisten der Legion ihre Signale zu üben hatten, und sie schmetterten ihre Fanfaren hinaus in das schweigende Land – alle diese anfeuernden, aufreizenden Klänge, welche im Ernstfall des Kampfes Mann gegen Mann die Menschen aus sich reißen sollten, damit sie Unmenschliches zu vollbringen vermochten und im wilden Rausch des Angriffs die Gefahr nicht mehr fürchteten. ‚Wie viel Blut', dachte GG, ‚ist über diesem afrikanischen Boden nun schon geflossen, weil immer wieder ein neuer Eroberer sie als willkommene Beute vor sich liegen sah' – und es war ihm, als färbe das vergossene Blut, das die Erde getrunken hatte, den Mohn so rot, der hier wuchs. Zugleich aber packte ihn eine leidenschaftliche Erbitterung gegen den Malteser, der in verbrecherischer Herzenskälte bereit war, in diesem Lande wieder Blut fließen zu lassen, nur um damit ein Geldgeschäft zu machen. Nein, das durfte ihm nicht gelingen. Bekamen die Beni Bechiri die falschen Patronen, dann waren sie so wehrlos wie bisher. Was aber wurde, wenn der Graf kein Glück hatte? GG musste den Wekil sprechen. Sie mussten mit ihm Vorkehrungen für den schlimmsten Fall treffen. Der Chef dachte dasselbe, denn als sie das Auto verlassen hatten und ihr Hotel betraten, sagte er entschlossen zu GG: „Mundspitzen reicht nicht mehr. Muss gepfiffen werden. Haben die Berber die Munition, muss man sie hindern, die Berge zu verlassen." Das hieß: offener Kampf, das hieß Blutvergießen. „Ich gehe sofort zum Wekil", flüsterte GG dem Chef zu – doch wie wurde er betroffen, als Kobus Kinnebak, der im Hotel auf sie gewartet hatte, berichtete, hier sei nichts weiter geschehen, nur habe er erfahren, dass der Wekil die Weiße Stadt verlassen habe, niemand wisse wohin.

Er war also wirklich fort – er hatte sich vermutlich nicht verleugnen lassen! Aber was konnte das bedeuten? Wollte er etwa nicht in der Hauptstadt sein, wenn der Malteser den großen Schlag gegen sie führte? Sollten in der Stunde des Sturms auf die Stadt keine Befehle durch seine Hand gehen, weil er den Sultan aufgegeben und sich für den Pascha entschieden hatte? Aber gerade dann musste GG ihn sprechen, musste ihm die Augen öffnen, dass er sich für ein Börsenmanöver hatte täuschen lassen – dann musste der Betrogene das Steuer in letzter Minute wieder herumreißen.

Was aber war jetzt unmittelbar zu tun? Sie konnten nur verabreden, dass Kobus Kinnebak sofort wieder nach El Kasr fuhr und dort aufpasste, während GG versuchen musste, zum Wekil zu gelangen. Als der Holländer abfuhr, machte sich GG sofort auf den Weg zum Palast.

Gleichmütig, wie ein neugieriger Fremder, schritt er wieder die breiten Marmorstufen hinan, die zu dem Haupteingang hinaufführten, der aus drei großen hufeisenförmigen Bogen bestand. Sie waren durch Flügeltüren verschlossen, die mit breitköpfigen vergoldeten Nägeln beschlagen waren. Links und rechts von ihnen, an der Brüstung einer Estrade, saßen wie in der Nacht zum Sonntag Soldaten der Palastwache. GG redete die Männer auf spanisch an, ob er den Palast besichtigen könne. Sie erwiderten, das sei wohl möglich, denn die Scherifische Majestät sei zur Zeit abwesend. Aber er müsse sich erst einen Erlaubnisschein besorgen, und sie nannten ihm die Stelle, wo der zu bekommen war. Er dankte und machte wieder kehrt.

Er hatte etwas Neues erfahren. Nicht nur der Wekil war also fort, sondern auch der Sultan! Er machte um den Palast einen großen Bogen, betrat die Medina, durchquerte sie und näherte sich dann dem Palast wieder durch eine enge Gasse, die zu beiden Seiten von Mauern eingefasst war, hinter denen offenbar Gärten lagen und an deren rechter Seite sich ein Nebeneingang zum Palast befand. Auch hier hielten sich Posten auf. Als GG ihnen aber auf arabisch sagte, er möchte den Rais der Palastwache sprechen, ließen sie ihn eintreten, und es dauerte nicht lange, da trat der Rais in den Vorraum, wo GG hatte warten müssen. Aber es war nicht der Offizier, den er in der Nacht gesprochen hatte.

„Friede sei mit dir, Sidi!", sagte GG.

„Und auch mit dir, Fremder!", antwortete der Soldat, der den Rang eines Hauptmanns hatte.

„Ich bitte dich, mich zum Wekil Seiner Scherifischen Majestät zu führen. Er kennt mich. Er wird sich freuen, mich zu sehen."

„Du kommst vergebens, Fremder", war die Antwort. „Der Wekil hat die Stadt verlassen."

„Dann sage mir bitte, wohin er gegangen ist, damit ich ihn dort aufsuchen kann. Meine Geschäfte sind dringend."

„Es tut mir leid", erwiderte der Rais sehr höflich, „dass ich dir auch diese Bitte abschlagen muss. Ich weiß nicht, wohin der Wekil geritten ist. „

„Aber er wird dir sicher gesagt haben, wann er zurückkommt?"

„Du überschätzt meinen Wert, Fremder. Ich bin nur ein Rais, der mit seinen Bewaffneten den Zugang zum Palast bewacht. Ich kenne die Gedanken der hohen Herrn nicht. Ich erhebe mich, wenn sie sich nahen, aber sie gehen an mir vorüber."

GG sah ihm fest in die Augen und sagte dann sehr leise: „Watano arrayul hueva alofok!"

Im Gesicht des Rais veränderte sich keine Miene. „ Warte noch drei Tage", sagte er langsam und flüsternd, „und der Wekil wird zurück sein!"

Drei Tage! Heute war Montag. Drei Tage: Dienstag, Mittwoch, Donnerstag – und der dritte Tag war der Tag des Sturms ...

Der Wekil

Eine entsetzlich drückende Last fiel von ihnen ab: Am Dienstag Abend traf der Graf im Hotel ein und versicherte, seiner festen Überzeugung nach wären aus Tanger die falschen Patronen an die Beni Bechiri abgegangen, und wenn sie unterwegs nicht durch einen höllischen Zauber von neuem vertauscht würden, dann gelangten die wilden Bergbewohner in den Besitz einer Munition, die an sich durchaus ihren Wert hätte, für sie aber nicht mehr bedeutete als Erbsen, nein, sogar weit weniger, denn die könnten sie immerhin noch kochen.

Mit einem Schlage sah die Welt für die Männer anders aus. Sie hatten die Nacht und den langen Tag in quälendem Warten verbracht, denn es gab nichts, was sie hätten tun können. Nun aber konnten sie ruhig zusehen, wie der Zeiger der Uhr Stunde um Stunde vorrückte – jetzt waren sie sicher, dass der Anschlag des Maltesers missglücken musste, dass die furchtbare Gefahr für die Weiße Stadt abgewendet war. Sie atmeten auf – doch nachdem diese Nervenprobe vorüber war und sie wieder an sich selbst denken konnten, sprachen sie nur noch von Plumpudding und Neunauge. Konnten sie wirklich den Worten des Wekils glauben, dass es den Verschwundenen nicht schlecht gehe? Von daher kamen sie dann immer wieder auf die andere beklemmende Frage: Konnten sie dem Wekil überhaupt glauben? Hatte der Malteser recht, als er ihnen sagte, der Geheimschreiber des Sultans arbeite für ihn und nicht für den Mann auf dem Thron, oder hatte GG recht mit seiner Meinung, die Warnung vor ihnen, die zweifellos vom Wekil an den Malteser gegangen war, beweise noch nicht, dass Nur din el Khalid sie verraten hatte? Es stand Vermutung gegen Vermutung. Es sprach gegen den Wekil, dass er die Stadt verlassen hatte – aber der Verdacht, den er dadurch erweckte, wurde auch wieder durch die Überlegung aufgehoben, dass er ja dem Sultan zu folgen hatte. Und wie stand es mit der Botschaft, die der Wekil doch offenbar für GG hinterlassen hatte? Kam er wirklich am dritten Tag zurück, oder hatte er mit dieser Weisung GG und sein Team nur nötigen wollen, kostbare Zeit ungenutzt verstreichen zu lassen?

Das musste sich nun am Donnerstagmorgen erweisen, an diesem gefährlichen Tag, an dem die Berber vorhatten, die Berge zu verlassen und in der Nacht darauf über die Weiße Stadt herzufallen. Als GG an der Nebenpforte zum Palast wieder den Rais bitten ließ und der auf seine Frage nach dem Wekil sofort antwortete, er habe den Auftrag, den Fremden zu ihm zu führen, durchzuckte GG ein Gefühl tiefer Freude. El Khalid hatte also Wort gehalten, er war zurückgekommen! Er hatte sie nicht getäuscht, sie hatten sich in ihm nicht getäuscht, und den Eindruck eines vornehmen und verantwortlich denkenden Mannes, den der Wekil in ihnen erweckt hatte, mussten sie bei sich nicht als falsch erklären, was bitter gewesen wäre. Trotzdem beschloss GG, als er, vom Rais begleitet, die Gemächer des Palastes durchschritt, sehr vorsichtig zu sein. Vielleicht war es doch nicht richtig, nur nach einem Eindruck zu handeln, und bestimmt war es nicht falsch, den Wekil so lange als einen Parteigänger des verschlagenen Mannes in El Kasr zu behandeln, als er nicht bewiesen hatte, dass er es nicht war. Das hieß, GG durfte über den Schachzug, der die Beni Bechiri matt setzte, nicht eher sprechen, als bis er gewiss war, auf welcher Seite denn der Wekil nun stand.

An einer Tür, vor der zwei Schwarze saßen, grüßte der Rais GG und verließ ihn dann. Einer der Dunkelhäutigen öffnete die Tür, und GG trat ein. In dem kleinen Gemach, in das er geführt worden war, stand der Wekil von einem Platz am Fenster auf, schritt auf GG zu und reichte ihm die Hand. Er sah abgespannt, überanstrengt aus, wie ein Mann, der keinen Schlaf mehr findet. Mit einer Handbewegung lud er seinen Besucher ein, auf dem Diwan Platz zu nehmen, und setzte sich zu ihm.

„Ich bin glücklich, Sie zu sehen", sagte er, „und zugleich fürchte ich, was Sie für Nachrichten bringen. Was haben Sie erreicht?"

„Nach dem, was wir erfahren haben, wollen die Beni Bechiri heute in den Bergen aufbrechen und in der Nacht die Hauptstadt angreifen."

„Das Gerücht blieb mir nicht unbekannt", erwiderte der Wekil. „Auch hörte ich, bei ihnen seien Gewehre eingetroffen. Deshalb ließ ich auf dem Schiff, das Munition nach El Kasr brachte, Feuer anlegen."

„Es ist aber noch ein Munitionstransport über Land unterwegs", sagte GG, und es entging ihm nicht, dass das Gesicht des andern für einen Augenblick Bestürzung zeigte. Jedoch hatte sich der Wekil sofort wieder gefasst, und GG war sich nicht darüber klar, ob jenes Erschrecken echt oder gespielt war.

„Davon wusste ich nichts", sagte der Geheimschreiber. „Ich habe in diesen Tagen mehr als einmal den Eindruck gehabt, dass wichtige Nachrichten nur an mich kamen, damit mir die noch wichtigeren verborgen blieben. Aber da Sie es wussten, hoffe ich, dass Sie etwas dagegen tun konnten?"

„Wir haben es versucht", antwortete GG vorsichtig, fuhr aber dann sehr bestimmt fort: „Warum haben Sie den Malteser in El Kasr vor uns gewarnt?"

Er sah den Wekil scharf an. Ein Lächeln huschte über dessen Züge, aber es war rasch wieder fort. GG wusste nicht, ob es nicht doch vielleicht ein höhnisches Lächeln gewesen war – jetzt sah er nur wieder in ein übermüdetes Gesicht.

„Sie haben ein Recht, danach zu fragen", antwortete der Wekil, kam aber nicht weiter. Ein leises Geräusch verriet, dass ein Vorhang an der Schmalseite des Gemachs zurückgeschoben worden war. Mit lautlosen Schritten näherte sich dem Wekil, der sich erhoben hatte, ein junger Araber, flüsterte dem Geheimschreiber etwas zu und verschwand sofort.

Der Wekil drehte sich wieder seinem Besucher zu, setzte sich jedoch nicht wieder neben ihn. Ein Gedanke durchzuckte GG: ‚Das ist alles abgekartetes Spiel.' Aber sofort wehrte er sich gegen den Verdacht.

„Eine schlechte Nachricht", sagte der Wekil. „Bei den Beni Bechiri ist Munition angelangt."

Er schwieg und atmete tief. „Das macht alle unsere Bemühungen zunichte", kam es dann leise von seinen Lippen, aber sofort setzte er hinzu: „Das ist nicht als Vorwurf gemeint. Ich bin überzeugt, Sie haben getan, was möglich war. Allah schickt das Fleisch, aber den Koch schickt der Teufel …"

Keine Frage mehr – der Schmerz des Mannes war echt. GG schüttelte auch den letzten Zweifel ab. „Sidi", sagte er, „es macht nichts aus, dass die Beni Bechiri die Kisten mit den Patronen bekommen haben. Wir haben sie vertauschen lassen. Sie passen nicht in die gelieferten Gewehre!"

Der Wekil sah ihn an, als könne er gar nicht glauben, was GG eben geäußert hatte. Dann aber erfasste er das Geschehene. In seinen Augen leuchtete es auf, alle Müdigkeit war aus seinem strahlenden Gesicht entflogen. „Das ist die Rettung!", sagte er voll verhaltenem Jubel. „Das ist die Rettung! Welch ein Glück, dass Sie gekommen sind! Sie können ja nicht ahnen, was auf dem Spiele stand!"

„Die Männer und Frauen in den Suks der Medina können wieder ruhig schlafen", sagte GG.

„Mehr, viel mehr", erwiderte der Wekil. Er war wie beschwingt. Er war ein anderer Mensch geworden. Fort war sein übervorsichtiges Zögern, und von seiner Freude über die so von Grund auf veränderte Lage hingerissen, vertraute er sich GG rückhaltlos an.

„Jetzt kann ich reden", sagte er, „jetzt kann ich Ihnen auch Ihre Frage beantworten. Ich habe Sie und Ihre Freunde hergerufen, aber es war mir klar, dass der andere das früher oder später erfahren musste, denn in diesem Lande ist auf die Dauer nichts zu verbergen. Deshalb ließ ich es ihn wissen, und weil diese Nachricht aus meiner Umgebung kam, musste sie ihn sicher machen, dass er alles erfahre, ja dass ich angeblich schon zu ihm überging, indem ich ihn darüber unterrichtete, was gegen ihn im Gang war. Das Spiel, das er mit mir spielte, musste ich auch mit ihm spielen: Er musste Nachrichten bekommen, die viel besagten, aber doch nicht alles. Von den Gewehren kam erst nichts an mich durch. Aber von der Munition, die zur See abging, konnte ich erfahren. Dafür wurde mir wieder der andere Weg verschwiegen. Der Mann hätte gewonnen, wenn Sie nicht gewesen wären. Sie haben das Land gerettet."

GG machte eine abwehrende Bewegung. „Die Stadt wurde vielleicht vor schlimmen Stunden bewahrt, aber doch nicht mehr!"

„Mehr, viel mehr", sagte der Wekil wieder. „Sehen Sie, ich weiß seit langem: Der Pascha in El Kasr, der Herr der Berge, der am Meer sitzt, ist der Sultan, den der Maghreb in diesen Zeiten braucht, wo von Tanger bis Kabul aus der Erde die Feuer aufbrechen, die dort seit mehr als einem Menschenalter schwelen. Er ist der Mann mit der starken Hand und dem weitschauenden Blick. Die Scherifische Majestät aber, die den Thron innehat, ist müde geworden. Der Sultan weiß, seine Zeit ist um, und in unendlicher Mühe ist es mir gelungen, dass er dieser Wahrheit ins Gesicht sieht. Seine Hand ist nicht stark, sein Blick geht nicht zum Horizont, sondern er schaut nach innen. Er ist kein Mann, der handelt. Er ist ein weltabgewandter Mann, der sich der Betrachtung hingibt. Aber da er der Einsicht fähig ist, konnte ich ihn überzeugen, dass er für den Maghreb das Beste tut, indem er dem Besseren Platz macht. Sechs Tage war ich jetzt mit ihm fort. In der alten Burg des Gebirges, von der aus seine Vorfahren das Land einmal erobert haben, hat er die Urkunde unterschrieben, in der er abdankt und den Pascha von El Kasr zum Nachfolger ernennt."

Angespannt hörte GG ihn an. Längst war der Malteser vergessen.

Hier wurde Geschichte gemacht.

„Aber der Sultan ist, auch wenn er vom Thron steigt, ein Herrscher. Er kann das Geschlecht nicht vergessen, dem er entstammt. Aus freiem Willen gibt er die Macht hin – wenn jedoch ein Schuss fällt, wenn die Berber kommen, wenn der Pascha mit ihnen die Übergabe der Macht ertrotzen will, dann ist das Herrscherblut in seinen Adern stärker als die Einsicht seines Verstandes. Dann kennt er sich selbst nicht mehr. Dann wehe dem Pascha – aber auch wehe dem Sultan, wehe uns allen! Dann wird weder der Sultan der Sieger sein noch der Pascha, dann tut sich der Abgrund auf, und die blutige Ohnmacht wird herrschen, die so schlimm ist wie Macht, die missbraucht wird."

GG sah voller Bewunderung auf ihn. Nur din el Khalid war kein Herrscher, aber er hatte es auf sich genommen, die Geschicke der Herrschenden zu lenken und damit auch das Schicksal seines Landes. Aber nicht wie ein Spieler handelte er, sondern im klaren Bewusstsein, welche Grenzen dem Menschen gesetzt sind.

„Sie sehen jetzt", sprach der Wekil weiter, „was Sie und Ihre Freunde für uns erreicht haben. Für uns hier ist die Gefahr vorüber. Aber was Caruana-Bay gegen uns entfesseln wollte, kann sich gegen ihn wenden. Bitte gehen Sie sofort nach El Kasr und verhüten Sie dort das Schlimmste. Ich kann hier nicht fort. Ich muss bei dem Sultan bleiben. Wenn das Unglück will, dringt irgendeine Nachricht zu ihm, und er zerreißt die Abdankungsurkunde. Aber ich komme, sobald ich kann, und ich gebe Ihnen eine Vollmacht mit, dass Sie im Namen Seiner Scherifischen Majestät handeln!"

Mit diesem Dokument in der Tasche verließ GG den Palast. Als er und seine Freunde nach El Kasr aufbrachen und das Auto schon vor der Hoteltür stand, zögerte der Graf: Sollte er nicht in der Weißen Stadt bleiben und sich um Plumpudding und Neunauge kümmern? Jetzt war doch vom Wekil zu erfahren, wo sie verborgen waren! Aber GG und auch der Chef waren dagegen. Es war besser, sie ließen den Malteser im Glauben, seine Helfershelfer hätten die Verschwundenen beseitigt. Bis zum letzten Augenblick war Vorsicht geboten. „Nenne das Krokodil erst Großmaul", sagte Tschandru-Singh, „wenn du sicher über den Fluss bist!"

Verhaftet

Es war das dritte Mal, dass die Vier nach El Kasr fuhren, und noch nie war ihnen dabei so wohl zumute gewesen wie heute. Der quälende Zweifel, ob der gerissene Malteser sich mit seinen Ränken nicht doch als überlegen zeigen würde, war geschwunden wie die drückende Sorge um das Schicksal der Menschen, über die das Unglück eines inneren Krieges hatte kommen sollen. Ja, sie konnten dem, was die nächsten Stunden bringen mussten, mit gelassener Heiterkeit entgegensehen. Noch war aus den Bergen der Berber nur die Nachricht gekommen, die Kisten mit der Munition seien dort angelangt – wie lange würde es dauern, bis dann als nächste Kunde berichtet wurde, dass die Patronen nicht in die Gewehre passten und mithin der Sturm auf die Weiße Stadt verschoben werden müsste?'

Was noch nie geschehen war – hier geschah es: Der Chef pfiff vor sich hin. „Haben ihn im Netz, den Kerl", sagte er. „Wird zappeln. Hilft ihm aber nichts. Ist geliefert. Der Kinnebak kann sich freuen!"

Gern überließ GG es dem Chef, den Holländer zu unterrichten, und der Chef tat es mit sichtlichem Genuss. „Haben uns mitgeteilt", sagte er zu ihm, „dass Sie auf einen Brand warten, der den maltesischen Schuft aus dem Hause treibt. Sehen die Brandstifter vor sich! Rate Ihnen, sich bereit zu halten!" Als sie sich dann auf den Weg zur Schlossburg machten, war es der Graf, der redete.

„Ich bin gespannt, wie Exzellenz uns empfangen wird", meinte er. „Wir kommen mit 24stündiger Verspätung. Die Bedenkzeit, die GG sich ausbedungen hatte, ist gestern abgelaufen."

Sie merkten schon am Tor, dass sich der Wind gedreht hatte.

Die Posten hielten sie auf. Der Wachhabende erschien nicht. Wie Bettler mussten sie in dem Torbogen warten.

Sie sahen einander an. GG musste lachen. „Die Araber sagen", meinte er, „Geduld ist der Schlüssel zur Freude."

„Meine Tante Frédégonde", äußerte der Graf, „war gegenteiliger Ansicht. Sie erlaubte sich den Ausspruch: ‚Es ist keine Kunst, geduldig zu sein, wenn man ein Schaf ist!' Sie hatte aber auch mehr die Natur eines Sprühteufels. Sie galt daher allgemein als anstrengend."

„Auf den letzten Schuss kommt's an", sagte der Chef.

Nun hatten sie wohl Zeit genug gehabt, um zu merken, dass Caruana-Bay keinen großen Wert mehr auf sie legte. Die Soldaten der Wache schickten sich an, sie zum Palast zu bringen. Aber sie wurden nicht geführt, sondern eskortiert: Vor ihnen, neben ihnen, hinter ihnen schritten die Dolchmänner, und jeder von ihnen hatte die Hand an dem Griff, der aus ihrem Gürtel sah.

„Sind wir noch frei oder schon Gefangene?", fragte GG.

„Aber mein Lieber", sagte der Graf vorwurfsvoll, „das ist ja doch die schwierigste Frage der Welt! Wie oft ist gerade der, der sich vollkommen frei dünkt, in Wahrheit ein Gefangener seiner Leidenschaft, und wieder gibt es Gefangene, die um ihre innere Freiheit zu beneiden sind."

„Bin gespannt, wie weit er zu gehen wagt", sagte der Chef. In der großen Halle, die sie jetzt betraten, wartete niemand auf sie. Der weite Raum war menschenleer, und die Torwächter wichen nicht von ihrer Seite. Es ging wieder die Marmortreppe hinauf, dann aber durch einen langen Gang, an dessen Ende für sie eine Tür geöffnet wurde. Die Wachen ließen sie eintreten, und sofort schloss sich die Tür hinter ihnen wieder.

Sie sahen sich um. Hier gab es keine Teppiche, hier gab es keine weichen Diwane, sondern nur kahle weiße Wände, eine niedrige Holzbank, und das Fenster war vergittert. Rasch trat der Chef an es heran und sah hinaus. Er schaute nicht, wie aus dem üppigen Raum, in dem sie früher gewesen waren, auf den Märchenhof mit seinen blühenden Büschen und Springbrunnen, sondern auf den weiten, kahlen, mit Seesand bestreuten Platz, der sich zwischen dem Mauerring und dem Schloss erstreckte.

„Interessant", sagte er.

„Jedoch vermisse ich hier", meinte der Graf, „die vielgerühmte Pracht orientalischer Gemächer!"

„Für ein Gefängnis erwarten Sie zuviel, Graf!", sagte GG.

Die Tür ging auf, und der Malteser trat ein. Die drei Schwarzen folgten ihm und blieben wie immer an der Tür stehen. Er hielt sich mit einer Begrüßung nicht erst auf. „Sie kommen zu spät", sagte er. „Ich bin nicht mehr in der Lage, auf irgendein Angebot Ihrerseits einzugehen. Sie wissen das Neueste noch nicht: Meine Berber haben die Munition, die ihnen noch fehlt!"

„Wir hörten davon", sagte GG freundlich.

„Und da entschlossen Sie sich, das Geschäft mit mir zu machen?!"

Er lachte boshaft. „Da war es eben zu spät! Auch Ihr zweiter Besuch in Tanger war ein Fiasko, Herr Graf!", setzte er hinzu.

„Ich habe meine Fähigkeiten nie überschätzt", antwortete der Graf. „und vielleicht ist es immerhin eine gewisse Fähigkeit, wenn man die Ansprüche nicht zu hoch schraubt."

„Aber ich finde", so griff GG jetzt ein, „dass Sie, Herr Caruana, einen Ton anschlagen, der uns neu ist."

„Die Lage hat sich geändert!", sagte der Malteser in kalter Wut, denn die ruhige Überlegenheit, welche die Männer an den Tag legten, erbitterte ihn.

„Und da ändern Sie sich auch?", fragte GG.

„Sie irren, GG", sagte der Graf. „Der Herr entlarvt sich endlich!"

Der Malteser wollte losbrechen, aber er bezwang sich. Er wusste, warum. „Wofür halten Sie sich eigentlich?", fragte er und wählte jetzt die Worte mit Bedacht, denn sie sollten wie vergiftete Pfeile tödlich verwunden. „Sie werden als die großen Männer hergeholt, aber Sie versagen in allem, was Sie unternehmen. Ihr Verstand reicht hin, einzusehen, dass bei den Berbern der Drehpunkt liegt. Aber es gelingt Ihnen nicht, zu verhindern, dass ich sie mit Gewehren versorge."

„Wie konnte das möglich sein?", fragte GG. „Dafür kamen wir zu spät ins Land."

„Aber Sie vertrödelten Ihre kostbare Zeit in El Kasr, um die Schiffsladung zu vernichten, an der mir nichts lag, und Ihr Graf vertrödelte seine Zeit in Tanger. Was haben Sie eigentlich für Ihre Auftraggeber geleistet? Jetzt habe ich guten Grund, all das, was über Ihre sonstigen Taten berichtet wird, für Bluff zu halten. Jedenfalls kann ich Ihnen verraten, dass ich über Ihre tatsächlichen Fähigkeiten im Bilde bin!"

„Sie vergessen eins", bemerkte der Graf. „Auch Ihnen glückte nicht alles. Zum Beispiel misslang Ihnen Ihr Versuch, Dr. Geist vergiften zu lassen!"

„Haben Sie einmal eine Vorstellung von Shakespeares ‚Hamlet' gesehen?", fragte GG.

„Was soll das Gerede?!"

„Sie sollten es einmal tun", fuhr GG gleichmütig fort. „Es fallen dort ein paar Worte, die, glaube ich, unmittelbar an Sie gerichtet sind: ‚Mord hat keine Zunge, aber er spricht mit geheimnisvoller Stimme!'"

Der Malteser war bleich geworden, doch er packte sofort wieder zu. „Alle Welt können Sie bluffen", sagte er, „aber mich nicht. Vor mir können Sie sich nicht als die unerschütterlichen großen Herren ausgeben. Ich weiß, was gespielt wird, und Sie wissen es nicht. Es kostet mich ein Wort, und Sie kommen aus diesem Lande nicht wieder lebendig heraus. Ich gebe Ihnen noch einen Rat: Gehen Sie zum Hafen und versuchen Sie, irgendein Schiff zu bekommen. Sie wissen nicht, was es heißt, wenn ein Berbersturm losbricht. Ich kann vergessen, dass Sie gegen mich gearbeitet haben – aber Bu Hamara und seine Leute können das nicht. Ein Berber, den der Zorn gepackt hat, ist keiner Überlegung mehr fähig!"

Die Tür ging auf, und der Raum füllte sich mit Männern der Palastwache. Der Malteser wandte sich an den Rais, der sie führte. „Was ist los?", fragte er. GG verstand dessen Antwort. Auf Grund der Gerichtsbarkeit, die dem Pascha in seinem souveränen Bezirk zustand, hatte er befohlen, die vier zu verhaften.

Der Malteser zuckte die Achseln. „Zu spät", sagte er wieder auf englisch, „ich sagte es ja. Sie sind verhaftet."

‚Welch ein Schauspieler!' dachte der Graf. ‚Er hat nur darauf gewartet, dass das kam, er hat es natürlich selbst arrangiert – aber vorher spielt er uns noch eine Szene vor!'

„Geben Sie Ihre Waffen ab!", sagte der Malteser scharf.

Die Vier sahen einander an. „Warum nicht?", fragte GG. Darauf zogen alle ihre Pistolen aus den rechten Hosentaschen. Der Malteser nahm sie und gab sie seinen Begleitern.

‚Wenn sie mich durchsuchen', dachte GG, ‚dann finden sie bei mir die Vollmacht des Sultans!'

‚Wenn sie mich durchsuchen', dachte der Chef, ‚dann finden sie meine zweite Pistole!'

Aber es kam nicht dazu. Als der Malteser sie nun endlich waffenlos, wie er meinte, und damit wehrlos vor sich stehen sah, konnte er sich nicht länger bändigen. Zu sehr und zu lange hatte er unter der Furcht vor ihnen gelitten. Zuviel hatte es ihn innerlich gekostet, die ständige Bedrohung der letzten acht Tage zu ertragen, in denen sein sorgfältig vorbereiteter Schlag durch das Auftauchen dieser Männer gefährdet war. Zu stark war der Rausch des Sieges, dem er sich jetzt hingeben konnte, und hemmungslos brach wie aus einem Schlammsprudel, den plötzlich frei gewordene Gase aus dem Dunkel des Erdbodens aufschießen lassen, die üble Flut seiner eigentlichen Natur zu Tage. Vielleicht aber trug dazu auch bei, dass es ihn aufs höchste gereizt hatte, im Gegenüber mit seinen Gegenspielern unbewusst empfinden zu müssen, aus welch anderem Stoff sie gemacht waren als er und dass keiner der ihm geläufigen Begriffe für sie gültig war. Dass sie damit über ihm standen, hatte er sich nicht verbergen können, und aus dem bohrenden Gefühl seiner menschlichen Unterlegenheit entlud sich nun die Lust, sie zu beschimpfen und zu schmähen.

„Ihr Hunde", so kam es fast keuchend aus seinem Munde, „ihr stinkenden, von Räude zerfressenen Hunde, denkt an mich, ihr hochmütiges, edelmuttriefendes Pack, wenn euch der Pascha den Berbern ausliefert und Bu Hamara euch mit in die Berge nimmt! Denkt an mich, wenn er euch nicht die Köpfe abschlagen lässt, sondern befiehlt, Tag und Nacht vor euch zu trommeln! Nur immer trommeln, trommeln, trommeln, dass ihr keinen Schlaf mehr findet und darüber den Verstand verliert! Denkt an mich, ihr wohlgewaschenen Verbesserer der Welt, wenn ihr vom Durst gemartert auf allen vieren dem Wasserkrug zukriecht – und wenn ihr ihn erreicht habt, stößt ihn euer Wärter mit seinem Fuße um, und ihr leckt den schmutzigen Erdboden ab, weil er feucht ist! Denkt an mich, dass ich dann in Nizza sitze oder in Paris und es mir wohl sein lasse mit dem Börsengewinn, den ihr mir nicht habt abjagen können, du nicht, du verdammter Engländer mit deiner harten Faust und dem kleinen Hirn, du nicht, du windiger Franzose mit deinem frisierten Mundwerk, und du nicht, du lächerlicher, überschlauer Deutscher! Verrecken werdet ihr alle, verrecken wie der Trottel, der Ire –"

„Stopp!", schrie der Chef und machte eine Bewegung, um die Pistole in seiner hinteren Tasche zu fassen. Die Männer der Palastwache rissen ihre Dolche aus den Gürteln. Aber zu gleicher Zeit erhob sich draußen ein wüstes Geschrei. Das waren Hunderte von Stimmen! Das war Pferdegewieher! Wie das Brausen einer wild heranjagenden Flut wurde der Lärm immer lauter und lauter, ein gespenstischer Lärm, denn durch den Sand, mit dem der Platz vor der Schlossburg ausgefüllt war, war kein einziger Hufschlag zu vernehmen. Jetzt aber ein gellender Schrei, der das Tohuwabohu wie eine Trompetenfanfare durchschnitt: „Die Berber! Die Berber!"

Der Rais rief etwas und stürzte mit seinen Soldaten davon. Der Malteser stand erst wie benommen. Dann rannte er ans Fenster, und was er da erblickte, entriss ihm einen Fluch. Wie kamen die Berberreiter hierher? In die Weiße Stadt sollten sie doch, in die Weiße Stadt! Er schrie seinen Begleitern etwas zu, worauf sie in dem Raum blieben, während er hinauslief.

„Stimmt!", sagte der Chef, der hinausblickte. „Sind da! Haben Gewehre umhängen. Hätten sie auch zu Hause lassen können."

Der Graf, GG, Tschandru-Singh und auch die Schwarzen drängten sich ans Fenster. Und was sie sahen, war außerordentlich.

Das verlorene Gesicht

Der weite Platz zwischen der Schlossburg und dem Mauerring war von berittenen Kriegern der Berber gefüllt. Sie schwangen ihre Gewehre wild in der Luft und schrien durcheinander. Dann aber schien Ordnung in das Getümmel zu kommen. Die Reiter ließen einen breiten Weg vom Tor zum Eingang der Burg frei. Es wurde still, und durch die Gasse sprengte Bu Hamara herein, begleitet von seinem Halifa. Der schwere, gewaltige Mann ritt einen Rappen von hohem Wuchs.

Vor dem Eingang des Schlosses zügelte er das feurige Tier.

Diener rannten hinzu, hielten das Pferd und die breiten Steigbügel, und der mächtige Mann schwang sich aus dem Sattel. Aus dem Palast traten Herren, die dem Hof des Paschas angehörten, um den Scheich der Beni Bechiri zu begrüßen. Nach ihnen aber kam der Malteser eilig aus dem Haus, drängte sich hindurch und ging als erster auf den Scheich zu.

Sowie die Berber ihn erblickt hatten, brach das Geschrei wieder los. Es war anscheinend ein bestimmter wilder Ruf, den sie immer wiederholten.

„Was schreien sie?", fragte der Graf.

„Seinen Kopf!", antwortete GG. „Seinen Kopf!"

Jetzt stand der Malteser dem Scheich gegenüber und redete heftig auf ihn ein. Offenbar machte er ihm Vorwürfe, dass Bu Hamara mit seinen Kriegern hierhergeritten war, anstatt gegen die Weiße Stadt loszuschlagen. Der Scheich stand vor dem Malteser wie ein Koloss. Er antwortete ihm nicht. Unbeweglich stand er da. Er sah ihn nur an.

Die Schreie waren verstummt, und durch die Stille hörten die Männer an der Fensteröffnung die erregte Frage des Maltesers: „Warum hältst du dich nicht an das, was ich dir gesagt habe?!"

Da spuckte der Scheich dem Malteser mitten ins Gesicht und gab ihm einen Stoß, um sich den Weg zum Eingang frei zu machen. Der Malteser taumelte. Die Diener fingen ihn auf, sonst wäre er gefallen. Wieder brachen die Schreie aus: „Seinen Kopf! Seinen Kopf!" In dem Gedränge war nicht mehr zu sehen, was aus dem beschimpften Mann wurde. Der Scheich hatte das Schloss betreten. Alle Herren vom Hof und der Halifa folgten ihm.

Der Chef war der erste, der nach diesem wüsten Auftritt das Wort nahm. „Ist erledigt", sagte er. „Kann hier nicht mehr hochkommen. Hat ausgespielt."

„Ich bin überzeugt, Sie haben das alles vorausberechnet, GG!" sagte der Graf. „Mir geht jetzt erst auf, was sich da abgespielt hat: Die Berber glauben, der Malteser habe ihnen die falsche Munition geschickt! Bu Hamara fühlt sich von ihm genarrt oder verraten."

GG wandte sich an die Schwarzen: „Gebt uns unsere Pistolen wieder!" Diese sahen einander unsicher an. „Caruana-Bay hat uns befohlen, sie zu behalten", sagte dann einer von ihnen.

„Lasst ihr euch von einem Mann befehlen, der sein Gesicht verloren hat?", fragte GG. Darauf antworteten sie nichts mehr, sondern gaben die Waffen zurück. Sie wussten nicht, was sie nun machen sollten. Bleiben? Gehen? Waren die Vier noch Gefangene?!

GG bemerkte ihre Unentschlossenheit und sagte energisch: „Bleibt hier! Wir werden euch noch brauchen." Den sehr bestimmt ausgesprochenen Worten fügten sie sich.

Sie hörten, wie sich schnelle Schritte näherten. Dann wurde die Tür aufgerissen, und der Malteser hastete herein. Er war kaum wiederzuerkennen. Er war abgehetzt und verstört; eine grässliche Angst saß ihm im Gesicht.

„Alles ist wie verflucht", keuchte er. „Sie haben Patronen bekommen, die nicht in die Gewehre passen. Der Hund von Händler hat mich betrogen!

„Sie irren, wenn Sie das dem Händler zuschieben", sagte GG.

„Das ist geschehen, weil der Graf es veranlasste. Sie sehen, sein Aufenthalt in Tanger war doch nicht so erfolglos, wie Sie meinten!"

Der Malteser starrte auf den Grafen. Er brachte jedoch kein Wort heraus.

„Aber Sie dürfen mich nicht überschätzen", sagte der Graf in seinem gewinnenden höflichen Ton, „ich war dabei nur das ausführende Organ. Die Idee dazu stammte von diesem Herrn!" Er wies auf GG. „Sie hatten die Liebenswürdigkeit, ihn als ‚überschlau' zu bezeichnen. Ich finde den Ausdruck nicht ganz glücklich. Wenn Sie geäußert hätten, Dr. Geist sei klüger als Sie, dann hätte ich dagegen nichts zu erinnern."

„Sind auch im Irrtum", sagte der Chef, „dass unsere zwei Männer umgekommen sind. Sind pudelwohl. Stecken nur die Nase nicht heraus, damit Ihre schmutzigen Gangster Ihnen mitteilen konnten, sie wären erledigt!"

Dem Malteser war zumute, als würde mit Keulen auf ihn eingeschlagen, als bräche das Haus, das er so mühsam aufgebaut hatte, an allen Seiten krachend über ihm zusammen. Aber er war dadurch nicht etwa vernichtet. Im Gegenteil – in seiner wendigen Art sah er jetzt sofort das Loch, durch das er entwischen konnte. „Sie haben mich geschlagen", sagte er. „Ich gebe es zu. Sie haben sich benommen, als könnten Sie nicht bis drei zählen, und damit haben Sie mich übers Ohr gehauen. Ich liege unten, Sie oben. Aber sind Sie sich darüber klar, dass Sie damit die menschliche Verpflichtung haben, mich aus meiner bedrängten Lage zu retten? Nur durch Sie bin ich ja in dieses Unglück gekommen!"

„Nach dem, was Sie noch kürzlich hier zwischen diesen vier Wänden über uns geäußert haben", sagte der Graf. „finde ich Ihr Verlangen von einer geradezu erstaunlichen Frechheit, obwohl uns an Ihnen eigentlich nichts mehr erstaunen sollte."

„Falsch, ganz falsch", sagte der Malteser. „Was habe ich schon gesagt? Und was sagt man nicht alles? Façon de parler, nicht wahr, façon de parler … Sie können doch nicht leugnen, dass ich ohne Sie nicht da wäre, wo ich jetzt bin?!"

„Was wollen Sie noch von uns?", fragte GG. Er wusste, es gab für den Verbrecher keine Rettung mehr, auch wenn er aus den

Mauern des Schlossbezirks entkam, denn draußen wartete Kobus Kinnebak mit seinen zwei Helfern auf ihn.

„Retten Sie mich vor den Berbern", sagte Caruana. „Der Pascha liefert mich ihnen aus. Er darf es mit ihnen nicht verderben. Und das sind keine Menschen!"

„Sie haben uns ja in reizender Anschaulichkeit geschildert", sagte der Graf, „wie die Herren mit ihren Gefangenen umgehen."

Abgebrüht, wie der Malteser war, reagierte er auf den Stich nicht. „Bringen Sie mich zum Hafen. Bringen Sie mich auf ein Schiff. Wo es hinfährt, ist mir gleich. Ich habe Geld genug. Ich kann überall leben."

„Nicht ohne Einwilligung des Paschas!", sagte GG. „Wir werden ihn darum bitten, dass Sie seinen Bereich verlassen dürfen."

„Gut, gut, gut", sagte der Malteser. „Nach den Statuten Ihrer Gesellschaft sind Sie ja verpflichtet, bedrängten Menschen zu helfen. Ich warte hier so lange. Führt die Herren zum Pascha!", befahl er den Farbigen. Sie rührten sich nicht.

„Habt ihr nicht gehört?", fuhr er sie an. „Die Herren zum Pascha!" „Verstehen Sie denn nicht?", fragte der Graf. „Die Männer nehmen von Ihnen keine Befehle mehr an!"

Der Malteser bäumte sich auf, als wollte er sich auf die Schwarzen stürzen. Sie fassten an die Griffe ihrer Dolche. Aber es war nur ein letztes Aufflackern seiner Kraft. Er konnte sich nicht mehr auf den Beinen halten. Er sank auf die Holzbank.

GG zog die Vollmacht des Sultans aus der Tasche. Er entfaltete das große Dokument und hielt es den Schwarzen hin.

„Auf Befehl seiner Scherifischen Majestät!", sagte er. „Führt uns zu Seiner Hoheit!"

Die Männer konnten nicht lesen. Aber die große, verschnörkelte Unterschrift und das Siegel kannten sie. „Wir gehorchen dir, Sidi!", sagten sie.

In dem Malteser hatte der Vorgang neues Entsetzen ausgelöst. Was hatten diese Fremden zustande gebracht … Er hatte den Überlegenen gespielt, und sie waren die Überlegenen …

Sie wollten mit den Schwarzen den Raum verlassen, aber er sprang auf und klammerte sich an den Grafen. „Lassen Sie mich nicht allein!", jammerte er in schauerlicher Angst.

„GG", sagte der Chef, „bleiben hier. Passen auf den Kerl auf. Gehen Sie zum Pascha! Unsereins steht da doch nur 'rum."

Der Herr der Berge

Der Raum, in den GG geführt wurde, nachdem er bei dem Pascha angemeldet worden war, hatte die Größe eines Saales. An seiner Längsseite reihte sich Fenster an Fenster. Sie waren in Hufeisenbögen eingefügt, die auf so dünnen steinernen Säulen ruhten, dass sie zerbrechlich schienen. An einem dieser Fenster stand ein Mann in weißer Djellaba und einer ebensolchen Mohammedija. Seine Gestalt war schlank und ungewöhnlich groß. Fast betroffen sagte sich GG, dass für den Herrn der Berge galt, was über den zum König bestimmten Mann aus dem Stamme Benjamins gesagt worden war – „eines Hauptes länger denn alles Volk".

Der Pascha hatte hinausgesehen. Als GG über die riesigen Teppiche, mit denen der Boden des Saals ganz ausgelegt war, auf ihn zuschritt, drehte sich der Schlossherr langsam um und wandte sich seinem Besucher zu. GG erstaunte wieder, als er nun das leicht gebräunte Gesicht des Fürsten sah, denn er blickte in ein Antlitz von vollkommener mannhafter Schönheit. Entgegen mohammedanischer Sitte war es bartlos gehalten. Es sprach, wie die ganze Haltung des Mannes, von starker Energie. Zu der breiten, mächtigen Stirn passte die Adlernase wie das ausgeprägte Kinn. Die Lippen waren voll, jedoch hatte sein Mund nichts Weibliches, sondern verriet nur einen Zug von Zartheit und Güte. Aber über diesem außerordentlichen Gesicht lag ein Hauch von tiefer Trauer, so dass GG den schmerzlichen Eindruck hatte, als sei dieser ungewöhnliche Mann von der Welt durch einen unsichtbaren Vorhang getrennt.

Da GG ihn in arabisch begrüßt hatte, sprach der Pascha in der Sprache seines Volkes weiter, und das erste, was GG von ihm hörte, nachdem sie sich auf den Diwan gesetzt hatten, war ein Vorwurf. „Warum kommst du am Tag meiner Schande zu mir?", sagte der Pascha. „Warum kamt ihr nicht an dem Tage, als ich noch voller Hoffnung war? Warum weigertet ihr euch, etwas aus meiner Hand zu nehmen? Heute willst du mich sehen! Als ich aus diesen Fenstern sah, wie vier Männer zu dem brennenden Schiff fuhren, trotzdem Hunderte den Kopf verloren hatten, da war mir wohl, denn ich weiß die Tat eines Mannes zu schätzen. Aber was soll ich von dem Manne denken, der erst dann zu mir kommt, nachdem ich zum Gespött der Kinder geworden bin?!"

Es war für GG nicht schwer zu antworten. Denn nun lag ja auf der Hand, dass der Malteser sie auch bei jener Begegnung nach dem Untergang der *Dolores Varilla* belogen hatte, und er erwiderte: „Der Prophet, an dessen Worte deine Hoheit glaubt, hat gesagt, für den Mörder eines Heiligen gebe es Buße, aber für Undankbare gebe es sie nicht. Gern wären wir gekommen, um deiner Hoheit zu danken. Aber es wurde uns gesagt, deine Hoheit sei krank und wolle uns darum nicht sehen."

„Wer hat dir das gesagt?" Seine Stimme klang jetzt wie das erste Grollen eines noch fernen Gewitters.

GG machte eine Handbewegung, als lohne es nicht, den Pascha mit einer solchen Nichtigkeit zu belasten. „Der Lügner kommt durch die ganze Welt", sagte er, „aber kann nicht in das Haus zurück, in dem er erkannt wurde."

In den dunklen Augen des Paschas blitzte es auf. „Er hat mir gesagt, ihr hättet keine Lust, einem Ungläubigen zu danken!"

„Es kommt nicht mehr darauf an, Hoheit, was gesagt wurde. Die Wahrheit ist eine Tochter der Zeit, und jetzt ist die Zeit der Wahrheit gekommen!"

„Die Zeit meines Endes ist gekommen!", sagte der Pascha. „Immer lebte das Unglück mit mir in diesem Hause. Immer hing die Drohung über meinen Kopf, eines Tages werde der Herr der

Weißen Stadt mir seine Henker schicken – aber ist es eine Schande, dem Mächtigen zu erliegen?! Nun braucht er seine Lippen nicht zu bemühen, den Befehl auszusprechen. Ich lebe noch, aber das Gelächter wird mich töten. Jeder wird wissen, dass ich den Berbern Gewehre schicken ließ und dazu Patronen, mit denen sie nicht schießen können ... Und der Gouverneur, der damit einverstanden war, dass meine Krieger die Stadt stürmten, wird sagen, er habe nicht gewusst, dass er einen Narren habe aufs Pferd setzen wollen. In diesem Hause werde ich weiterleben, ohne zu leben, und wenn ich sterbe, wird es sein, als wäre ich nie gewesen."

Das war der Augenblick, den GG nutzen musste. „Deine Hoheit irrt", sagte er, wurde aber heftig unterbrochen. „Warum sagst du mir das noch?!", rief der Pascha aus. „Ich weiß es – ich weiß es ja! Alles war ein Irrtum –"

„Deine Hoheit erlaube mir, die Wahrheit zu sagen: Nie hat der Gouverneur daran gedacht, dich aufs Pferd zu setzen!"

Der Pascha starrte ihn an. Die Trauer war aus seinen Zügen geschwunden. Seine Augen funkelten. „Wenn meine Berber in die Tore der Weißen Stadt geritten wären, dann hätten die Regulares nicht geschossen und die Mehalla hätte ihnen zugejubelt."

„Wenn deine Reiter in die Tore der Weißen Stadt geritten wären, so hätten die Regulares aus ihren Maschinengewehren geschossen wie die Männer der Mehalla, und von deinen Reitern wäre nicht einer mit dem Leben davongekommen!"

Der Pascha hatte sich erhoben. „Was ich dir sagte, hat mir Caruana-Bay beschworen!"

„Der Mann, den du zum Bay erhoben hast, log auch, wenn er schwur!"

„Der Mann, den du schmähst, hat mich mit seinem Rat reicher gemacht, als der Sultan ist!"

„Der Mann, auf den du dich verließest, hat dich reich gemacht, um dich und dein Land ins Unglück zu stürzen, weil er mit deinem Unglück und dem deines Landes noch reicher werden wollte, als du bist!"

Eindringlich, mit der ganzen Überzeugungskraft, die GG besaß, hatte er das gesagt, und ehe der Pascha darauf etwas erwidern konnte, sprach GG weiter. Er deckte den geheimen Plan des Maltesers auf, er legte ihm dar, was sie, vom Wekil in seiner Besorgnis gerufen, gegen den Anschlag unternommen hatten, nachdem ihnen Caruana sogar noch angeboten hatte, sich an dem Blutgeschäft zu beteiligen.

Als er damit zu Ende war, sagte der Pascha kein Wort. Schweigend saß er da, und seine Züge waren wie versteinert. War er bis dahin im tiefsten getroffen, weil sein Versuch, die Macht im Lande an sich zu reißen, unmöglich geworden war, so sah er jetzt, dass seine großen Pläne noch schlimmer gescheitert wären, wenn er mit den Berbern gegen die Weiße Stadt geritten wäre. Aber nun schien es ihm wieder, als wäre dieses jähe Ende allem andern vorzuziehen. Seine Lippen bewegten sich, und er sagte leise: „Ich wäre unter den Kugeln der Maschinengewehre gefallen … Für mich ist der schnellste Tod das beste. Warum habt ihr mich davor bewahrt? Warum lasst ihr mich nun wie einen Gefangenen auf das warten, was der Sultan über mich beschließt?"

Er sprach diese Worte beherrscht, aber GG hörte aus ihnen wohl, wie verzweifelt der Pascha war. Er stand vor einem Abgrund, und GG musste fürchten, dass der zum Herrscher Berufene für sich keinen anderen Ausweg mehr sah, als sich selbst in diesen Abgrund zu stürzen. War er in seinem Stolz nicht so tief verwundet, dass das Verbot seines Propheten, sich selbst zu töten, keine Gewalt mehr über ihn hatte? Dabei wusste GG doch, dass es nur noch eine Frage von Stunden war, bis sich dem Verzweifelten der Weg zum Thron öffnete – aber durfte er ihm sagen, was er wusste? Dazu hatte der Wekil ihn nicht ermächtigt – überdies wusste er ja nicht, was sich inzwischen in der Weißen Stadt ereignet hatte. Auch der Wekil hatte mit der Möglichkeit gerechnet, dass der Sultan vor seinem hochherzigen Entschluss in letzter Minute zurückwich. Wie konnte er da in diesem erschütterten Manne eine große Hoffnung erwecken, die vielleicht auch wie eine Seifenblase platzte?

Aber der Herr der Berge erwartete keine Antwort auf seine bohrenden Fragen. „Jeder hat nur so viel Recht, wie er Macht hat". sagte er bitter.

„Jede Macht verführt dazu, Unrecht zu tun", erwiderte GG. Des Paschas Augen funkelten ihn an. „War es Unrecht, dass ich den Sultan entthronen wollte, wo ich doch weiß, dass ich der bessere Sultan wäre?"

„Ist es Recht", fragte GG, „wenn ich den, der etwas hat, das ich nicht habe, dazu zwinge, es mir zu geben, indem ich das Gewehr auf ihn richte?"

Der Pascha antwortete darauf nicht. Er stand auf, drehte GG den Rücken zu und sah aufs Meer hinaus.

„Wer Disteln pflanzt", sagte GG unbeirrt, „der kann keinen Weizen ernten. Der Mann, der durch Betrug und Blut reich werden wollte, wird arm werden."

„Bu Hamara wollte ihn haben", antwortete der Pascha, ohne sich umzuwenden. „Ich wollte Caruana den Berbern nicht ausliefern. Weshalb sich für ein Versehen so erbarmungslos rächen? Aber sollen die Berber ihn mit in die Berge nehmen! Es war kein Versehen. Es war Verrat."

Jetzt wagte GG einen hohen Einsatz. Er fragte: „Hätte er dich verraten können, o Herr der Berge, wenn du nicht bereit gewesen wärest, den Eid zu brechen, den du einmal dem Sultan geleistet hast?"

Der Pascha drehte sich ihm zu, sah ihn unverwandt an und sagte dann schneidend: „Warum sprichst du zu mir, wie niemand mit mir zu sprechen wagt?!"

„Weil ich dich so hochschätze, dass ich dir die Wahrheit nicht verberge."

Auch GG hatte sich erhoben, und so standen die beiden Männer jetzt einander gegenüber, Auge in Auge. Es waren zwischen ihnen Worte gefallen, die kein Ausweichen mehr erlaubten. Es gab nur noch zwei Möglichkeiten – der Herr der Berge konnte sich in Hass gegen den unerschrockenen Mahner verhärten oder sich ihm wie einem Freund öffnen.

Noch wehrte der Pascha sich gegen den andern. „Willst du, dass ich den Schuldigen laufen lasse?!" fragte er grollend.

„Nein", erwiderte GG. „Gib ihn uns!"

„Den Großmütigen soll ich spielen?!" rief der Pascha.

„Nein – nur gerecht sein. Ich weiß, er entrinnt der Gerechtigkeit nicht."

Der Pascha schwieg. GG konnte es ihm anmerken, dass ihn böse Gedanken durchzuckten. Packte ihn noch einmal der Zorn darüber, dass er sich mit einem Betrüger eingelassen hatte? Konnte auch der Pascha in diesem Zorn dem wilden Verlangen nach Rache nicht widerstehen? Aber jetzt machte der Herr der Berge eine Bewegung, als würfe er nur etwas Lästiges weg.

„Schafft ihn aus dem Lande", sagte er herrisch. „Binnen einer Stunde ist er auf einem Schiff, oder er hat es zu bereuen. Aber hütet ihn vor den Berbern. Ich will nicht, dass in meinem Bezirk ein Europäer ermordet wird. Damit erleichtere ich dem Wekil nur sein Spiel!"

„Wie du befiehlst", antwortete GG und bat dann ganz in der höfischen Form, sich von Seiner Hoheit verabschieden zu dürfen. Aber der Pascha hielt ihn auf. Er klatschte in die Hände, ein Diener trat ein. „Schreibe auf, was deine Männer tun sollen", sagte der Pascha. GG nahm ein Blatt Papier aus seiner Brieftasche und schrieb das Nötige nieder. Dann erhielt der Diener den Befehl, den Zettel den Fremden zu bringen, und verließ sie.

„Ich bitte dich", sagte der Pascha zu GG, „bleibe bei mir! Der ist verflucht, der sich auf Menschen verlässt – aber dich hat Allah zu mir geschickt. In dir ist kein Falsch."

Nichts Herrisches war mehr in seiner Stimme.

Kein Ausweg mehr

Aristides Caruana saß stumm und bleich auf der Bank in dem Raum mit der vergitterten Fensteröffnung. Voller Angst starrte er auf den Chef, der GGs Zettel las.

„Bringe Sie auf ein Schiff!", sagte der Chef.

Der Malteser sprang auf. Er war wie ausgewechselt. „Ich wusste es!", rief er triumphierend. „Er wagt es nicht, mich auszuliefern! Er hat zu gut an mir verdient. Sie werden mich an den Hafen bringen, meine Herren!"

Aber erst begleiteten ihn der Chef, der Graf und Tschandru-Singh auf sein Verlangen hin in die Gemächer, die er bis dahin im Schloss bewohnt hatte. Sie sahen genau, dass er einen leichten Lederkoffer, wie ihn Flugreisende benutzen, voll Dollarscheine stopfte. Er nahm noch einen Kamelhaarmantel über den Arm, setzte eine Sportmütze auf und war damit fertig. Auf irgendwelches größeres Gepäck verzichtete er, wohl in der Hoffnung, so am unauffälligsten an etwaigen Hindernissen vorbeizukommen.

Nun ging es darum, das Schloss zu verlassen. Er führte sie nicht zum Eingang durch die große Marmorhalle, sondern zu einer kleinen Tür, die wohl von der Dienerschaft benutzt wurde. Aber auch hier spähte er erst vorsichtig hinaus, und was er dabei erblickte, ließ ihn zurückfahren. „Am besten", flüsterte er, „einer von Ihnen geht voran, und die andern zwei nehmen mich in die Mitte!"

Der weite Platz zwischen dem Schloss und der Mauer hatte sich in ein Heerlager verwandelt. Die Berber waren abgesessen und hatten ihre Pferde an eisernen Ringen festgemacht, die in großer Zahl in die Schlossmauer eingelassen waren. Die Männer lagen auf Decken, die sie von ihren Sätteln genommen hatten, auf der Erde; aber als die ersten, die Caruana erblickt hatten, in den gellenden Schrei: „Da ist der Hund!", ausbrachen, sprangen alle auf, schrien wüst durcheinander und fuchtelten mit ihren Gewehren wild herum.

„Können sich freuen", sagte der Chef, „dass sie keine passende Munition haben! Lägen sonst auf der Nase, ehe Sie zum Tor hinaus sind!"

„Aber sie schlagen mir den Schädel mit dem Kolben ein!", jammerte der Malteser.

„Das ist nur ein Augenblick", meinte der Graf. „Wenn ich bedenke, wie sehr mancher leiden muss, bis der Tod ihn erlöst …"

„Sie haben die Verpflichtung, mich unverletzt auf ein Schiff zu bringen!", keuchte der verzweifelte Mann.

„Los!", sagte der Chef. Er ging voran, hinter ihm der Malteser, Tschandru-Singh zu seiner Linken und der Graf zu seiner Rechten. Aber nach den ersten Schritten verlangte der Bedrohte zitternd, der Graf solle als Letzter gehen. Er fürchtete, von hinten erschlagen zu werden.

Seine drei Begleiter hatten die Pistolen gezogen, und auch Caruana hielt seine Waffe schussfertig in der rechten Hand, und dieser drohende Anblick schreckte die Berber zurück. Sie schrien nicht mehr und standen stumm nebeneinander, als der verhasste Mann mit einer Schutzwache an ihnen vorüberschritt. Aber ihre wilden Blicke sagten genug, und Caruana witterte, dass sein Leben nur an einem Faden hing. Denn wenn es einen Berber packte, dann fielen alle über ihn her. Nur die ersten konnten sie treffen und es blieben genug übrig, die sich auf ihn stürzten und mit ihren Dolchen zustießen.

„Schneller! Schneller!" drängte er.

„Tempo bestimme ich!", erwiderte der Chef gemächlich.

Mehr tot als lebendig erreichte der Malteser mit seiner Schutzwache das rettende Tor. Hier standen die Torwächter und schirmten sie gegen die Berber ab, so dass ihnen keiner folgte. Es kümmerte Caruana nicht, dass ein paar Betteljungen, die draußen vor dem Tor gehockt hatten, jetzt davonrannten und gellend schrien: „Er kommt! Er kommt! Er kommt!" Er war froh, diesem Spießrutenlaufen entronnen zu sein, und zu seiner freudigen Überraschung sah der Malteser draußen den Mann vorüberspazieren, den er für einen Millionär hielt. Jener hatte sein Malzeug nicht bei sich, trotzdem begleiteten ihn die zwei Männer, die seine Utensilien sonst immer getragen hatten. Er winkte Caruana freundlich zu und kam auch gleich heran. „Mit dem Koffer in der Hand!", rief er fröhlich. „Sie wollen uns doch nicht etwa verlassen?!"

„Ich muss zum Hafen", sagte der Malteser hastig. „Ich habe jetzt keine Zeit, Ihnen das alles ausführlich zu erklären – aber Mister Nöddebusker, würden Sie mir einen großen Gefallen tun?"

„Wenn mir das möglich ist – doch ich sage Ihnen gleich: Zu meiner Million bin ich dadurch gekommen, dass ich nie im Leben eine einzige Öre verborgt habe."

„Ich will kein Geld von Ihnen. Ich möchte nur, dass Sie und Ihre beiden Kammerdiener mich mit diesen Herren hier an den Hafen bringen."

„Das tun wir gern", antwortete der angebliche Millionär voller Überzeugung, und um drei Mann vermehrt, setzte sich die Eskorte nun in Bewegung.

„Wissen Sie was, Mister Caruana", sagte Herr Nöddebusker Kinnebak, „ich habe dummerweise keine Pistole eingesteckt – geben Sie mir doch die Ihre! Ich habe den Eindruck, dass man Ihnen hier nicht mehr wohlwill, und wenn Sie noch eine Waffe zücken, dann wirkt das zu aufreizend!"

Caruana tat es, denn nun fühlte er sich sicher. Als sie jetzt aber die Straße erreicht hatten, die zum Hafen führte, sah er, dass er noch längst nicht alles überstanden hatte.

Eine unübersehbare Menge aufgeregter Menschen füllte die nicht breite Gasse, und als sie Caruana erblickten, brach ein wahrer Höllenspektakel los. Seine Begleiter, die ihn umringten, verstanden die wüsten Schimpfworte nicht, die ihm zugeschrien wurden, aber er wusste, was jeder dieser unflätigen Zurufe zu bedeuten hatte. ‚Schimpft, schimpft, schimpft!' dachte er. ‚Worte tun nicht weh. Bin ich auf dem Schiff, hab' ich den Pöbel vergessen!' Und langsam bahnten ihm seine Beschützer weiter den Weg.

Doch es blieb nicht bei den Worten. Es gelang der Menge, sich zwischen ihn und seine Wächter zu drängen. Fanatische Kerle spuckten ihn an. Um sein Gesicht zu schützen, hob er seinen Koffer hoch – und schon wurde ihm der aus der Hand gerissen. Er schrie: „Mein Koffer! Mein Koffer!" Er sah ihn nicht wieder. Sein Mantel, den er sich über die Schulter geworfen hatte, wurde ihm weggezogen. Hände krallten sich in seine Jacke und zerfetzten sie – erst als der Chef ein paar Schüsse in die Luft schickte, gelang es den Sechs, den Malteser seinen Peinigern zu entreißen. Er hatte kaum noch etwas Menschenähnliches an sich.

Aber er hatte den Landungssteg erreicht, an dem die Ruderboote lagen. Der Graf und Tschandru-Singh hielten den Zugang besetzt, und der Anblick ihrer Pistolen schreckte die tobenden Verfolger davon ab, weiter vorzudringen. Caruana war völlig erschöpft. Er stand an das Geländer gelehnt, brachte kein Wort mehr heraus und keuchte wie ein Hund, der einem Hasen vergeblich nachgejagt ist. Sein wirrer Blick ging von dem Detektiv zu dessen Begleitern und blieb dann am Chef haften. Er schluckte und stammelte dann heiser heraus: „Slanton, Sie müssen mir Geld geben. Sie müssen mir das Schiff bezahlen. Mir haben sie alles weggerissen! Rudern Sie mich zu einem der Kähne da. Reden Sie mit dem Käptn. Sagen Sie ihm, ich hätte hier – ja, ich hätte eine Moschee betreten, und deshalb wollten die Verrückten mich in Stücke reißen. Zahlen Sie die Passage – irgendwohin."

„Aristides Caruana", sagte Kobus Kinnebak, „Sie brauchen kein Geld mehr. Ich verhafte Sie wegen Mordes an dem Diamantenhändler van der Horst!"

Seine beiden Begleiter hatten zugepackt, und ehe der Verbrecher begriffen hatte, was sich hier abspielte, saßen seine Gelenke schon in den Handschellen.

Caruana stöhnte auf.

„Den Haftbefehl habe ich in der Tasche", sagte der Detektiv. „Wenn Sie es wünschen, zeige ich ihn vor!"

„Wie kommen Sie dazu?", stammelte der Überwältigte. „Wer sind Sie denn?"

„Kinnebak, Kobus Kinnebak", war die Antwort. „Seit drei Jahren warten wir auf diesen Augenblick! Endlich habe ich Sie."

„Sie haben kein Recht!", schrie Caruana auf. „Sie dürfen mich nicht – Sie müssen meine Auslieferung beantragen!"

„ Wird geschehen, verlassen Sie sich darauf. Und glauben Sie, dass der Sultan meinen Antrag ablehnen wird? Oder meinen Sie, dass der Generalgouverneur Ihretwegen protestieren wird?"

Caruana antwortete darauf nicht. Mit geschlossenen Augen lehnte er am Geländer. Sein Atem ging in kurzen Stößen. Es dauerte lange, bis er flüsterte: „Bringen Sie mich irgendwohin. Aber nicht noch einmal durch die Stadt."

Die große Stunde

Von den lärmenden Vorgängen in El Kasr drang kein Laut in den Saal des Schlosses, wo GG mit dem Herrn der Berge saß. Stunde um Stunde verrann im Gespräch. Durch die Erregung des Tages hingerissen und beschämt durch den Vorwurf des Eidbruchs, den GG dem Fürsten gemacht hatte, enthüllte er vor dem Fremden die Qual seines Lebens. Sie konnte gewiss die Missetat nicht entschuldigen, aber vermochte sie nicht wenigstens seinen Schritt zu erklären? Er schilderte die Einsamkeit der 25 Jahre, die er jetzt in diesen Mauern zugebracht hatte. Gewiss, er war reicher als der Sultan geworden, er konnte sich alles schicken lassen, was nur aus Europa und Amerika zu beschaffen war. Die Telefonapparate in seinem Schlafgemach und in den für die Gäste bestimmten Zimmern waren wie seine Badewanne aus Gold, und jeder Luxus, der sich nur denken ließ, stand ihm auf seinen Wunsch zu Verfügung – aber lebte er nicht trotzdem nur in einem Gefängnis? Nach Taten verlangte es ihn, und zur Untätigkeit war er verdammt. „Ist es nicht die schlimmste Marter", so fragte er, „wenn du weißt, was du leisten kannst, und wenn du zugleich einsehen musst, dass du niemals dahin kommen wirst, wo du es vollbringen kannst?"

„Was auf deiner Stirn steht, Sidi, das wirst du erfüllen", erwiderte GG.

„Wie kann ich das, wenn es mir verwehrt wird?!", rief der Herr der Berge aus. Er trat an eins der Fenster, und GG folgte ihm. Das Rauschen des Meeres drang zu ihnen herauf. Das Wasser hatte in der Nähe des Strandes einen gelblichen Ton, dann nahm es eine grüne Färbung an und wurde schließlich in der unendlichen Weite der Ferne zu einem dunklen Violett. In langen und mächtigen Wellen rollte der Atlantische Ozean unaufhörlich gegen das Land. An den Mauern der alten portugiesischen Rundtürme, an den scharfen Kanten der Bastionen brachen sich die Wellen und schäumten weiß auf.

„Ich bin nie auf dem Meer gefahren", sagte der Herr der Berge. „Bei uns heißt es, das Meer sei ein Herrscher. Wer Sultan werden wolle, dürfe nie auf ihm reisen, denn indem er über das Meer fährt, tritt er es mit Füßen, und das verzeiht es ihm nie. Aber meine Vorsicht war umsonst."

Er schwieg und auch GG. Denn er musste daran denken, dass vielleicht zu eben dieser Stunde der Herr der Berge in der Weißen Stadt zum Sultan ausgerufen wurde – vielleicht, vielleicht! Vielleicht aber zerriss in dieser Stunde der Sultan die Urkunde, in der er diesem einsamen Mann den Thron vermacht hatte.

Unverwandt blickte der Pascha über das grenzenlose, wogende Element. „Watano arrayul hueva alofok", sagte er.

GG horchte auf. Das war ja das Losungswort, das der Wekil ihm anvertraut hatte, und jetzt ging ihm auf, dass dieser Satz ein Ausspruch des Herrn der Berge sein musste, der dem Wekil zugetragen worden war und den er aufgenommen hatte. Was dem Pascha in seiner Gefangenschaft wie ein Fluch anmuten musste, hatte der Wekil wie eine Zauberformel gebraucht, um ihn aus seinem Bann zu lösen! Welch ein überlegener Kopf! Ungesehen, im Verborgenen, wirkte er für sein Ziel und führte den Sultan wie den Pascha, ohne dass es einer von ihnen ahnte … War es noch denkbar, dass ihm sein großes Vorhaben misslang? Musste sich dem, was so umsichtig und weitschauend geplant war, nicht auch das schwankende Glück fügen? GG konnte sich nicht länger bezwingen. Er verzichtete auf alle Vorsicht. „Es war ein Großmogul", sagte er, „der den Ausspruch tat: ‚Dem echten Herrscher unterwirft sich auch der Horizont.'"

Der Pascha machte eine müde Bewegung, als wollte er damit ausdrücken, dass er so anspruchsvolle Gedanken nicht mehr haben könnte. Es war dunkel geworden. Der Himmel war klar, und im Westen leuchtete der Abendstern. Der Pascha wies auf ihn hin. „Kennst du seine Geschichte?"

GG wusste, was der Herr der Berge meinte, aber er fühlte, dass es dem Pascha wohltat, wenn er aussprechen konnte, was ihn bewegte, und deshalb antwortete er: „Erzähle sie!"

„Wir nennen den Stern *die Strahlende*, und seine Geschichte ist die: Es waren einmal zwei Engel, die hießen Harut und Marut, und weil sie die Söhne des reinen Lichts waren, fühlten sie sich erhaben über die Menschen, die immer wieder der Sünde anheimfielen. Allah aber missfiel ihr Hochmut, und Allah sagte: ‚In meinem Himmel tritt keine Versuchung an euch heran. Da ist es leicht, ohne Sünde zu sein. Geht auf die Erde und seht zu, ob ihr dort die Prüfung besteht!' Die Übermütigen flogen zur Erde, nahmen Menschengestalt an und traten unter die Menschen. Da aber war eine Frau, die war so schön, dass sie von allen *die Strahlende* genannt wurde, und weil die Engel selbst in ihrer Menschengestalt wie von Licht umflossen waren, reizte es die Frau, auch die beiden in ihre Gewalt zu bringen, und beide erlagen dem bösen Zauber ihrer Schönheit."

Ein Diener trat ein, offenbar, um jemand anzumelden. Er wagte aber nicht, den Redenden zu unterbrechen, und blieb deshalb an der Tür stehen, den Blick auf den Pascha gerichtet. Der sah ihn flüchtig an und sprach weiter: „Beide warben um sie, doch sie sagte: ‚Ich habe einen Mann. Aber ich bin seiner überdrüssig. Wer ihn erschlägt, den werde ich heiraten.' Da vergaßen sich beide so, dass sie den Mann der schönen Frau umbrachten – und das geschah in der ersten Stunde, in der sie auf der Erde weilten."

Wieder ging die Tür, und jetzt sah GG die mächtige Gestalt Bu Hamaras. Ihn hatte der Diener anmelden sollen; da er aber nicht zurückkam, hatte der Scheich in seiner Ungeduld nicht länger gewartet. Doch auch er scheute sich, dem Herrn der Berge ins Wort zu fallen, und blieb, wenn auch nicht an der Tür, so doch in der Mitte des Saals stehen. Der Pascha hatte sich nach ihm nicht umgedreht. Er dachte wohl, es sei wieder ein Diener gekommen, und ließ sich, zu GG gewandt, nicht stören: „Furchtbar war Allahs Zorn: An Ketten wurden die beiden Schuldigen zwischen Himmel und Erde aufgehängt, und da hängen sie nun bis zum Tage des Gerichts. Die Frau aber verwandelte Allah in jenen Stern dort, und *die Strahlende* mahnt uns, dass selbst die Herrlichkeit der Engel nichts ist, wenn sie die Demut nicht kennen."

Bu Hamara wies den Diener mit einer kurzen Handbewegung hinaus und trat rasch auf den Pascha zu. Der sah ihn jetzt und sagte rasch und eindringlich: „Ich weiß, dass du mit mir nicht zufrieden bist. Aber was liegt schon daran, wessen Finger die Laus zerdrücken?"

„Dein Mund befiehlt, nicht der meine", antwortete der Scheich.

„Und jetzt befiehl, o du Langlebiger! Der Wekil des Sultans ist gekommen! Sein Wagen steht vor dem Tor. Die Wache will ihn nicht hereinlassen. Sie warten auf dich. Und auch die Beni Bechiri warten auf dein Wort. Sie haben ihre Dolche."

Der Pascha stand stumm. Dann sagte er nur zwei Worte: „Der Wekil." Aber was lag nicht im Ton seiner Stimme! Sie klang, als nähme er Abschied von der Welt. Denn er dachte nichts anders, als dass der Vertraute des Sultans käme, um ihm das Todesurteil zu überbringen. „Was nennst du mich Langlebiger?", sagte er dann. „Woher willst du wissen, was Allah über die Länge meines Lebens bestimmt hat?"

Bu Hamara verstand ihn genau. „Er wird nicht zu dir gelangen!", sagte er heftig. „Wir alle werfen uns ihm in den Weg! Soll der Sultan seine Mehalla schicken! Nur über unsre Leiber dringen seine Henker bis zu dir!"

„Lasst ihn herein", antwortete der Pascha ruhig, aber so entschieden, dass der Scheich nicht dagegen aufbegehren konnte. „Begleite ihn", sagte der Fürst weiter, „dass keiner der Beni Bechiri ihn anspringt! Er ist ein Gesandter des Herrschers, und ein Gesandter ist unverletzlich."

Der Scheich ging, und der Pascha klatschte in die Hände. Zwei Diener kamen eilig. „Ruft den Hof", sagte ihr Herr. „Und Licht!"

Während der eine davonstürzte, knipste der andere die riesigen Kristallkronleuchter an, in denen eine Überfülle von elektrischen Birnen aufflammte und den großen Saal in strahlende Helle tauchte. Die Türen, die in seinen beiden Schmalseiten angebracht waren, öffneten sich, und die Herren des Hofs erschienen. Welch einem Augenblick schritten sie entgegen! Aber keinem war die Erregung, die alle erfüllte, anzumerken. Sie begrüßten den Pascha feierlich, indem sie die Hand an das Herz legten, und auf seine einladende Geste stellten sie sich in einem Halbkreis um ihn auf, wobei sie darauf achteten, dass sie ihn in einem Abstand von drei Schritten umgaben. Er allein war ganz in Weiß gekleidet. Die andern trugen bunte Djellabas und grüne Turbane.

Von draußen näherten sich Schritte. Der Pascha winkte GG zu sich. „Bleibe an meiner Seite", sagte er. „Du bist der Mann, den ich jetzt bei mir haben will."

Die große Doppeltür in der Längswand flog auf. Der Wekil, der ein zusammengerolltes Pergament in der Hand trug, betrat den Saal, von dem Scheich der Beni Bechiri begleitet. Bu Hamara blieb auf halbem Weg stehen, und so schritt der Wekil allein auf den Pascha zu. Jetzt hatte er ihn erreicht. Er kniete sich vor ihm nieder und küsste ihm den rechten Schuh. Dann fasste er die Djellaba des Paschas, hob sie ein wenig hoch und berührte ihren Saum mit den Lippen.

„Was tust du da?!", rief der Pascha aus.

Der Wekil hatte sich erhoben. „Ich begrüße die Scherifische

Majestät", antwortete er laut und sprach feierlich weiter: „Sidi Mohammed Abdullah Ben Asayim, aus dem Herrschergeschlecht der Almorawiden, du bist von dieser Stunde an der Sultan des Maghreb!" Er entfaltete die Rolle und verlas die Urkunde, in welcher der bisherige Sultan abdankte und den Thron dem Herrn der Berge übertrug.

Der Pascha, der kein Pascha mehr war und alle, die im Saale waren, um eines Hauptes Länge überragte, nahm die Urkunde entgegen. Dies war der Augenblick, nach dem er sich ein Leben lang verzehrt hatte, und die höchste Erfüllung war über ihn gekommen, als er die tiefste Erniedrigung erwartete. Es war so still um ihn, als ob keiner der Anwesenden auch nur zu atmen wagte – und in diese Stille sprach er voller Ergriffenheit: „Allah ist dir näher als die Schlagader deines Halses!"

Bu Hamara verließ den Saal, und gleich darauf hallte von unten her ein wildes Freudengeschrei. Die Beni Bechiri waren ausgeritten, um den Fürsten, dem sie anhingen, zum Sultan zu machen – und er war es geworden! Wie das geschehen konnte, ohne dass sie einen Schuss hatten abgeben können, war allen klar: Der Sultan in der Weißen Stadt hatte vernommen, dass die Beni Bechiri geritten kamen, und da hatte er zitternd vor Furcht auf seinen Thron verzichtet. So würden sie es daheim ihren Frauen und Söhnen erzählen, und so würde es noch ihren Enkeln und Urenkeln erzählt werden.

Wieder beisammen

Sie saßen zusammen, alle sechs, im mittleren der üppigen Gemächer des Schlosses, die ihnen als den hochgeehrten Gästen der Scherifischen Majestät eingeräumt worden waren. Die Nacht war vorüber, und heute morgen waren Plumpudding und Neunauge mit Kanzleibeamten des Wekils nach El Kasr gekommen.

Sie sprachen nicht. Sie genossen stumm, wieder beieinander zu sein und erreicht zu haben, was man von ihnen erwartet hatte. Alle sahen zu, wie Plumpudding für den Chef eine Pfeife stopfte. Jeder wusste, was sie für eine Bedeutung hatte: Sie war die erste, die der Chef sich gestattete, nachdem er geschworen hatte, sich nicht eher wieder dem Genuss des glühenden Tabaks hinzugeben, bis Plumpudding frei war. Jetzt war er fertig und reichte dem Chef sein Werk. Da geschah etwas, das noch niemals geschehen war, solange die Sechs nun schon zusammen waren. Der Chef schüttelte den Kopf. „Rauch' sie selbst, Plumpudding!", sagte er. „Freue mich, dass du wieder da bist. Freue mich noch mehr, wenn ich sehe, dass dir die Pfeife schmeckt." Und er war es, der dem aufs höchste verlegenen Mann die Pfeife anzündete.

Nun war der Bann des Schweigens gebrochen. Sie erzählten, wie es ihnen ergangen war, als sie voneinander getrennt waren, und wie GG den beiden anderen die Stationen ihres verschlungenen Weges darstellte, der schließlich doch zum Ziel geführt hatte, wurde ihnen wieder bewusst, wie alles doch immer an einem sehr dünnen Faden gehangen hatte und aus wie vielen Einzelzügen sich das gewonnene Spiel zusammensetzte.

„Wenn der Sohn des Scheichs nicht verraten hätte, dass die Beni Bechiri noch keine Gewehre hatten –", sagte GG.

„Wenn Tschandru-Singh nicht den Tag in Erfahrung gebracht hätte, an dem sie aufbrechen wollten –", warf der Graf ein.

„Wenn Sie nicht so geschickt erreicht hätten, dass die Munition vertauscht wurde –", sagte GG zu ihm.

„Wenn Sie nicht auf diese Idee gekommen wären –", antwortete er.

„Wenn der Chef nicht das Schiff versenkt und damit die Bewunderung des Paschas erweckt hätte", sagte GG, „dann hätte ich ihn nicht so rasch für uns gewinnen können."

„Schluss damit", knurrte der Chef. „Habe von meinen Dummheiten genug!"

„Erlauben Sie", wandte der Graf sehr lebhaft ein, „dass ich Ihnen widerspreche. Ich protestiere gegen das unliebliche Wort, das Sie gebrauchten. Sie haben, jedoch wir auch, einen gewissen Umweg gemacht – aber ich versichere Ihnen: Nur durch die Umwege wird das Leben eigentlich interessant! Zum Beispiel –"

Er setzte seine Rede nicht so fort, wie er es vorgehabt hatte. Sein Blick fiel nämlich auf Neunauge, und an dessen zusammengepressten Lippen ging ihm auf, was den Mann quälte, dem er so gewogen war.

Der Ablauf der Ereignisse hatte sowohl dem geduldigen Plumpudding wie dem ungestümen Neunauge verwehrt, an einer entscheidenden Stelle mitzuwirken. Dem stillen Iren machte das nichts aus. Er lebte nicht sich, er lebte für andere, und es genügte ihm, für andere da zu sein, wenn er gebraucht wurde. Der sprühende Südfranzose jedoch brauchte immer wieder von neuem die Bestätigung seiner selbst, denn im Unbewussten seines Wesens wirkte sich wohl aus, dass er sich selbst und seine Fähigkeiten überschätzte. Aber diese unbequeme Stimme des unbestechlichen Gewissens vernahm er nicht gern, er hörte lieber Lob und Anerkennung, denn sie gaben ihm die Lebenswärme, unter der er aufblühte. Man hätte ihn sich vielleicht darin anders wünschen mögen, aber für wen von uns gilt das nicht, und der Graf war der Meinung, man müsste die Menschen nehmen, wie sie wären; jedenfalls sah er es nicht als seine Aufgabe an, sie zu ändern, sondern ihnen zu helfen, das zu leisten, was sie zu leisten vermochten, und so fuhr er fort: „Nein, gestatten Sie mir, dass ich auf den Umweg noch einmal zurückkomme. Es genügt nicht, dass man ihm zuerkennt, er sei interessant. Er ist das zweifellos, aber er kann viel mehr sein. Das Haus, in dem Plumpudding und Neunauge sich versteckt hielten, lag, wie sie uns berichteten, am Ende einer Sackgasse. Gibt es ein stärkeres Bild für völlige Aussichtslosigkeit als eine Sackgasse? Aber ich meine, der Umweg über diese Sackgasse war es erst, der uns den Erfolg bescherte. Als der Malteser erfuhr, dass unsere beiden getreuen Männer von seinen Subjekten beseitigt worden wären, gab ihm das ein Gefühl der Überlegenheit. Da packte ihn die Hybris, jener Übermut, von dem Euripides sagt, dass er der ewigen Gottheit so verhasst ist, und sein Übermut war mit die Ursache seines Sturzes. Dass du das eingesehen hast, Neunauge, das bewundere ich. Dass du deine feurige Natur überwandest und geduldig im Versteck aushieltest – damit hast du unsern Erfolg gesichert!"

„Man tut, was man kann, Herr Graf", sagte Neunauge, und sein Gesicht strahlte. Aber plötzlich veränderte es sich wieder. „Das hab' ich ja ganz vergessen!", rief er aus. Aus der Brusttasche seines Rocks holte er ein Telegramm hervor. „Das hat in unserm Hotel gelegen!"

Der Chef nahm es, überflog es und las dann laut: „Ubique Terrarum wünscht guten Erfolg. Sobald positives Ergebnis erreicht ist, reist sofort zum Haus der Sieben Türme bei Tripoli, Libanon. Sein Besitzer, Marûn Effendi, gibt an, in höchster Lebensgefahr zu sein. Bittet dringendst um Beschützer."

Sie hatten keine Möglichkeit mehr, darauf etwas zu sagen, denn ein Diener trat ein und meldete den Scheich der Beni Bechiri an, und schon betrat Bu Hamara den Raum. Sie waren aufgestanden, und wie in seinem Dorf vor fünf Tagen begrüßte ihn GG mit den Worten „Buenos dias, Sidi!" Doch anders als damals antwortete der Scheich mit seiner rauen, aber tiefen und vollen Stimme: „Salam alaikum!" Wieder gab er jedem seine mächtige Pranke, küsste sie dann und führte sie darauf an sein Herz.

„Willst du uns nicht die Ehre antun, o du Langlebiger", sagte GG, „bei uns zu sitzen?"

„Ich werde nicht lange bei euch bleiben können", antwortete der Scheich, „denn die 24 Schimmel für den Einzug des neuen Sultans in die Weiße Stadt werden herangeführt, und sobald sie da sind, bricht die Scherifische Majestät auf. Aber ich will euch den Frieden nicht rauben!"

Damit setzte er sich, und alle taten es ihm gleich. „Wirst du die Scherifische Majestät mit deinen Männern begleiten?", fragte GG.

„Mit zwölf Kriegern der Beni Bechiri bin ich im Gefolge der Majestät", erwiderte der Scheich. „Sultan Mohammed Abdullah hat sie zu seiner Leibwache und mich zu ihrem Rais erhoben. Jeden Monat reiten sie zurück in die Berge, und für sie reiten zwölf andere in die Weiße Stadt."

„Ich bin überzeugt", erwiderte GG, „dass der Sultan keine bessere Wahl treffen konnte. Von nun an ist sein Leben so sicher, wie Allah es erlaubt." Er bewunderte den geschickten Zug des neuen Sultans – er schaffte sich den ungebärdigen Berberstamm vom Halse, indem er den Scheich fest an sich band, die Männer des Stammes auszeichnete, zugleich aber nur immer eine kleine Gruppe von ihnen in die Weiße Stadt ließ.

„Du hast recht", sagte der Scheich. „Nichts geschieht, was Allah nicht will. Er wollte, dass Mohammed Abdullah Sultan wurde, und auch wir wollten es. Aber wenn wir geschossen hätten, dann wäre er mit uns getötet worden. Der Vater der Lüge war es, der erzählte, niemand würde auf uns feuern. Aber wenn Allah eine Krankheit erschafft, so erschafft er auch ein Heilmittel gegen sie. Lass es mich aussprechen, Sidi: Ihr wart das Heilmittel gegen den falschen Mann, dessen Blut vergiftet war und der uns alle den Tod bringen wollte. Als ihr bei uns wart, wusste ich das nicht. Jetzt weiß ich es, und ich wollte nicht fortreiten, ohne dir zu sagen, dass ich euer Feind nicht mehr bin."

„Was ist schöner auf dieser Erde", antwortete GG, „als wenn aus Feinden Freunde werden? Aber lass auch mich etwas aussprechen, o Scheich. Du reitest jetzt in die Weiße Stadt, und wir reisen weit fort in ein anderes Land. Dir geht es wohl im Haus des Sultans, und uns geht es wohl in dem, was uns zu tun obliegt. Der Tag geht dir und uns hin mit Tätigkeit. Aber des Nachts werden wir wach liegen, du und wir, denn wir werden den Gedanken nicht los an einen Knaben, der heimatlos durch die Berge irrt oder in irgendeiner Hafenstadt, wohin er flüchtete, elend verkommt."

Der Scheich hatte die Augen geschlossen, und es dauerte einige Atemzüge, bis er GG wieder ansah. „Ich habe dem Sultan alles berichtet, was geschehen ist", antwortete er. „Er will den Knaben, von dem du sprichst, suchen lassen. Er soll an seinem Hof aufwachsen."

Lärm drang vom Hof herauf, und der Scheich erhob sich. „Das sind die Pferde", sagte er und verabschiedete sich feierlich.

Sie traten an das Fenster. Vor dem Schlosseingang standen die 24 fleckenlosen Schimmel, alle prunkvoll gesattelt, und jeder wurde von einem Manne am Zügel gehalten. Jetzt trat der Sultan heraus, dem Bu Hamara und Herren des Hofs folgten. Zwölf Berber bestiegen die weißen Pferde und zehn Würdenträger. Der Sultan und Bu Hamara schwangen sich in die Sättel. Die Berber ritten als erste, dann kam der Sultan, und Bu Hamara mit den Hofherren schloss den Zug. So ritten sie über den weißen Sand zum „Tor der hohen Erwartung". Im Licht der Sonne glänzten die Pferdehufe, denn sie waren für den festlichen Einzug in die Weiße Stadt vergoldet worden.

Die Abenteuer im Libanon erzählt
Band 9 unserer Reihe: Das Haus der Sieben Türme

Wort- und Sacherklärungen

Seit dem ersten Erscheinen dieses Buches, 1957, veränderte sich einiges. Aktuelle Anmerkungen wurden in kursiver Schrift hinzugefügt.

Achtern ist ein seemännischer (niederdeutscher) Ausdruck für ‚hinten'.

Achterdeck ist das rückwärtige Deck des Schiffs.

Aljeddan, arabisch, heißt ursprünglich ‚Acker', dann auch ‚Platz'.

Almoraviden ist der Name einer mohammedanischen Sekte und zugleich ihres Herrschergeschlechts. Sie waren Berber, und unter ihren Fürsten eroberten sie große Teile Marokkos und das ganze arabische Spanien (1046 – 1147).

Andalus, nach der spanischen Landschaft Andalusien, heißen die Araber, die aus Spanien vertrieben wurden (siehe Mauren) und sich nach Nordwestafrika flüchteten. Es wird erzählt, dass in alten Familien noch heute die Schlüssel zu ihren Häusern aufbewahrt würden, aus denen die Vorfahren vertrieben wurden.

Apotheose, ein griechisches Wort, bedeutet eigentlich Vergötterung, die Erhebung eines Menschen zur Gottheit. Heute versteht man unter dem Wort begeisterte Huldigung und ein theatralisches Schlussbild mit Scheinwerferbeleuchtung.

Arabesken nennt man eine Schmuckform, die aus der Wiedergabe von Pflanzenranken entwickelt wurde. Es handelt sich dabei aber nicht um eine naturgetreue Wiedergabe, sondern um eine strenge Vereinfachung auf Grundformen (Stilisierung). Durch die unendliche Wiederholung der Einzelfiguren entsteht das Gesamtmuster. Die mohammedanischen Künstler entwickelten diese Kunst des Ornaments, weil sie der Meinung waren, der Koran (siehe dort) verbiete ihnen die Darstellung der von Gott geschaffenen natürlichen Formen. Das ist aber ein Missverständnis. Die betreffende Stelle verbietet nur die Herstellung von Götzenbildern. Den Begriff ‚Arabeske' gibt es auch in der Musik und beim Ballett.

Arabisch ist eine der Weltsprachen und die Hauptverkehrssprache in Nordafrika und im Vorderen Orient. Sie wird von vielen Millionen gesprochen. Die arabische Schrift wird von rechts nach links geschrieben. Sie hat 28 Mitlaute und nur drei Selbstlaute, nämlich a, i und u. Daher ist z. B. die bei uns übliche Wortform ‚Mohammed' nicht richtig: der Name wird Muhammad ausgesprochen, im Maghreb nur M'hamd. Die Mitlaute aber färben im Sprechen die Vokale sehr verschieden, so dass die Sprache reich an vielen Klängen ist. Uns fallen in ihr auch die starken Kehllaute auf.

Armenier sind ein vorderasiatischer Volksstamm, der sich sehr früh zum Christentum bekannte. Die Armenier hatten unter türkischer Herrschaft entsetzliche Verfolgungen zu erleiden, durch die große Teile des alten Volkes vernichtet wurden. Armenische Kaufleute stehen in dem Ruf, an Schlauheit durch niemand übertroffen zu werden.

Armstrong Whitworth ist eine berühmte englische Firma, die Waffen liefert, und Englands Hauptwaffenfabrik. *1927 wurde das Rüstungs- und Maschinenbaugeschäft mit Vickers Limited vereinigt. Die Firma Vickers-Armstrong existierte bis 1977.*

Bab nuäddr, arabisch, ‚Tor der hohen Erwartungen'.

Backbord, englisch, ist in der Seemannssprache die linke Schiffsseite. Die Back ist der Vorderaufbau des Schiffes.

Baraka, arabisch, ist ein schwer zu verdeutschender Begriff. Der Araber versteht darunter die fördernde Macht, die von einem bedeutenden Menschen ausgeht. Sie hängt mit Begnadung und Segnung zusammen, wird aber auch als Zauber verstanden.

Barscheck siehe Scheck.

Bay war ursprünglich bei den Türken ein Titel von höheren Beamten und Offizieren. Dann wurde er allen Angehörigen der oberen Schicht und den Europäern gegeben und deren Namen angehängt.

Bengalen ist ein Staat im nordöstlichen Vorderindien. *Im Jahr 1947 wurde Bengalen geteilt. Der hinduistische Westen gehört heute zu Indien, der islamische Ostteil des Landes wurde 1971 zur Volksrepublik Bangladesch.*

Berber gehören zur Urbevölkerung Afrikas, haben aber ursprünglich nichts Afrikanisches an sich. Sie rechnen zu der vorgeschichtlichen Völkerfamilie, die Irland, Südengland, Westfrankreich, Spanien, die Azoren und Nordafrika bewohnt hat. Später haben sie sich mit Arabern und den afrikanischen Ureinwohnern vermischt. In abgelegenen Gebieten des Atlas gibt es noch heute reine Berber. Auch die Tuaregs, die Nomaden der westlichen Sahara, gehören zu den Berbern.

Mit **Blockhäusern** *sind hier kleine militätische Schutzbauten gemeint, die an strategisch wichtigen Stellen errichtet wurden. Gebräuchlicher ist diese Bezeichnung für Gebäude mit Wänden aus übereinanderliegenden, rohen oder bearbeiteten Baumstämmen.*

Bluffen, englisch, durch prahlerische Behauptungen den anderen einschüchtern, ihn verblüffen und täuschen.

Bockshorn. ‚Ins Bockshorn jagen', ist ein Ausdruck, der seit 1494 belegt ist, für den man aber noch keine befriedigende Erklärung gefunden hat. Er meint soviel wie ‚einschüchtern'.

Bogen und Pfeil sind uralte Waffen des Menschen und seit der Altsteinzeit (etwa 8500 Jahre v. Chr.) im Gebrauch.

Bordüre ist die Einfassung eines Stoffes durch ein Gewebe mit Mustern oder ein schmückender Besatz des Stoffes.

Börse nennt man die regelmäßige Zusammenkunft von Verkäufern, Käufern und Vermittlern, die Handelsgeschäfte abschließen. Auch das Haus, in dem diese Zusammenkünfte stattfinden, nennt man Börse. Dort werden Waren gehandelt (z. B. Zucker, Schrott), aber auch Wertpapiere, z. B. die Aktien großer Unternehmungen. Aktien sind Anteilscheine, die dem Besitzer einen Anteil an dem Gewinn des Unternehmens sichern. Steht das Unternehmen schlecht, so verlieren diese Anteilscheine an Wert. Geht es dem Unternehmen gut, so steigt der Wert der

Anteilscheine: ein Anteilschein, den ich für 1000 Mark gekauft habe, kann dann 2000 Mark wert sein. Umgekehrt kann auch ein Anteilschein an Wert verlieren, wenn z.B. Gerüchte in Umlauf gesetzt werden, das Unternehmen sei in Schwierigkeiten. Zum Börsengeschäft gehört nicht nur viel Geld, sondern auch Kühnheit, Sachkenntnis und ein scharfer Verstand.

Bronze ist ein Gemisch von Kupfer und Zinn. In der Vorzeit wurde es zu Waffen, Werkzeugen und Schmuck verarbeitet, heute vor allem zu Schmuck und Kunstwerken.

Bug nennt man den Vorderteil des Schliffs. Das Wort bedeutet im Mittelhochdeutschen ‚Achsel', auch ‚Hüfte'.

Buenos dias, spanisch, ‚Guten Tag'.

Bukett ist ein Blumenstrauß, beim Wein aber sein Duft.

Byzantinisch bezeichnet alles, was zur Zeit des Byzantinischen Reiches gehört. Es entstand aus der östlichen Hälfte des Römischen Weltreichs und hatte seinen Mittelpunkt in der Stadt Byzanz, die später Konstantinopel genannt wurde und heute Istanbul heißt. Seine Blütezeit war von 867 bis 1056.

Centavo (lateinisch ‚centum', ‚hundert') ist in vielen, vor allem in spanisch oder portugiesisch sprechenden Ländern die kleinste Währungseinheit.

Chassis, französisch, ‚Einfassung', ‚Rahmen' – das Fahrgestell des Kraftwagens.

Chrom (von griechisch ‚chroma', ‚Farbe') ist ein silberweißes, glänzendes, sehr hartes Metall, das man seit 1797 kennt. Es wird dazu benutzt, Stoffe härter zu machen oder haltbarer. Stahl wird durch Chrom ‚vergütet', das heißt durch Glühen verbessert.

Churchill, der englische Staatsmann (1874 – 1965), malte aus Liebhaberei Landschaften, besonders gern in Nordafrika.

Citrus ist der lateinische Name der Pflanzengattung, zu der unter anderem gehören: Mandarine, bittere Orange, Bergamotte, Apfelsine, Zitrone.

Unter einem **Diwan** (aus dem Persischen) versteht man in Europa meistens eine Sitzgelegenheit wie ein Sofa. Denn in arabischen

Versammlungsräumen ziehen sich Diwane an den Wänden entlang. *In der arabischen Welt hat der Begriff noch einige andere Bedeutungen.*

Drall nennt man einmal eine Kraft, die bei einem sich drehenden Gegenstand entsteht. Dann bezeichnet man damit bei Feuerwaffen die Windungen der Züge im Lauf, die dem Geschoß einen sicheren Flug geben.

Dschahannam heißt die Hölle. Das arabische Wort kommt aus dem Hebräischen ‚Gehinnom‘, ‚Tal von Hinnom‘, ein Tal im Süden Jerusalems, in welchem dem phönizischen Gott Moloch Kinder geopfert wurden.

Djellaba heißt das im westlichen Nordafrika getragene Übergewand. Von den Bauern wird die Djellaba als kurzer, weiter, vorn geschlossener Kapuzenmantel getragen. Der Städter trägt sie als ein weites, langes Gewand, das über den Kopf gezogen werden muss.

Dschema ist das berberische Wort für ‚Versammlungshaus‘, ‚Gotteshaus‘.

Dschinn, arabisch, ist ein Geist, der in Bäumen sitzt oder auf der Erde, unter der Erde, im Wasser, in der Luft oder im Feuer. Es gibt gute Dschinns und böse. Die bösen heulen im Wind, spuken in alten Häusern, hocken auf Gräbern, spüren Tote auf und sind die Ursachen allen Unglücks.

Dynastie, von griechisch ‚dynastes‘, ‚der Mächtige‘, ein Herrschergeschlecht.

Einschießen. Für gewöhnlich wird ein Gewehr auf 100 bis 150 m eingeschossen, um die genaue Lage des Treffpunkts der Waffe zu ermitteln.

Elektrostahl ist im elektrischen Ofen erzeugter Stahl. *Heute verwendet man die sogenannten Lichtbogenöfen vor allem, um aus Schrott neuen Stahl zu gewinnen.*

Eskorte, ein französisches Wort, bedeutet ‚Geleit‘, ‚Ehrengeleit‘, aber auch Bewachung, die ein Entrinnen unmöglich macht.

Etui, ‚Behälter‘, ‚Futteral‘. Aus dem Französischen.

Euripides ist einer der drei großen dramatischen Dichter der alten Griechen (480 – 406 v. Chr.).

Façon de parler, französisch, ‚das sagt man bloß so'.

Fayence, französische Bezeichnung für Tonwaren, die mit einer undurchsichtigen Glasur bedeckt sind. Der Name stammt von der italienischen Stadt Faenza. Der italienische Name Majolika bezeichnet das Gleiche. Glasierte Tonwaren wurden in Ägypten schon im 4. Jahrtausend v. Chr. hergestellt. Die Künstler des Islams (siehe dort) leisteten darin Hervorragendes und brachten die Kunst nach Spanien, wo sie heute noch blüht.

Fitzen ist ein mitteldeutscher Ausdruck für ‚den Kopf verlieren', ‚überhastet arbeiten'.

Fond, französisch, aus dem lateinischen ‚fundus', ‚Boden', im Wagen der Rücksitz.

Geste, aus dem Lateinischen, ‚Gebärde', ‚Handbewegung'.

Gold wird in gemünzter Form und in kleinen Barren gehandelt.

Großmogul war der Titel der Herrscher in Indien von 1526 bis 1858. Sie stammten von den Mongolen ab und zu ihren Vorfahren gehörten Welteroberer wie Dschingis-Khan und Timur.

Halifa, arabisch, heißt ‚Nachfolger', ‚Stellvertreter' und ist bei uns mehr in der Form ‚Kalif' bekannt. Die mohammedanischen Herrscher, die als Nachfolger des Religionsstifters Mohammed (siehe dort) angesehen wurden, führten den Titel ‚Kalif'.

Hand der Fatima nennen die Araber die Hand, die mit gespreizten Fingern rot oder schwarz an die weißen Hauswände gemalt wird und gegen böse Geister schützen soll. Fatima war die jüngste Tochter des Propheten, lebte von 606 bis 632 und wurde die Ahnfrau der Nachkommen Mohammeds.

Haschisch ist ein Rauschgift, das aus Hanf gewonnen und geraucht wird. Es löscht alles Verlangen aus. Der Haschischraucher hat keine Begierden mehr und stumpft ab. Er kennt auch keine Angst mehr und wird gleichgültig gegen Not und Gefahr.

Henna ist der arabische Name einer Pflanze, deren Blätter und vor allem deren Stängel einen rotgelben Farbstoff hergeben. Botanischer Name: Lawsonia alba.

Herkulisch bezeichnet einen kraftvollen Mann von großer Gestalt. Herkules ist der lateinische Name des griechischen Helden Herakles, der in zwölf Taten die Welt von furchtbaren Übeln und Ungeheuern befreite und dadurch unsterblichen Ruhm erwarb.

Hindustani heißt eine der meistgesprochenen Sprachen Indiens, eines Landes, in dem etwa 134 Sprachen mit über 300 Mundarten gesprochen werden.

Hybris, griechisch, bezeichnet den Übermut und unmäßigen Stolz, der den Menschen ergreifen kann, nachdem er Großes geleistet hat. Hybris führt zu Selbstüberhebung und Verblendung und bedingt dadurch oft den Sturz des Mächtigen.

Ibn Sa'ud, genauer Abd al-Aziz ibn Abd ar-Rahman ibn Faisal Al Sa'ud, war der Gründer des saudi-arabischen Königreiches. Er lebte von 1880 bis 1953 und war ein König, der sich sein Königreich in wilden Kämpfen schuf, wie wir sie sonst nur noch aus Sagen kennen. Es gelang ihm aber auch, nomadenhaft schweifende Araberstämme sesshaft zu machen. Er hatte 44 Söhne, von denen ihn 33 überlebten. Heute regiert sein Sohn Saud. Das Herrschergeschlecht ist durch die Erdölquellen des Landes unermesslich reich geworden. Eine arabisch-amerikanische Ölgesellschaft beutet sie aus (siehe auch Wahhabiten). *Seit 2005 regiert in Saudi-Arabien Abdullah ibn Abd al-Aziz Al Sa'ud, der 15. Sohn von Ibn Sa'ud. Die ‚Arabian-American Oil Company', abgekürzt ‚ARAMCO', wurde in den 1970er Jahren verstaatlicht und ist die nach wie vor größte Ölgesellschaft der Welt.*

Inflation, lateinisch ‚Aufblähung', nennt man den Vorgang, bei dem das Geld eines Landes wertlos wird, weil uferlos neues Papiergeld gedruckt wird. Die erste Inflation erlebte Frankreich 1719/20. Amerika machte Inflationen im Unabhängigkeitskrieg gegen England und im Bürgerkrieg von 1861 bis 1865 durch. Seitdem wird der Ausdruck ‚Inflation' gebraucht.

Deutschland hatte nach dem Ersten Weltkrieg eine Inflation, die 1923 beseitigt wurde. Damals hatte eine Goldmark den Wert von einer Billion Papiermark.

Interpol ist die Abkürzung für die ‚Internationale kriminalpolizeiliche Organisation' zur Verfolgung von schweren Verbrechen. Ihr gehören 44 Staaten an, die einander jede Hilfe gewähren. *Inzwischen sind 187 Staaten Interpol beigetreten.*

Intrige, ein französisches Wort von lateinisch ‚intricare', ‚verwirren', bezeichnet ein listiges Vorgehen, durch die andere in Verlegenheit oder ins Unglück gebracht werden sollen.

Irisieren heißt in den Farben des Regenbogens schillern. Seifenblasen tun es, ebenso eine Ölschicht, die sich auf Wasser ausbreitet. Iris ist ein griechisches Wort und bedeutet ‚Regenbogen'. Auch die Regenbogenhaut im Auge nennt man Iris.

Islam heißt wörtlich ‚völlige Hingabe (in Allahs Willen)' und bezeichnet die Religion, die der Araber Mohammed (siehe dort) gründete.

Istanbul ist die größte Stadt der Türkei. *Sie wurde 660 v. Chr. von den Griechen unter dem Namen Byzantion (s.a. ‚byzantinisch') gegründet und hieß von 330 n. Chr. bis 1930 Konstantinopel.*

Jeep ist die amerikanische Bezeichnung für ein Fahrzeug, das zu ‚general purpose' benutzbar ist, zu ‚jedem Zweck'. Nach den ersten Buchstaben der beiden Wörter nannte man diesen Typ GP; daraus wurde dann abgeschliffen Jeep. *Heute gibt es noch weitere Erklärungsversuche für die Herkunft der Bezeichnung ‚Jeep' für Geländewagen, die 1950 als Markenname einer Autofirma geschützt wurde. Die Firma gehört inzwischen zum Chrysler-Konzern.*

Kabul ist die Hauptstadt Afghanistans.

Ein **Kaleidoskop** (aus dem Griechischen, wörtlich ‚Schönbildschauer') ist ein Instrument, das 1817 zum ersten Mal hergestellt wurde. Es besteht aus einem innen geschwärzten Rohr, in dem sich zwei zueinander geneigte Spiegel befinden. An einem Ende hat es ein kleines Loch zum Durchsehen, am andern eine

Anzahl farbiger Glasstückchen, die zwischen zwei Glasplatten eingeschlossen sind. Durch die Spiegel sieht man sie versechsfacht und zu einem sechsstrahligen Stern angeordnet. Dreht man nun die Röhre, so ergeben sich immer wieder neue Bilder. Das reizende Spielzeug war während des ganzen 19. Jahrhunderts das Entzücken der Kinder, ein feines, stilles Vergnügen. Wahrscheinlich wird es heute, im Zeitalter des Kinos und des Fernsehens, gar nicht mehr hergestellt. *Hier irrte der Autor. Kaleidoskope werden auch heute noch angeboten. Das größte Kaleidoskop der Welt wurde 2005 auf der Expo in Japan errichtet und zwar in einem 47 m hohen Turm.*

Kasbah, arabisch, ‚Festung', ‚Zitadelle', ‚Burg'.

Kasr (aus lateinisch ‚castrum', ‚befestigtes Lager'), ist das arabische Wort für ‚Schloss', ‚Palast'.

Kawuah ist das arabische Wort, aus dem unser ‚Kaffee' entstanden ist.

Kiosk, vom persisch-türkischen Wort Kösk, ist ursprünglich ein Gartenhäuschen, dessen Dach auf Säulen steht.

Kismet ist die türkische Variante des arabischen Wortes qisma. Es bedeutet Teil, Anteil und dann das, was einem jeden zuteilt ist – sein Schicksal. Der Glaube an das Unabänderliche des Schicksals ist ein wesentlicher Bestandteil der mohammedanischen Religion.

Kokain ist ein Rauschgift, das aus den Blättern der Kokapflanze gewonnen wird, die in Südamerika, neuerdings auch in Java angebaut wird. Die Eingeborenen Südamerikas kauen die Blätter, was ermuntert (Coca-Cola!). Der Arzt verwendet Kokain zur Schmerzbetäubung. Wer das weiße Gift schnupft, kommt davon nicht mehr los und bezahlt es schließlich mit völliger körperlicher und geistiger Zerrüttung. *Bis 1906 enthielt Coca-Cola tatsächlich das berauschende Extrakt der Kokablätter. Dann wurde es aber aus der Rezeptur entfernt.*

Kombüse nennt der Seemann die Schiffsküche.

Koran, arabisch, soviel wie ‚Lesung', ‚Rezitation', ist für den

Mohammedaner das heilige Buch wie für den Christen die Bibel. Er gilt als die Quelle aller mohammedanischen Religion und Gesetze. Der Legende nach hatte sich Mohammed (siehe dort) in die Einsamkeit der Berge zurückgezogen, als ihm der Erzengel Gabriel erschien, der befahl: ‚Trag vor!' In dieser Nacht, die heute noch als ‚Nacht der Bestimmung' gefeiert wird, wurde der Überlieferung nach der Koran von Gott dem Propheten Mohammed in sein Herz geschrieben. Es gibt im Koran viele Parallelen zum jüdischen und christlichen Weltbild. Die Abschnitte, in die der Koran eingeteilt ist, heißen Suren.

Kultur, aus dem lateinischen ‚cultura', ‚Ackerbau', bezeichnet ursprünglich die Urbarmachung des Bodens, dann die Veredelung des Menschen durch die Ausbildung seiner sittlichen, künstlerischen und geistigen Kräfte. Zu unserer Kultur gehören Gerechtigkeit, Freiheit, Ehrfurcht vor Gott. Die technischen Errungenschaften, wie Radioapparat, elektrisches Licht oder das Motorfahrzeug, gehören zur Zivilisation. Ein Mensch, der diese technischen Errungenschaften benutzt, ist dadurch noch kein kultivierter Mensch.

Kuskus, eigentlich ‚Kuskusu', ein Brei aus Weizen- oder Maisgrütze mit Hammelfett und den verschiedensten Zutaten.

Läuse sind Insekten, Blutsauger, die auf Vögeln, Säugetieren und Menschen vorkommen. Durch ihren Körperbau sind sie für diese sonderbare Existenz besonders gut eingerichtet. Was Plumpudding von ihnen behauptet, ist nur zum Teil richtig: von der Haut fiebernder Menschen ziehen sie sich zurück.

Levantiner nennt man die Bewohner der Levante, der Länder um das östliche Mittelmeer bis zum Euphrat und Nil. Levante, ein italienisches Wort, heißt ‚Morgenland'. Die Bezeichnung ‚Levantiner' hat einen Nebensinn: man versteht darunter auch einen Menschen, der in gerissener Weise auf seinen Vorteil bedacht ist.

M 98 ist die Bezeichnung für ein Gewehr, das die deutschen Mauserwerke herstellten und welches in Deutschland und vielen anderen Staaten als Armeewaffe eingeführt wurde.

Unter **Maghreb**, arabisch ‚der Westen', versteht man vor allem die drei nordafrikanischen Länder Tunesien, Algerien und Marokko, teilweise auch noch Libyen und Mauretanien, die aufgrund ihrer Geschichte viele Gemeinsamkeiten haben. *Marokko bezeichnet sich selbst als ‚al-Maghrib'.*

Malta ist eine Inselgruppe im Mittelländischen Meer. Die Malteser sind ein Mischvolk aus Arabern, Italienern und anderen Mittelmeervölkern. Sie sind Bauern, Seeleute und Händler. Viele wandern nach Nordafrika aus. Ab 1800 waren die Inseln von den Engländern besetzt und eine britische Kolonie. 1947 bekam Malta eine Selbstverwaltung, unterstand aber dem britischen Kolonialministerium. Malta war einer der stärksten britischen Stützpunkte der Marine und der Luftflotte. *1964 wurde Malta ein unabhängiger Staat, der 2004 der Europäischen Union beitrat.*

Maria-Theresien-Taler, auch Levantetaler genannt, ist ein österreichischer Taler mit dem Bilde der Kaiserin Maria Theresia. Er wurde zuerst 1753 geprägt und seitdem immer wieder hergestellt. Er galt in Äthiopien bis 1945 und wurde dann durch den äthiopischen Dollar ersetzt.

Marokko bildet seit 500.000 Jahren eine Brücke zwischen dem Orient, Afrika und Europa. Ausgrabungsfunde und Felszeichnungen belegen, dass das Land bereits sehr früh besiedelt war. 1912 kam der Norden unter die Herrschaft Frankreichs und der Süden zu Spanien. 1956 wurde aus beiden Gebieten zusammen ein unabhängiger Staat. Seit 1999 regiert König Mohammed VI. das Land.

Marotte, französisch, ist eigentlich ein Narrenzepter mit einem Puppenkopf und heißt heute soviel wie ‚Schrulle', ‚wunderliche Eigenschaft'.

Marrakesch zählt neben Meknès, Fès und Rabat zu den Königsstädten Marokkos. Jede von diesen war zu einem bestimmten Zeitpunkt in der Geschichte des Landes die Hauptstadt. Seit 1912 hat die Regierung ihren Sitz in Rabat. ‚Marokko' als Bezeichnung für das ganze Land ging aus dem Stadtnamen Marrakesch hervor.

Als **Mauren** werden all jene Berberstämme verstanden, die von den Arabern islamisiert wurden. Die Mauren herrschten mehrere Jahrhunderte lang auf der spanischen Halbinsel sowie in Nordafrika. Früher verstand man unter Mauretanien den ganzen Nordwesten Afrikas. *Heute machen die Mauren ca. 80% der Einwohner des südlich von Marokko gelegenen Staates Mauretanien aus.* Mit ‚maurischer Kultur' meint man die Lebensform, den Baustil und das Kunsthandwerk aus der Zeit, als die Araber Spanien beherrschten (711 – 1492). Siehe ‚Andalus' und ‚Kultur'.

Medina ist ein aus dem Arabischen kommendes Wort für ‚Stadt'. *Heute wird der Begriff auch als besondere Bezeichnung für die Altstadt nordafrikanischer Städte verwendet.* Die bekannte Stadt Medina in Saudi-Arabien ist nach Mekka die zweitwichtigste heilige Stadt des Islam und heißt genauer ‚Mad nat an-Nab ', ‚Stadt des Propheten'.

Medresse, auch Madrasa, arabische Bezeichnung für eine islamische Hochschule.

Mehalla ist das arabische Wort für ‚bewaffneter Haufen', dann ‚Kriegszug', dann ‚Heer'.

Mijnheer, holländisch, ‚Herr'. Eigentlich heißt es ‚mein Herr', wie das französische ‚monsieur' (siehe dort).

Minas del Rif ist der spanische Name einer Bergwerksgesellschaft in Marokko, deren Aktien an den Börsen gehandelt werden.

Mohammed (Aussprache siehe ‚arabisch') bedeutet ‚der Gepriesene' und ist der Name des Stifters der islamischen Religion. Er lebte von 570 bis 632. Der Islam (siehe dort) verkündet den Glauben an einen einzigen Gott und sieht Christus nicht als Gottes Sohn an, sondern als einen Propheten.

Mohammedija ist eine moderne Kopfbedeckung in Marokko, die wie ein Filzhut aussieht, von dem man die Krempe weggeschnitten hat.

Monsieur, französisch, ‚Herr', eigentlich ‚mein Herr'. Das Wort sieur kommt von dem lateinischen ‚senior', ‚der Ältere', davon abgeleitet ‚Musjö', eine spöttisch gemeinte Bezeichnung, *die inzwischen völlig aus dem Gebrauch gekommen ist.*

Montur ist eine altmodische Bezeichnung für die Bekleidung eines Soldaten.

Moschee ist ein aus dem Arabischen falsch überliefertes Wort; es muss ‚masdschid' heißen. Es bezeichnet das Gotteshaus des Mohammedaners. Der Turm dieses Gotteshauses wird von den Europäern Minarett genannt, was auch nicht richtig ist. Die arabische Bezeichnung ist ‚manara' oder ‚midhana'. Das heißt ‚Ort des Lichts' oder ‚Ort des Feuers'. Von diesem Turm aus erschallt der Ruf zum Gebet. Der Turm ist im westlichen Afrika viereckig, im übrigen Orient rund.

Muslim, auch ‚Moslem', arabisch, ‚der sich Gott Hingebende', ist die Bezeichnung für die Bekenner des Islams. Aus der persischen Form ‚musliman' wurde bei den Türken ‚müslüman' und im Deutschen die *inzwischen veraltete* Bezeichnung ‚Muselman'.

Ölschilfe sind dadurch kenntlich, dass ihre Schornsteine nicht wie bei anderen Schiffen in der Mitte stehen, sondern hinten, weil man die Feuerstellen möglichst weit von der Ladung unterbringen muss.

Öre ist eine dänische Münze, unserem Cent entsprechend.

Palmito ist der spanische Name der Zwergpalme, Chamaerops humilis (griechisch: chamai, ‚am Erdboden', ‚niedrig'; rhops, ‚Gesträuch'). In Algier, Marokko und Andalusien (Spanien) überzieht diese niedrige Pflanze weite trockene Flächen mit dichtem Gestrüpp. Ihre Blätter nimmt man zu Besen, Hüten und als Dachbedeckung. Aus ihren Fasern werden Stoffe hergestellt, auch sogenanntes ‚pflanzliches Rosshaar'.

Panama ist in der Welt der Schifffahrt dafür bekannt, dass der geschäftstüchtige kleine Staat von den Schiffen, die unter seiner Flagge fahren, nicht die Sicherheitsmaßnahmen verlangt, die andere Staaten im Interesse der Schiffsbesatzungen fordern. *Deshalb hat Panama auch im Jahr 2009 noch mit ca. 6.200 Schiffen die größte Handelsflotte der Welt. Allerdings befinden sich fast alle hier registrierten Schiffe in ausländischem Besitz und sind mit ausländischen Mannschaften besetzt.*

Panik kommt vom Namen des griechischen Hirtengottes Pan. Ihm gehörte die gespenstische Stille der heißen Mittagsstunde – ‚Pan schläft', so hieß es, und keiner wagte, die Ruhe des Gottes zu stören. Denn wenn ihn jemand zur Unzeit aufweckte, dann lärmte er fürchterlich, so dass die Herden vor Schrecken auseinanderstoben und die erschrockenen Tiere blindlings in den Abgrund stürzten: das war der ‚panische Schrecken'. Heute versteht man unter Panik einen Schrecken, der einer Menschenmenge die Überlegung nimmt.

Pappe bedeutet ursprünglich ‚Kinderbrei'. Wer ‚nicht von Pappe' ist, der wurde nicht mit Brei ernährt, sondern er bekam kräftiges Essen und wurde dadurch gesund und stark.

Passage, französisch, ein Durchgang durch mehrere Häuser, eine Ladenstraße.

Patronen mit überstehendem Rand werden für Gewehre mit aufklappbaren Läufen gebraucht. Da verhindert der Rand, dass die Patrone in den aufgeklappten und schief nach unten stehenden Lauf rutscht. Für das Gewehr M 98, das einen feststehenden Lauf hat, sind sie überhaupt nicht zu verwenden.

Perlmutt ist die Innenschicht von Muscheln. Sie ist aus feinsten Kalkblättchen gefügt und schillert in den Farben des Regenbogens.

Phönizier waren ein altes Seefahrervolk, das in Syrien am Fuß des Libanon-Gebirges wohnte und Handelskolonien auf Zypern, in Nordafrika und Spanien gründete. Später wurden sie Punier genannt. Karthago war einer ihrer mächtigsten Stadtstaaten. Ihre Götter waren Baal und Moloch, dem Kinder geopfert wurden (s. Dschahannam). Die Phönizier hatten schon im 19. und 18. Jahrhundert vor Christi Geburt eine hohe Kultur.

Poker ist ein amerikanisches Glücksspiel, das mit Whistkarten gespielt wird. Sein Reiz liegt darin, dass man auch mit schlechten Karten hoch gewinnen kann, wenn man kühn genug ist, so zu tun, als habe man ausgezeichnete Karten (siehe bluffen).

Politigården ist der Name des Polizeipräsidiums in Kopenhagen.

Positionslichter muss nach dem internationalen Seeverkehrsrecht jedes fahrende Schiff bei Nacht oder schlechter Sicht führen, damit begegnende Schiffe einen Anhalt über seine Fahrtrichtung haben. Die Seitenlichter sind: Steuerbord (rechts) grün, Backbordseite (links) rot. Das Topplicht ist ein helles weißes Licht im vorderen Teil des Dampfers, das Hecklicht, auch weiß, am hinteren Teil des Dampfers.

Profil ist eine Ansicht von der Seite.

Prozent, aus dem italienischen ‚per cento', heißt ‚auf hundert', ‚vom Hundert'. Ein Gewinnanteil von 20 Prozent etwa beträgt auf 100 € Anteil 20 € Gewinn.

Punzen, von italienisch ‚punzone', ‚Stoß', nennt man die Kunstfertigkeit, aus Metall oder Leder Figuren und Muster herauszuarbeiten.

Rais, arabisch, ‚Oberhaupt', ‚Kapitän', ‚Hauptmann'.

Regulares hießen in Spanisch-Marokko (siehe Marokko) die Truppen, die dem spanischen Generalgouverneur unterstehen, im Gegensatz zur Mehalla, die dem Sultan unterstand.

Residieren heißt soviel wie ‚wohnen'. Das Wort wird für Landes- oder Kirchenfürsten gebraucht. Ihr Wohnort ist ihre Residenz.

Rio de Oro ist das Gebiet West-Sahara an der Küste des Atlantischen Ozeans, das unter spanischer Verwaltung stand. Davor liegen die Kanarischen Inseln. Es besitzt den Flughafen Uni. Da die Spanier so gut wie nie erlaubten, dass man dieses Gebiet besuchte, wurden viele Gerüchte erzählt: dort gäbe es ‚blaue Menschen' und einen sagenhaften Sultan von Smara. Aber ein Engländer, der dort gewesen sein wollte, erklärte, dort gäbe es keine Städte, keine Bäume, keine Berge, sondern nur Sand, fürchterliche Hitze und armselige Ziegenhirten mit kümmerlichen Herden. *Im Jahr 1975 übergab Spanien das Territorium zu einem Teil an Marokko zum anderen an Mauretanien.*

Rosenholz kommt von tropischen Bäumen, die im östlichen Südamerika wachsen. Es hat entweder rosenrote Farbe oder rosenartigen Geruch.

Ruder sagt der Seemann zu dem Bootsteil, das der Laie ‚Steuer' nennt.

Salam'alaikum, arabisch, ‚Friede sei mit Dir', die schöne Formel der Begrüßung im Orient.

Sargento, spanisch, ‚Sergeant'.

Scheck ist eine Anweisung an eine Bank, dem Überbringer eine bestimmte Summe auszuzahlen. Das ist dann ein Barscheck. Ein Verrechnungsscheck wird nicht bar ausgezahlt, sondern der Betrag, auf den er lautet, wird einem andern Konto gutgeschrieben.

Scheich bedeutet eigentlich ‚Greis', ‚Ältester', dann ‚Führer eines Stammes'.

Scherif, arabisch, ‚erhaben', ‚edel', ist der Titel, der den Nachkommen des Religionsstifters Mohammed zukommt.

Schaftverschneidungen sind geschnitzte Verzierungen am hölzernen Schaft eines Gewehres oder einer Pistole.

Schaytan, arabisch, der Teufel.

Schmutzgeier, auch Kot- oder Maltesergeier genannt, hat eine rabenähnliche Gestalt, einen nackten vorstehenden Kropf, und von ihm geht ein übler Geruch aus, den auch der tote Balg nach Jahren nicht verliert. Er nährt sich von Menschenkot und Aas. Man trifft ihn in West- und Südasien, Persien, Nord- und Mittelindien und den Mittelmeerländern. Den alten Ägyptern und Israeliten galt er als Sinnbild der Elternliebe.

Seat ist der Name einer spanischen Automobilmarke. *Seit 1986 gehört sie zum Volkswagen-Konzern.*

Sidi, arabisch, ‚Herr', ist die Anrede für einen Höhergestellten, ursprünglich nur für die direkten Nachkommen des Propheten.

Smith & Wesson ist der Name einer amerikanischen Waffenfabrik.

Sommelier, französisch, ist der Name des Kellners, der den Wein unter sich hat.

__Spanisch-Guinea__ war eine spanische Kolonie am Golf von Guinea, die 1968 als Äquatorialguinea unabhängig wurde.

Spanische Reiter heißen in der Feldbefestigung bewegliche Drahthindernisse von etwa 2 m Länge. Sie bestehen aus einem Holzgestell, das mit Stacheldraht bespannt ist.

Spätlese ist die Auswahl von Weinbeeren, die sehr lange am Rebstock gehangen haben, daher einen besonders edlen Geschmack besitzen und einen vorzüglichen Wein liefern.

Steven (niederdeutsch, von ‚Stamm') nennt man im Schiffbau die massiven Bauteile, die vorn und hinten den Schiffsrumpf begrenzen, daher Vordersteven und Achtersteven (siehe achtern).

Steuerbord heißt die rechte Seite eines Schiffes.

Suks heißen die Ladenstraßen in arabischen Städten oder Stadtteilen. Auch Märkte werden Suks genannt.

Takiah, eine bunte Wollmütze, die in Marokko von Kindern und Männern getragen wird.

Tanger ist eine marokkanische Hafenstadt am westlichen Eingang der Straße von Gibraltar. Ihr Gebiet war internationalisiert und ein Paradies für Geschäftemacher aller Art. Da Marokko allmählich ein eigener, souveräner Staat wird und die Ausnahmebestimmungen für Tanger außer Kraft gesetzt werden, verliert die Stadt viele ihrer fragwürdigen Bewohner. Sie verziehen nach Makao, der portugiesischen Besitzung in Ostasien. *Seit 1956 gehört die Stadt zu Marokko.*

Tarbusch ist die arabische Bezeichnung für die Kopfbedeckung, die wir Fes nennen.

Tariq ibn Ziyad war ein Feldherr eines arabischen Fürsten. Er führte einige tausend Berber nach Spanien und besiegte die dort herrschenden Westgoten (711). Seinen Namen bewahrt die Bezeichnung Gibraltar – Dschebel at-Tariq – ‚Felsen des Tariq'.

Tauschieren ist eine Technik, bei der glatte Flächen aus Metall dadurch verziert werden, dass man in Vertiefungen Gold- und Silberdrähte einlegt.

Team, englisch, ‚Mannschaft', eine Gruppe, deren Mitglieder aufeinander eingespielt sind. Was sie zusammen leisten, ist ‚team work', Gemeinschaftsarbeit. Diese Art der Zusammenarbeit ist für unsere Zeit charakteristisch. Der einzelne kann das als Ganzes Geforderte nicht mehr leisten, weil dafür zu verschiedene Fähigkeiten nötig sind, als dass sie der einzelne besitzen könnte. Im Team gibt es kein ‚oben' und ‚unten': alle sind Partner.

Topplicht siehe Positionslichter.

Turban, aus dem persischen ‚dulband', ist die europäische Bezeichnung für die Kopfbedeckung der Mohammedaner (außer in der Türkei), die aus einem Stoffstreifen gewunden wird. Das will gelernt sein – versucht sich ein Europäer in der Kunst, dann sieht es aus, als habe er sich um den Kopf einen Notverband gelegt.

Typ, Typus, von griechisch ‚týpos', ‚Schlag', ‚Gepräge', meint eine Grundform, die allen Angehörigen ein und derselben Art eigen ist.

Vandalen sind Germanen, die ab dem ersten Jahrhundert n. Chr. in Schlesien und Polen lebten. Sie zogen dann nach Westen, überschritten 406 den Rhein, zogen durch das heutige Frankreich nach Spanien und im Jahre 429 nach Afrika. Ihr König Geiserich beherrschte Nordafrika, die Balearen, Korsika, Sardinien und Sizilien. Seine Flotte beherrschte das Mittelmeer. Hundert Jahre später wurden die Vandalen von dem byzantinischen Kaiser (siehe byzantinisch) besiegt und sämtlich aus dem Lande geschafft.

Versicherungsprämie heißt der Betrag, den jemand zahlen muss, der sich gegen einen Schaden versichern will.

Vorschiff nennt man den vorderen Teil des Schiffsrumpfs.

Wadi ist das arabische Wort für ‚Tal'. Meist liegt es trocken und führt nur nach plötzlichen Regengüssen Wasser.

Wahhabiten heißen die Anhänger des Muhammad ibn Abd al-Wahhab, eines Arabers, der im 18. Jahrhundert den Islam reformierte und auf eine strenge Innehaltung der Religionsgesetze drang.

Wekil, arabisch, ‚Stellvertreter', ‚Repräsentant'.

Wesir al cosor ist ein hoher Beamter am Hof eines Sultans. Der Titel heißt soviel wie ‚Minister der Paläste'.

Westgoten, richtiger Wisigoten, einer der großen Gotenstämme. Ihr Reich umfasste Südfrankreich und Spanien. Im Jahre 711 erlagen sie dem Ansturm der Berber (siehe Tariq ibn Ziyad).

Willys-Overland ist eine englisch-amerikanische Firma, die Kraftwagen baut. *Sie stellte ursprünglich den Jeep her (siehe dort) und gehört nach vielen Besitzerwechseln heute zur Firma Chrysler.*

Winchesterbüchse, ein amerikanisches Mehrladegewehr der Winchester Repeating Arms Company in New Haven (Connecticut, USA).

Zerberus, griechisch Kérberos, ist der dreiköpfige Höllenhund, welcher der Sage nach den Eingang zur Unterwelt bewachte. Er wedelte den Eintretenden freundlich an, ließ aber niemand wieder hinaus.

Zigeuner sind ein Wandervolk, das überall in der Welt anzutreffen ist, nur nicht in China und Japan. Sie selbst nennen sich ‚rom', das heißt ‚Mensch'. Sie sind indischer Abstammung. In Marokko schlagen sie sich zuweilen als Gaukler durch. *Wegen der abwertenden Bedeutung, welche mit der Bezeichnung ‚Zigeuner' verbunden ist, wird dieser seit den 1970er Jahren durch ‚Roma' ersetzt.*

Zwergadler sind anmutige Raubvögel der Adlergruppe. Ein männlicher Zwergadler ist etwa 47 cm groß, die Flügelbreite beträgt ungefähr 125 cm. Sie sind dunkelbraun und halten sich in allen Mittelmeerländern auf, wo sie von April bis September horsten.

Für die Aktualisierung der Wort- und Sacherklärungen im Jahr 2009 hat die Internet-Enzyklopädie WIKIPEDIA (www.wikipedia.de) viele hilfreiche Informationen geliefert.

WIR DANKEN

den Herren Mohammed Saidi Abecaasis / Nur din Raisuni /

Lisan-Eddin Mohammed Da'ud

für die Zeit und Geduld, die sie uns widmeten,

als sie uns ihr Land verstehen lehrten,

für lange Gespräche auf dem Aljeddan zu Tetuán,

und dem ehrwürdigen Kaid von Tasrut, in dem

einsamen marokkanischen Bergland im Gebiet der Beni Aros,

für seine Gastfreundschaft

وإننا ننوجه بجزيل الشكر وعظيم الاحترام
وبالغ التقدير لحضرات السادة الأفاضل
محمد السعيدي
و نور الدين ريسوني
و لسان الدين محمد داود
الذين بذلوا من ثمين اوقاتهم الشيء الكثير
مما جعلنا عاجزين عن شكرهم
وإننا نذكر مع بالغ التقدير تلك العناية
التي بذلت لتعريفنا على وطنهم كما نذكر
الجهود التي أوقفتنا على كثير من المباحث
والدراسات ، ولن نزال متذكرين محادثاتنا
المديرة على الغدان في تطوان كما إننا لن ننسى
ما لقيناه من ضيافة وكرم من القائد المحترم
في طريقنا في تلك المنطقة الجبلية النائية من
مقاطعة بني عروس فله منا الشنار الجميل والذكرى
الحميدة الخالدة ۔

Würden Sie gern einmal ...

den Chef, den Grafen und GG großzügig wie ein Berberscheich bewirten oder Neunauge beim Kauf eines Geländewagens beraten – nur um aus erster Hand etwas über die *Company Ubique Terrarum* zu erfahren? – Es geht auch einfacher!

Der Kulturwissenschaftler Dr. Uli Otto hat viel Interessantes über die Abenteuergeschichten von Herbert Kranz in einem Buch zusammengetragen:

Uli Otto
„Auf den Spuren von UBIQUE TERRARUM"
Regensburg 2003, Kern Verlag
ISBN 3-934983-04-9

Neben einer Untersuchung verschiedener Aspekte rund um die „U.T."-Bände liefert das Buch eine ausführliche Biografie sowie eine vollständige Bibliografie zu Herbert Kranz.

„Auf den Spuren von ..." ist eine Buchreihe, die sich mit dem Leben und Werk deutschsprachiger Kinder- und Jugendautoren beschäftigt und an sie erinnern soll. Mehr zu dieser Reihe und ihrem Initiator finden Sie unter www.druliotto.de. Erhältlich sind die Bücher im Buchhandel sowie im Online-Shop des Verlages www.kernverlag.de.

Die Abenteuer des „UBIQUE-TERRARUM"-Teams

Band 1: In den Klauen des Ungenannten
Abenteuer in den Schluchten des Hindukusch.
Neuausgabe, Juli 2003, ISBN 3-8330-1045-2

Band 2: Im Dschungel abgestürzt
Abenteuer in den Urwäldern Brasiliens.
Neuausgabe, Februar 2004, ISBN 3-8334-0779-4

Band 3: Tod in der Skelettschlucht
Abenteuer an der mexikanischen Grenze.
Neuausgabe, November 2004, ISBN 3-8334-1825-7

Band 4: Schuldlos unter Schuldigen
Abenteuer auf einer Sträflingsinsel im karibischen Meer.
Neuausgabe, Dezember 2007, ISBN 978-3-8370-1567-6

Band 5: Flucht zu den Eishai-Jägern
Abenteuer in Grönland.
Neuausgabe, April 2008, ISBN 978-3-8370-1769-4

Band 6: Befehl des Radscha
Abenteuer in Malaya.
Neuausgabe, Oktober 2008, ISBN 978-3-8370-6967-9

Band 7: Die Insel der Verfolgten
Abenteuer auf Sardinien.
Neuausgabe, Januar 2009, ISBN 978-3-8370-8340-8

Band 8: Die Nacht des Verrats
Abenteuer in Marokko.
Neuausgabe, April 2009, ISBN 978-3-8370-9270-7

Band 9: Das Haus der sieben Türme
Abenteuer im Libanon.

Band 10: Im Zeichen der Schlange
Abenteuer in Marseille und im Mittelmeer.

Diese Buchreihe wird neu herausgegeben.
Über die Erscheinungstermine informiert
Sie die Internetseite **www.ubique-terrarum.de**.